外国文学研究丛书

罗伯特·斯蒂文森
作品中流动的家

The Home of Mobility in
Robert Stevenson's Works

余雅萍　著

ZHEJIANG UNIVERSITY PRESS
浙江大学出版社
·杭州·

图书在版编目(CIP)数据

罗伯特·斯蒂文森作品中流动的家 / 余雅萍著. —杭州:
浙江大学出版社,2022.12

ISBN 978-7-308-23390-3

Ⅰ.①罗… Ⅱ.①余… Ⅲ.①罗伯特·斯蒂文森—文学
研究 Ⅳ.①I561.06

中国版本图书馆 CIP 数据核字(2022)第 239107 号

罗伯特·斯蒂文森作品中流动的家

余雅萍 著

策划编辑	包灵灵	
责任编辑	包灵灵	
文字编辑	杨诗怡	
责任校对	仝 林	
封面设计	周 灵	
出版发行	浙江大学出版社	
	(杭州市天目山路 148 号 邮政编码 310007)	
	(网址:http://www.zjupress.com)	
排 版	浙江时代出版服务有限公司	
印 刷	广东虎彩云印刷有限公司绍兴分公司	
开 本	710mm×1000mm 1/16	
印 张	11.75	
字 数	205 千	
版 印 次	2022 年 12 月第 1 版 2022 年 12 月第 1 次印刷	
书 号	ISBN 978-7-308-23390-3	
定 价	50.00 元	

前　言

罗伯特·路易斯·斯蒂文森(Robert Louis Stevenson,1850—1894)是 19 世纪英国(苏格兰)作家,他的旅行踪迹遍及全球,他本人更见证了以铁路、公路等为载体的流动时代的到来。斯蒂文森的作品书写了流动时代对传统家庭模式的冲击,蕴含了作家对"家"的复杂感悟。将"家"作为主题的斯蒂文森研究并不少见,多数是针对作家的某个特定旅居之地展开研究,建构作家、作品与"家"之间的联结。但是个体为何及如何由此及彼地流动,以及流动期间个体对"家"的认知的微妙变化,均未在此类研究中呈现。本书在前人研究的基础之上,尝试梳理斯蒂文森作品中"家"的时代内涵,凸显"家"的流动属性,即强调个体在物理空间中移动而产生的对"家"的动态认知,从而建构"家"的多重意义。

本书内容主要由四个部分组成。

第一部分基于"家"的词源、地理学和人文地理学等领域的相关成果,结合维多利亚时代的社会背景,以及作家斯蒂文森的生活经历等,对"家"的概念进行梳理,并阐释本书语境中"流动的家"的两层含义:它既强调家的空间意义和具体语境,还指家的生成性和不确定性。

第二部分探究斯蒂文森作品中人物身份焦虑的三种视角,讨论个体对当下身份或生存状态的忧虑或不满,为其离家埋下伏笔。第一节研究小说《金银岛》(*Treasure Island*,1883)中航海人的身份焦虑与离家的关系。吉姆·霍金斯(Jim Hawkins)对航海及异域探险的渴望战胜了缺乏冒险激情的、封闭的家庭生活,此为驱使他离家的最大动因。渴望的身份、地位或生活状态与现实生活之间的反差是以霍金斯为代表的"正义"的航海人与以约翰·西尔弗(John Silver)为代表的"邪恶"的航海人离家的重要原因。第二节探讨小说《化身博士》(*Strange Case of Dr Jekyll and Mr Hyde*,1886)中杰基尔博士(Dr Jekyll)的两个实验,即家中的科学实验与家外街灯下的人性实验。化身海德（Hyde）离家是科学家杰基尔缓解职业焦虑和维护身份地位的极端方式，也是其试图借海德的身体逃离传统、固定的家的生活模式，释放内心欲望，享受自由生命，同时又能免遭舆论压力的途径。黑夜藏匿了罪恶，而街灯成了海德行恶的见证者。街灯忽明忽灭，置身其间的中产阶级试图揭露黑夜中隐藏的罪恶，却又发现罪恶的存在具有一定的普遍性。这一方面激发了他们对人性的反思，另一方面也反映出他们对失去目前拥有的中产阶级尊贵身份与地位的担忧。第三节聚焦散文《为赋闲者辩》（"An Apology for Idlers"，1877）。赋闲者推崇以闲逛为主要路径，探索生活乐趣，敬畏个体生命，对抗由成功、进步、责任等主流价值观导致的以人的异化为旨趣的幸福价值观。赋闲者无法完全认同维多利亚时代社会设定的成功典范，努力避开主流身份体系。进退两难的尴尬处境及隐隐透露出来的焦虑情绪，成为他们离家的主要动因。

第三部分通过对"动"与"静"的思辨，探究个体找寻平衡之家的途径，以及各种家的模式对寻家的启示。其一，隔离于寂静之家的病童和流浪在外的欧美人在"漂泊"逆境中寻家，通过杂糅式的想象在流动之家的基础上建构起具体的家。其二，作家通过塑造边缘化的女性人物，颠覆传统和单向度的稳定性，打破男性世界对家的想象，使"家中天使"去除遮蔽，让家的结构重现平衡。其三，作家使用现代交通工具火车和驳船作隐喻，意在流动中解构个体对家的传统认知并重构家的意义。火车、驳船等作为林林总总家的形态，打破了传统之家的固定、生根等特性，凸显家流动的属性。

第四部分探讨作家在多维叙事中建构的归家途径。首先，被贩卖至北美殖民地的奴隶打破契约，辗转回归英国家中，实现了自我意识的觉醒。其次，作家通过描写1745年詹姆斯党人叛乱事件后苏格兰高地人的语言服饰、风土人情、社会经济等，展开对苏格兰民族文化的想象，唤起苏格兰人民的历史记忆，重构苏格兰文化内涵及其民族精神，在苏格兰历史书写中实现归家之愿。最后，作家借助坟墓与死亡意象将时间维度上家的三重意义连成完整的生命线，以死亡的方式归家。

离家、寻家与归家构成形式封闭、内涵流动的叙事环。从表面上看，流动性和固定性是完全对立的两个概念：在强调文化和身份固定、守界和生根的社会中，流动被赋予负面消极的意义；在流动的社会中，固定不变意味着顽固守旧。但事实上，家的流动性和固定性并非绝对对立，它们是相互关联的、具有辩证关系的概念：对固定的家的平衡性的追求，引发个体及家的流动；家的流动的、变动不居的状态推动着个体为寻找家的平衡性、家的意义做诸种努力。

　　本书以"家"观照斯蒂文森的作品,不仅厘清了其作品的脉络,而且揭示了其作品在维多利亚时代文化思想史中的意义。同时,"家"的视角印证了斯蒂文森在创作主题上隐含的未来性:其复杂感悟映照了现代人的生存体验与困境。

目　录

绪 论

　　英国(苏格兰)作家罗伯特·路易斯·斯蒂文森因故离家漂泊流浪,英年早逝于异国他乡的南太平洋萨摩亚(Samoa)。他对家的深刻体悟源于其独特的人生经历。一方面,作家不认同英国社会崇尚的成功、进步、责任等功利之风,试图从中挣脱出来,在当时占据世界中心的欧洲和位于世界边缘的异域之间频繁流动。他以 16 世纪法国人文主义思想家米歇尔·德·蒙田(Michel de Montaigne,1533—1592)为楷模①,质疑盲目的宗教信仰和僵化的教条,反对文明和野蛮的二元对立。他从欧洲文明中窥探到人性的弱点、弊端乃至罪恶,并对所谓的野蛮的异质文化有一种本能的亲和力。另一方面,斯蒂文森生活在维多利亚时代晚期的苏格兰,亲眼见证了以铁路为载体的流动时代的到来,这使他传统的家的观念遭到猛烈冲击。作家一生漂泊于苏格兰、英格兰,南太平洋,以及瑞士、法国、美国等地,孙艺风称他为"孤独的旅行者"②(solitary traveller),这也透露出作家与家纷繁复杂、剪不断理还乱的关系。就其个人而言,流动的生活给作家带来了特殊的人生体验。作家渴望有个固定的、永恒的家的精神内核,但在具体形态上,家又处

---

①　1887 年,斯蒂文森在《那些影响我的书》("Books Which Have Influenced Me")中提到,蒙田的《随笔集》(*Essais*)是不会过时的书,"那温和而亲切的生活图景是赠予当下人们的伟大礼物。他们在书中看到了勇敢和智慧",并认为蒙田在诸多方面优于当今的人们,因为他的人生观更显高尚。参见:Robert Louis Stevenson. *Essays by Robert Louis Stevenson*. New York, Chicago, & Boston: Charles Scribner's Sons, 1918, p. 296.

②　Yifeng Sun. *Cultural Exile and Homeward Journey: R. L. Stevenson and American Fiction*. Beijing: Foreign Language Teaching and Research Press, 2005, p. 10.

于不断变化之中。作家一生不断"做家"(home-making),意味着家不是固定、守界和生根的,而是流动的。家的外延随着作家的跨区域、跨国界的流动而变化,它可以指作家的出生地苏格兰,可以指英国①,可以指其旅行暂居地瑞士、法国、美国,也可以指位于南太平洋萨摩亚的威利玛(Vailima)。然而无论身处何地,作家总难逃"家中异乡人"的宿命。虽有心落地为家,但他在家中感受到的却是无法融入的陌生与苦痛,这一点凸显了作家孤独的人生底色,同时也为其频繁流动、四海为家的人生设下铺垫。

"家"的主题在斯蒂文森的诸多作品中皆有呈现。他在游记《内河航行》(An Inland Voyage,1878)的结尾处写道:"你可以终日在外游荡;当夜幕降临,回到家中,环顾熟悉的房间,爱和死亡同时在火炉边等待你。此时最美的冒险(就在家中),无需我们费力找寻。"②居家和旅行是斯蒂文森童年时期的理想,也是他成年后的日常,他在诸多作品中阐明了两者的关系。③ 从字面上看,居家和旅行是一对矛盾命题,但作家在作品中设置了绝佳的语境,使表面上相互矛盾的事物或事件达成了和解。斯蒂文森在游记中打破了固定的、静态的家的传统概念,建构了一种流动的家的模式——驳船之家。从传统视角看,旅行重在动,强调身体在物理空间中的移动。而居家重在静,要求身体停止大范围的空间移动,以安定为上。安置于驳船之上的家将这一动一静糅于一处,恰到好处。家的在场为旅途中的人提供了歇息的港湾,消解了部分因不确定性和漂泊带来的疲惫感和焦虑感,增添了几分内心的安宁。而传统观念中被认为是固定的、生根的家在船这一媒介的作用之下流动起来,继而打破了传统意义上动静之间的界限,家也由此披上了流动的外衣。流动性不仅挑战了传统的家庭结构和模式,给家带来了巨大的危机,也促使新的家的意义在动态中不断生成。

因此,研究斯蒂文森作品中流动的家,厘清"家"在其作品中的脉络,对我们深入剖析作家的创作思想及其文学内涵极为有益。同时,以流动的家为视角探索斯蒂文森生活和创作的时代变迁也存在较大的可能性和可行性。

---

① 此处从苏格兰过渡到英国,意在强调对作家而言,家的外延的扩大或变化。

② 斯蒂文森:《内河航行》,王勋等编译,北京:清华大学出版社,2013,第183页。本章对该文献的引用均为笔者自译,不再一一说明。

③ David Daiches. *Robert Louis Stevenson: A Revaluation*. Glasgow: William MacLellan, 1947, p.179.

第一节 　研究对象

本书以斯蒂文森的作品为对象,以作家在文化离散中苏格兰人的身份为出发点,探讨其作品创作的文学文化语境,试图绘制一幅"家"、维多利亚时代与作家的作品三者之间的奇妙图景,并尝试以流动的家为视角,理解作家生活和创作中时代变迁的可能性,以此探索家的时代内涵和作用机制。

本书主要涉及斯蒂文森的 11 部作品:《金银岛》(*Treasure Island*,1883)、《化身博士》(*Strange Case of Dr Jereyll and Mr Hyde*,1886)、《内河航行》(*An Inland Voyage*,1878)、《为赋闲者辩》("An Apology for Idlers",1877)、《诱拐:戴维·巴尔福 1751 年冒险回忆录》(以下简称《诱拐》)(*Kidnapped:Being Memoirs of the Adventures of David Balfour in the Year 1751*,1886)、《退潮》(*The Ebb Tide*,1894)、《费利沙海滩》(*The Beach of Falesa*,1892)、《穿越平原及其他回忆与散文》(以下简称《穿越平原》)(*Across the Plains and Other Memories and Essays*,1892)、《家中异乡人》("A Foreigner at Home",1882)、《挽歌》("Requiem",1879)、《一个孩子的诗园》(*A Child Garden of Verses*,1885)。

这些作品涵盖了中长篇小说(《金银岛》《化身博士》《诱拐》《退潮》)、短篇小说(《费利沙海滩》)、游记(《内河航行》《穿越平原》)、散文(《为赋闲者辩》《家中异乡人》)、诗歌(集)(《挽歌》《一个孩子的诗园》),共涉及 5 种体裁。这种安排的原因在于笔者想尽可能地在"家"的主题的统摄下选择内容上贴合度更高的文本。此外,斯蒂文森在各种体裁上均有不俗的造诣。正如蒋承勇等盛赞的,"他(斯蒂文森)的文学创作范围非常广,除长、中、短篇小说外,他还写戏剧、诗歌、散文、游记、故事和自传体记叙文等。他的各类体裁的作品,都有独特的个人风格,表现出极高的艺术造诣"[①]。以上作品虽因体裁不一呈现出截然不同的叙事风格,但"家"是隐藏于它们背后共同的旋律。

---

① 　蒋承勇等:《英国小说发展史》,杭州:浙江大学出版社,2006,第 232 页。

第二节　研究综述

一、国外研究现状综述

斯蒂文森在西方文学史上的地位起起伏伏,大致经历了以下四个阶段[①]。每个阶段的斯蒂文森研究均具有不同的特色,都出现了斯蒂文森作品中"家"的相关研究。相较于前两个阶段,第三阶段与第四阶段呈现出研究视角与内容的多样化。

1. 第一阶段:1894—1913 年

斯蒂文森生前在欧美的影响力较大。他创作的作品不仅被普通读者争相传阅,而且受到众多作家的赞赏,这些作家包括约瑟夫·鲁德亚德·吉卜林(Joseph Rudyard Kipling,1865—1936)、豪尔赫·路易斯·博尔赫斯(Jorge Luis Borges,1899—1986)、弗拉基米尔·纳博科夫(Vladimir Nabokov,1899—1977)、欧内斯特·海明威(Ernest Hemingway,1899—1961)等文学大师。[②] 斯蒂文森在南太平洋萨摩亚突然离世,这对欧洲文坛而言无疑是一个巨大的噩耗。他的好友、英国著名作家及文学评论家安德鲁·朗(Andrew Lang,1844—1912)在杂志《北美评论》(*North American Review*)上撰文道:"在斯蒂文森先生的身上,我看到了常人身上难得一见的男子汉气概,他善良勇敢、慷慨助人、同情他者。世上也少有像

[①]　国外对斯蒂文森研究四个阶段的划分主要依据作家在西方文学史上地位的变化,参见:Richard Dury. "Robert Louis Stevenson's Critical Reception." *The Robert Louis Stevenson Archive*. http://www.robert-louis-stevenson.org/richard-dury-archive/critrec.htm. 第一阶段(1894—1913)的研究以褒扬为主基调;第二阶段(1914—1950)的研究以批判为主基调;第三阶段(1951—1999)的研究强调客观审视和评价作家作品;第四阶段(2000 年至今)的研究主张和提倡多元视角。笔者对每个阶段的内容作了相应的调整和补充,如第四阶段增加了国际斯蒂文森研究会议和《斯蒂文森研究》期刊的内容。

[②]　Richard Dury. "Robert Louis Stevenson's Critical Reception." *The Robert Louis Stevenson Archive*. http://www.robert-louis-stevenson.org/richard-dury-archive/critrec.htm.

斯蒂文森先生这样被如此多人所喜爱着的人。"[①]这些赞美声几乎主导了 19 世纪末的斯蒂文森研究。斯蒂文森刚离世的十几年，其人其作相关的文献也以正面评价为主。这个阶段的文献中也有不少是关于斯蒂文森的某一段人生经历的，如 E. B. 辛普森（E. B. Simpson）的《罗伯特·路易斯·斯蒂文森在爱丁堡》（*Robert Louis Stevenson's Edinburgh Days*，1898）、亚瑟·约翰斯通（Arthur Johnstone）的《回忆旅居太平洋的罗伯特·路易斯·斯蒂文森》（*Recollections of Robert Louis Stevenson in the Pacific*，1905）、J. A. 哈默顿（J. A. Hammerton）的《沿着罗伯特·路易斯·斯蒂文森的旅行轨迹及旧法国的他处》（*In the Track of Robert Louis Stevenson and Elsewhere in Old France*，1907），以及 H. J. 莫尔（H. J. Moors）的《与斯蒂文森在萨摩亚》（*With Stevenson in Samoa*，1910）；传记主要有格雷厄姆·巴尔福（Graham Balfour）的《罗伯特·路易斯·斯蒂文森的生平》（*The Life of Robert Louis Stevenson*，1901）和亚历山大·H. 贾普（Alexander H. Japp）的《罗伯特·路易斯·斯蒂文森：记录、评判和纪念》（*Robert Louis Stevenson：A Record，An Estimate and A Memorial*，1905）等。除此之外，一些励志类的书也相继出版，如《罗伯特·路易斯·斯蒂文森的智慧》（*The Wisdom of R. L. Stevenson*，1904）、《罗伯特·路易斯·斯蒂文森口袋书》（*The Pocket R. L. S.*，1906）和《斯蒂文森重要事件记》（*A Stevenson Calendar*，1909）等。

7

　　总体而言，这个阶段的斯蒂文森研究重点关注作家个人的生活经历，因而相关的传记、游记类的成果较多，而以某个关键词为主题进行的作品研究相对较少。在众多记录人物生平的作品中，巴尔福的《罗伯特·路易斯·斯蒂文森的生平》受到诸多斯蒂文森研究者的关注。这部传记虽毁誉参半，但因其是斯蒂文森最早期的传记之一，所以其为斯蒂文森研究做出的贡献也不容小觑。罗杰·G. 斯韦林根（Roger G. Swearingen）对所有斯蒂文森的传记进行了梳理，认为巴尔福的《罗伯特·路易斯·斯蒂文森的生平》堪称典范之一[②]。作为斯蒂文森的表亲，巴尔福与作家的家人和朋友一直保持着密切联系。他在撰写传记时参考了斯蒂文森

---

①　Andrew Lang. "Recollections of Robert Louis Stevenson." *North American Review* (Feb. 1895)，p. 194.

②　另外一部传记是 J. C. 弗纳斯（J. C. Furnas）的《迎风航行：罗伯特·路易斯·斯蒂文森的一生》（*Voyage to Windward：The Life of Robert Louis Stevenson*，1951）。

留下的完整的手稿和笔记。现如今大多数的手稿和笔记都不再完整,各自散落于多家图书馆中。^①这本由斯蒂文森家人授权书写的传记以时间为顺序,斯韦林根称其"精确,虽有所保留,但却不曾歪曲事实"^②。巴尔福试图还原斯蒂文森生平经历的所有重要事件,将作家斯蒂文森和苏格兰人斯蒂文森创造性地融合在一起。他在结语中申明传记中所谈论的斯蒂文森同时指两个人,即作为个体的斯蒂文森和作为作家的斯蒂文森。在他这儿,个体身份和作家身份相互融合。^③虽然这部传记中有部分细节需进一步斟酌,但笔者对这一观点表示认同。^④斯蒂文森其人和其作的密切关联是本书立论的前提和基础,斯蒂文森其人生活在维多利亚时代晚期,其苏格兰人、家中异乡人、孤独的旅行者等身份为其小说创作提供了复杂的文学文化语境。因此,斯蒂文森其人、其作、作为时代转型期的维多利亚时代晚期、同时代的世界各国的社会现状,以及家等多种元素的融合,必可绘制出一幅奇妙的图景。

2. 第二阶段:1914—1950 年

1914 年,弗兰克·斯温纳顿(Frank Swinnerton)的《罗伯特·路易斯·斯蒂文森:一种批判性的研究》(*R. L. Stevenson:A Critical Study*)出版,该书对斯蒂文森其人和其作进行了区分。他再三声明此书并非传记,而是斯蒂文森的作品研究。^⑤他认为斯蒂文森生前及过世后的几年间声誉过度膨胀,拥护者们甚至已丧失了对其作品做出公正评价的判断力。因此,他对斯蒂文森的研究主要是针对作家生活及作品中的缺陷和不足。他在书中指出,"任何一位严肃的批评家都不太可能将斯蒂文森置于伟大作家的行列,因为他除了一些适合男孩子阅读的书籍

---

① Roger G. Swearingen. "Recent Studies in Robert Louis Stevenson: Survey of Biographical Works and Checklist of Criticism—1970—2005." *Dickens Studies Annual* 38 (2007), p. 206.

② Roger G. Swearingen. "Recent Studies in Robert Louis Stevenson: Survey of Biographical Works and Checklist of Criticism—1970—2005." *Dickens Studies Annual* 38 (2007), p. 207.

③ Graham Balfour. *The Life of Robert Louis Stevenson* (*vol. 2*). New York: Charles Scribner's Sons, 1901, p. 195.

④ 戴维·戴齐斯(David Daiches)对斯蒂文森的文学地位进行重新评估时发现:在研究斯蒂文森作品的过程中,一些意义重大的生平事件会非常巧合地出现,参见:David Daiches. *Robert Louis Stevenson:A Revaluation*. Glasgow: William MacLellan, 1947, p. 3.

⑤ Frank Swinnerton. *Robert Louis Stevenson:A Critical Study*. London: Martin Secker, 1924, p. 14.

之外，就没有创作出任何一流的作品……我们可以这样认为：维多利亚时代小说发展到乔治·艾略特这里，社会现实必然会有所涉及，而斯蒂文森是否已然偏离了这个传统，将小说当成了游戏"①。

　　在这之后很长的一段时间里，斯蒂文森遭受了各种贬低和批判。1924 年，伦纳德·伍尔夫（Leonard Woolf，1880—1969）在《论斯蒂文森的陨落》（"The Fall of Stevenson"）一文中提到，斯蒂文森自离世后名声"一落千丈"。在他看来，斯蒂文森的作品只符合 19 世纪 90 年代的人的审美趣味，如埃德蒙·高斯（Edmund Gosse）、W. E. 亨莱（W. E. Henley）、西德尼·科尔文爵士（Sir Sidney Colvin）、莱斯利·斯蒂芬（Leslie Stephen）等。而在 20 世纪初的年轻一代人眼中，这些已略有过时。"从来没有一个作家像斯蒂文森一样离世后名誉一落千丈。这个患有肺疾的苏格兰人穿着黑色衣衫，打着红色领带，套着丝绒马甲，戴着烟熏帽子走在街上，后来又去往南太平洋的某个珊瑚岛屿上生活并辞世，他或许只迎合了浪漫空想的 90 年代的人的趣味。"②他又说："斯蒂文森是一位杰出的模仿者，③但是他自己实在算不上是一位伟大的作家或艺术家。"④这可以理解为一战后，现代主义文学崛起，以及维多利亚时代现实主义文学的复兴，致使 19 世纪末较为流行的新浪漫主义趋于萎靡。作为新浪漫主义代表作家的斯蒂文森被贴上了"二流作家"和"儿童文学作家"等标签。这个阶段的传记如 E. F. 本森（E. F. Benson）的《罗伯特·路易斯·斯蒂文森的神话》（*The Myth of Robert Louis Stevenson*，1925）

---

① Frank Swinnerton. *Robert Louis Stevenson：A Critical Study*. London：Martin Secker，1924，p. 188.

② 转引自：Paul Maixner（ed.）. *Robert Louis Stevenson：The Critical Heritage*. London：Routledge，1981，pp. 515-516.

③ 很多评论家视斯蒂文森为杰出的模仿者，多半是据作家一篇名为《大学杂志》（"A College Magazine"）的文章做出的判断。文中，斯蒂文森自称曾经模仿威廉·黑兹利特（William Hazlitt，1778—1830）、查尔斯·兰姆（Charles Lamb，1775—1834）、威廉·华兹华斯（William Wordsworth，1770—1850）、托马斯·布朗爵士（Sir Thomas Browne，1605—1682）、丹尼尔·笛福（Daniel Defoe，1660—1731）、纳撒尼尔·霍桑（Nathaniel Hawthorne，1804—1864）、米歇尔·德·蒙田（Michel de Montaigne，1533—1592）、夏尔·皮埃尔·波德莱尔（Charles Pierre Baudelaire，1821—1867）等前辈的写作风格，参见：Robert Louis Stevenson. *Essays by Robert Louis Stevenson*. New York，Chicago，& Boston：Charles Scribner's Sons，1918，p. 286.

④ 转引自：Paul Maixner（ed.）. *Robert Louis Stevenson：The Critical Heritage*. London：Routledge，1981，p. 517.

和乔治·赫尔曼(George Hellman)的《真实的斯蒂文森:澄清式研究》(*The True Stevenson: A Study of Clarification*, 1925)等也受此类评论的影响,以批判为主基调。

　　总体来看,这个阶段的斯蒂文森研究趋于萎靡,研究对象多为作家个人的生活经历。受此阶段主流批评的影响,传记类作品及作品研究都带有负面的色彩。"二流作家"等标签让斯蒂文森研究死气沉沉。当然,在批判的主流中也发出了些许微弱的异声。正是这些声音成了斯蒂文森研究在 20 世纪末崛起的先发之声,较有影响的是 G. K. 切斯特顿(G. K. Chesterton)的《罗伯特·路易斯·斯蒂文森》(*Robert Louis Stevenson*, 1927)和戴维·戴齐斯(David Daiches)的《罗伯特·路易斯·斯蒂文森:再评价》(*Robert Louis Stevenson: A Revaluation*, 1947)。切斯特顿在书的第一章"斯蒂文森的神话"中替斯蒂文森作了辩护。戴齐斯也认为,重新审视斯蒂文森作品的价值具有重大的意义。① 他指出,在斯蒂文森身上,我们丝毫看不出 19 世纪末作家的特点:他没有波德莱尔的乖戾,也没有王尔德悖论式的智慧。他成为 19 世纪末代表作家的主要原因是他成功地对 19 世纪末作家的创作风格做了妥协和调整。这种妥协和调整虽然并不能表明他大多数作品的价值,但至少肯定了其作品的质量。他认为,斯蒂文森之所以能够成功调整其创作风格并在 19 世纪的英国文坛中占有一席之地,主要在于他远离英国,选择在萨摩亚定居。作家将身体和心灵安置于他乡,才能更好地接受维多利亚时代英国的家。② 这一点印证了"离家"是为更好地"归家"的观点。归家不仅仅指表层意义上身体的回归,它也指身在他乡的人们如何看待他们过去的历史及是否接受其作为自身的一部分。这种归家的模式可帮助我们理解斯蒂文森作品中的归家意识:定居在萨摩亚的斯蒂文森如何看待自身苏格兰人的身份,如何看待苏格兰的历史,以及是否接受苏格兰暴力、屠杀、激情和仇恨缔造的民族性格作为自身性格不可分割的部分。

---

①　David Daiches. *Robert Louis Stevenson: A Revaluation*. Glasgow: William MacLellan, 1947, p. 2.

②　David Daiches. *Robert Louis Stevenson: A Revaluation*. Glasgow: William MacLellan, 1947, p. 2.

3. 第三阶段：1951—1999 年

F. R. 利维斯（F. R. Leavis，1895—1978）在《伟大的传统》（*The Great Tradition*，1948）一书的注脚处写道："司各特倒是开了一个坏传统，流风所及，竟毁了菲尼摩尔·库柏这个抱有第一手新鲜兴味关怀，显出杰出小说家胚子的人。而到了斯蒂文森这里，它则披上了'文学的'雅致和文笔精美的外衣。"[①]虽然利维斯将斯蒂文森驱逐出了英国文学的"伟大传统"，虽然 1973 年出版的近 2000 页的《牛津英国文学选集》（*The Oxford Anthology of English Literature*）和 1968 年至 2000 年出版的《诺顿英国文学选集》（第 1 版至第 7 版）（*The Norton Anthology of English Literature*）都未收录斯蒂文森的作品，但这并不影响斯蒂文森研究的复兴。20 世纪中后期，越来越多的学者开始重新审视和客观评价斯蒂文森的文学成就，试图将他的作品放在整个文学史的语境中进行观照，以客观评价他对 19 世纪甚至 20 世纪西方文学，特别是英国文学的影响。乔治·圣茨伯里（George Saintsbury）称斯蒂文森是过去半个世纪里"最具才华、最有趣味的英国作家……他的创作手法和成果典型地反映了我们这个时代的文学发展特点"[②]。《斯蒂文森文集》（*Essays by Robert Louis Stevenson*，1918）的编者威廉·里昂·菲尔普斯（William Lyon Phelps）认为，1884 年至 1904 年间罗曼司的复兴在很大程度上归功于斯蒂文森，哪怕只有他一个人的成就，也足以使他在英国文学史上占据一席之地了。[③]斯蒂文森不再仅仅是一个喜好环游世界，创作冒险小说的苏格兰人，而是一个拥有复杂的、多重身份的"人"：一个有着深刻洞察力的艺术家、文学理论家、随笔作家、社会批评家、南太平洋群岛殖民历史的见证者、人道主义者、人类学家等。J. C. 弗纳斯的《迎风航行：罗伯特·路易斯·斯蒂文森的

---

① 利维斯：《伟大的传统》，袁伟译，北京：生活·读书·新知三联书店，2009，第 8 页。

② 转引自：Robert Kiely. *Robert Louis Stevenson and the Fiction of Adventure*. Cambridge, MA：Harvard University Press，1964，p. 4.

③ Robert Louis Stevenson. *Essays by Robert Louis Stevenson*. New York，Chicago，& Boston：Charles Scribner's Sons，1918，p. xi.

一生》①标志着第三阶段的开始。他认为,世人对斯蒂文森存在过多的曲解,致使其大部分作品遭受忽视与冷落。他希望展示更完整的批评画面,为未来的斯蒂文森研究提供可参照的样本。② 而在这之后确实出现了诸多优秀的斯蒂文森研究专著,如爱德华·M.艾格纳(Edward M. Eigner)的《罗伯特·路易斯·斯蒂文森和浪漫主义传统》(Robert Louis Stevenson and the Romantic Tradition,1966)至今仍是苏格兰作家作品研究的典范之一。此书追溯了斯蒂文森作品和英国浪漫主义文学传统的渊源。书中提到,英国小说有两个浪漫主义的传统,一是以玛丽·雪莱(Mary Shelley,1797—1851)为代表的严肃的浪漫主义,二是以沃尔特·司各特(Walter Scott,1771—1832)为代表的娱乐的浪漫主义。③ 斯蒂文森同时承袭了两个传统。④ 罗伯特·凯利(Robert Kiely)的《罗伯特·路易斯·斯蒂文森和冒险小说》(Robert Louis Stevenson and the Fiction of Adventure,1964)论述了斯蒂文森的创作从浪漫主义到现实主义的转变。不过此书选取的文本仅限于斯蒂文森的冒险小说,并未涉及更多的文类。

这一时期也产出了一些传记类作品,如詹妮·卡尔德(Jenni Calder)的《罗伯特·路易斯·斯蒂文森:生平研究》(Robert Louis Stevenson: A Life Study,1980)等;作品导读有卡尔德的《罗伯特·路易斯·斯蒂文森导读》(The Robert Louis Stevenson Companion,1980)以及J. R.哈蒙德(J. R. Hammond)的《罗伯特·路易斯·斯蒂文森作品导读:小说、散文和短篇故事》(The Robert Louis Stevenson Companion: A Guide to the Novels,Essays and Short Stories,1984)等;论文集有保罗·麦克斯纳(Paul Maixner)主编的《罗伯特·路易斯·斯蒂文森:批评的传统》(Robert Louis Stevenson: The Critical Heritage,1981)和卡尔

---

① 斯韦林根认为,这部传记是继1901年巴尔福的《罗伯特·路易斯·斯蒂文森的生平》之后,第一部涉及斯蒂文森所有信件和手稿的传记。参见:Roger G. Swearingen. "Recent Studies in Robert Louis Stevenson: Survey of Biographical Works and Checklist of Criticism—1970—2005." *Dickens Studies Annual* 38 (2007), p. 207.

② J. C. Furnas. *Voyage to Windward: The Life of Robert Louis Stevenson*. New York: Sloane, 1951, p. 18.

③ Edwin M. Eigner. *Robert Louis Stevenson and the Romantic Tradition*. Princeton: Princeton University Press, 1966, p. 10.

④ Edwin M. Eigner. *Robert Louis Stevenson and the Romantic Tradition*. Princeton: Princeton University Press, 1966, p. 5.

德主编的《斯蒂文森和维多利亚时代的苏格兰》(*Stevenson and Victorian Scotland*，1981)等。

　　这一阶段斯蒂文森研究的特点是研究立场的相对客观化和研究视角的多样化。不仅出现了许多传记和各种导读类的书籍，更是出现了以"维多利亚时代""苏格兰""南太平洋""回忆""怀旧"等为关键词的专著，如：潘妮·菲尔丁(Penny Fielding)的《书写与口述：民族、文化和 19 世纪的苏格兰小说》(*Writing and Orality：Nationality，Culture，and Nineteenth-Century Scottish Fiction*，1996)、安妮·C. 科莱(Ann C. Colley)的《维多利亚文化中的怀旧与回忆》(*Nostalgia and Recollection in Victorian Culture*，1998)、瓦内莎·史密斯(Vanessa Smith)的《文学文化与太平洋：19 世纪的文本邂逅》(*Literary Culture and the Pacific：Nineteenth-Century Textual Encounters*，1998)等。以"家"为视角的研究多以斯蒂文森曾经生活或旅居过的某一地区为对象，如《维多利亚文化中的怀旧与回忆》以维多利亚时代的英国为研究对象、《文学文化与太平洋：19 世纪的文本邂逅》以 19 世纪文学中的太平洋为研究对象、《书写与口述：民族，文化和 19 世纪的苏格兰小说》以 19 世纪文学中的苏格兰为研究对象等。这些专著并非以"家"为关键词，而是以某个地方作为研究对象，这些地方并非抽象的空间，而是蕴含着意义和权力的"位置"，是有内容的、充满意义的空间，是具体历史和社会语境中的空间。但是这些研究有一个共同的特点，即"地方"所指比较单一，无法凸显家的流动属性。位于此地的家(地方、居所，以及相应的情感因素等)流动至彼地的驱动因素、流动的过程，以及流动过程中人对家的认知变化等都无法在以单一"地方"为对象的研究中体现出来。

　　以"现代主义"作为关键词的专著有艾伦·桑迪森(Alan Sandison)的《罗伯特·路易斯·斯蒂文森和现代主义的出现》(*Robert Louis Stevenson and the Appearance of Modernism*，1996)。桑迪森认为，新浪漫主义代表作家斯蒂文森作品显现的自我意识(self-consciousness)、文本性(textuality)、权威性(authority)等代表的是一种未来感(a future feeling)，可被视为现代主义文学的萌芽。① 此观点在一定程度上回应了 1924 年伦纳德·伍尔夫在《论斯蒂文森的陨

①　Alan Sandison. *Robert Louis Stevenson and the Appearance of Modernism：A Future Feeling*. London：Macmillan，1996，p. 4.

落》中对斯蒂文森"仅符合 19 世纪 90 年代的人之审美趣味"[①]的论断,在浪漫主义作家斯蒂文森的作品与现代主义文学之间架起了一座沟通的桥梁,使贴着"流行作家""冒险小说家""儿童文学作家"等标签的斯蒂文森终于有机会踏入主旨隐晦、意向弥漫、注重当下与瞬间个人化体验的现代主义文学的殿堂,与 20 世纪的现代主义作家促膝长谈。对于斯蒂文森作品中的"未来感",斯蒂文森研究专家哈蒙德进行了补充,他认为"斯蒂文森在创作中从未停止对道德的模糊性(moral ambiguity)和人性的两重性(duality of man's nature)的探索"[②]。虽然哈蒙德没有提及"现代性"相关的字眼,但笔者以为,道德的模糊性和人性的两重性是作者试图在创作上突破传统西方文学的一种策略,表征着西方文学从传统向现代的转型。虽然斯蒂文森与自然主义代表人物埃米尔·左拉(Emile Zola,1840—1902)在继承浪漫主义时采用截然不同的方式,但是在有一点上两人的观点基本一致,即作家强烈的道德理念倾向和道德判断因素逐渐从文本中淡出,人物形象普遍呈现出原有的多面、复杂和矛盾。高尚与卑鄙、恶毒与慈善、真诚和虚伪等截然对立的道德命题开始消融。[③] 斯蒂文森作品中矛盾的人物形象较多,比较有代表性的是《金银岛》中的海盗西尔弗与《退潮》中浪迹南太平洋海滨的欧洲人赫瑞克(Herrick)。除以上几点外,笔者认为斯蒂文森创作中的"未来感"也蕴藏在他对家的流动性的感悟中,可惜这一点在众多的研究材料中都不曾提及。家的流动性旨在强调家的不确定性,以及家的意义随着人对家的认知变化而不断动态生成。

4. 第四阶段:2000 年至今

2006 年,第八版《诺顿英国文学选集》(*The Norton Anthology of English Literature*)收录了斯蒂文森的小说《化身博士》。这一小小的改动对斯蒂文森和斯蒂文森研究而言,无疑是莫大的鼓舞和肯定。选集认为斯蒂文森的《化身博士》自诞生 100 多年以来,之所以在流行文化中长盛不衰,在于它复杂的心理描述和

---

① 转引自:Paul Maixner (ed.). *Robert Louis Stevenson:The Critical Heritage*. London: Routledge,1981, p.516.

② J. R. Hammond. *A Robert Louis Stevenson Companion:A Guide to the Novels*, *Essays and Short Stories*. London:Macmillan,1984, p.18.

③ 关于自然主义文学作品中人物形象的特点,详见:曾繁亭:《文学自然主义研究》,北京:中国社会科学出版社,2008,第 57—58 页。

伦理纠葛。即便是了解故事梗概的读者也能感受到它带来的冲击。斯蒂文森的好友朗说:"相比斯蒂文森笔下的海德先生,我们或许更乐意面对诸如幽灵、鬼魂、吸血鬼等。"①其作品的深刻性和人物的深入人心可见一斑。如今斯蒂文森在西方文学中的地位逐渐回升,通常与约瑟夫·康拉德(Joseph Conrad,1857—1924)和亨利·詹姆斯(Henry James,1843—1916)等相提并论,越来越多的研究者投入斯蒂文森研究中。

　　21 世纪的斯蒂文森研究较 20 世纪而言,形式更多元,成果更丰硕。每两年召开一次的国际斯蒂文森研究会议和每年刊发一次的《斯蒂文森研究杂志》(*Journal of Stevenson Studies*)成为其中最大的亮点。2000 年,斯特灵大学召开了以斯蒂文森、苏格兰和萨摩亚为议题的第一届国际斯蒂文森研究会议。截至 2018 年 8 月 30 日,该国际会议已在多地(苏格兰的斯特灵和爱丁堡、意大利的加尔尼亚诺和贝加莫、美国纽约州萨拉纳克、澳大利亚悉尼等)举办了共 9 届。2004 年,期刊《斯蒂文森研究杂志》正式诞生,这是一个同行评审的国际刊物,由斯特林苏格兰研究中心出版发行。期刊的顾问委员会由国际知名的斯蒂文森研究专家组成,编辑由斯特灵大学荣誉退休的罗德里克·沃森(Roderick Watson)教授和爱丁堡龙比亚大学的琳达·德莱顿(Linda Dryden)教授担任。自 2004 年发行第一期以来,截至 2018 年 8 月 30 日,《斯蒂文森研究杂志》已发行了 13 期②。专业学术刊物的创办和国际会议的举办标志着斯蒂文森研究正在一步步走向成熟。

　　除此以外,以"维多利亚""苏格兰""英国""南太平洋""性别""科学"等为关键词的专著层出不穷,比较有代表性的有巴里·梅尼考夫(Barry Menikoff)的《叙述苏格兰:罗伯特·路易斯·斯蒂文森的想象》(*Narrating Scotland：The Imagination of Robert Louis Stevenson*,2005)、奥利弗·巴克顿(Oliver Buckton)的《与罗伯特·路易斯·斯蒂文森巡航:旅行、叙事和殖民体》(*Cruising with Robert Louis Stevenson：Travel，Narrative，and the Colonial Body*,2007)、罗斯琳·乔利(Roslyn Jolly)的《罗伯特·路易斯·斯蒂文森在太平洋:旅行、帝国和作家的职业》(*Robert Louis Stevenson in the Pacific：Travel,*

---

①　转引自:Stephen Greenblatt (ed.). *The Norton Anthology of English Literature.* (*vol. 2*). 8th ed. New York & London: W. W. Norton & Company, 2005, p.1644.

②　除 2005 年之外,每年发行一期。

Empire, and the Author's Profession，2009)、科莱的《罗伯特·路易斯·斯蒂文森和殖民想象》(*Robert Louis Stevenson and the Colonial Imagination*，2004)、茱莉亚·里德(Julia Reid)的《罗伯特·路易斯·斯蒂文森、科学与世纪末》(*Robert Louis Stevenson, Science, and the Fin de Siècle*，2006)等。

比较有代表性的论文集有理查德·安布罗西尼(Richard Ambrosini)和理查德·杜里(Richard Dury)主编的《欧洲的斯蒂文森》(*European Stevenson*，2009)、菲尔丁主编的《爱丁堡罗伯特·路易斯·斯蒂文森导读》(*The Edinburgh Companion to Robert Louis Stevenson*，2010)，以及小威廉·B. 琼斯 Jr. (William B. Jones Jr.)主编的《重审罗伯特·路易斯·斯蒂文森》(*Robert Louis Stevenson Reconsidered*，2003)等。威廉·格蕾(William Gray)的《罗伯特·路易斯·斯蒂文森：文学生涯》(*Robert Louis Stevenson: A Literary Life*，2004)看似传记，实则是斯蒂文森创作生涯的概览。它将斯蒂文森的作品分别对应英国、法国、美国等 5 个文化语境进行阐释，更强调故事发生的语境，而非作家创作该作品的地点。

21 世纪出现了诸多与"家"相关的研究。针对作家的旅居地南太平洋展开的研究较多，如 2004 年苏·兹欧内科(Sue Zlosnik)的《"水手告别海洋回归故乡"：罗伯特·路易斯·斯蒂文森与终结流浪》("'Home is the Sailor, Home From Sea': Robert Louis Stevenson and the End of Wandering")、2007 年伊拉里亚·B. 斯伯奇(Ilaria B. Sborgi)的《在南太平洋的"家"》("'Home' in the South Seas")、2011 年蒂莫西·S. 海耶斯(Timothy S. Hayes)的《"不像看似那般稚气"：斯蒂文森在南太平洋对童心的审视》("'Not so Childish as it Seems': Stevenson's Interrogation of Childishness in the South Seas")、2013 年英格丽·拉努姆(Ingrid Ranum)的《在帝国的家中：〈阿尔迈耶的愚蠢〉和〈费利沙海滩〉中的家庭生活和男性身份》("At Home in the Empire: Domesticity and Masculine Identity in *Almayer's Folly* and 'The Beach of Falesá'")、2013 年塞尔维·拉若德-奥特加(Sylvie Largeaud-Ortéga)的《一个苏格兰人的太平洋：罗伯特·路易斯·斯蒂文森后殖民小说中的身份转换》("A Scotsman's Pacific: Shifting Identities in R. L. Stevenson's Postcolonial Fiction")、2013 年凯特琳·马修斯(Catherine Mathews)的《记录家中异乡人：1890 年至 1894 年萨摩亚、新西兰和澳大利亚等报纸上记载的罗伯特·路易斯·斯蒂文森》("Charting the Foreigner at

Home：Contemporary Newspaper Records of Robert Louis Stevenson in Samoa，
New Zealand and Australia 1890—1894")等等。在记载或评论斯蒂文森的南太
平洋旅居经历时,研究者们习惯给斯蒂文森贴上"英国公民"或"南太平洋旅居者"
的身份标签,认为他或以殖民者的立场写作①,或以后殖民主义的视角写作②。科
莱以家的隐喻为视角,提出斯蒂文森在萨摩亚期间,陌生的南太平洋元素渐渐替
代了熟悉的苏格兰元素,成为他建构家园最重要的力量。她认为,斯蒂文森在萨
摩亚的当下体验,以及萨摩亚的各种异质元素充裕了他对生命和家的感受。③ 这
一点尤其强调了作者南太平洋旅居者的身份对其在萨摩亚家园建构时起到的关
键性作用。但事实上,斯蒂文森在南太平洋旅居期间始终以一种矛盾的身份存
在：一方面,作为英国公民,他是英国精英文化的受益者;另一方面,作为南太平洋
旅居者,他对英、法等殖民者挥着"文明"与"进步"的旗帜对南太平洋土著进行大
肆镇压与征服的行为表示不满和抗议。笔者以为,家的流动性与旅居南太平洋的
欧美人普遍的矛盾身份,以及这些旅居的欧美人对 19 世纪末欧洲帝国爱恨交错
的复杂情感有密切的关系。而这一点在多数文献中并没有明确指出。将美国视
为斯蒂文森的"家"的文献不少,其中有代表性的是凯洛琳·麦克拉肯-弗莱什
(Caroline McCracken-Flesher)的《未来在另一个国度:不安定的生活与罗伯特·
路易斯·斯蒂文森》("The Future is Another Country：Restlessness and Robert
Louis Stevenson")。麦克拉肯-弗莱什提到,斯蒂文森期望通过美国之行脱离旧
的世界(苏格兰的家),探索未知的新世界。④ 他在去往美国的船上给友人写信,
细致描绘了移民船上的人,"我们这群人中,有的惨遭(欧洲)淘汰,有的烂醉如泥,
有的碌碌无能,有的弱不禁风,有的挥霍无度……所有这些在欧洲大地上过得并
不如意的人们,此刻都在逃往另一个国度的途中;或许他们中的一两个会出人头

---

① 　如《"不像看似那般稚气":斯蒂文森在南太平洋对童心的审视》《在帝国的家中:〈阿尔迈耶
　　的愚蠢〉和〈费利沙海滩〉中的家庭生活和男性身份》等。

② 　如《"水手告别海洋回归故乡":罗伯特·路易斯·斯蒂文森与终结流浪》《在南太平洋的
　　家》《一个苏格兰人的太平洋:罗伯特·路易斯·斯蒂文森在后殖民小说中的身份转换》
　　《记录家中异乡人:1890 年至 1894 年萨摩亚、新西兰和澳大利亚等报纸上记载的罗伯特·
　　路易斯·斯蒂文森》等。

③ 　Ann C. Colley. "Locating Home." *Journal of Stevenson Studies* 8 (2011)，pp. 234-244.

④ 　Caroline McCracken-Flesher. "The Future is Another Country：Restlessness and Robert
　　Louis Stevenson." *Journal of Stevenson Studies* 11 (2014)，p. 3.

地,大多数人已然显现出了失败者的姿态"①。斯蒂文森认为他的美国之旅与船上的移民存在本质上的差异,新国度的陌生与新奇在给他带来考验的同时,也给他未来的人生带来巨大变革。弗莱什并不认同这一点,在他看来,斯蒂文森的美国之旅并非其想象般完美,未来与家都处于不确定的状态。弗莱什更多强调作家生活的不安定状态,但是并没有阐明作家未来与家的不确定性与流动的实质。家的流动并非仅仅凸显个体漂泊与无家可归的状态,更强调在流动过程中家的内涵的更新,以及人的生存体验在认知层面的积累。

二、国内研究现状综述

1.斯蒂文森作品在国内的译介概论

笔者在 CALIS 联合目录公共检索系统(简称 OPAC)②中输入"Robert Louis Stevenson",共查到 200 多种与斯蒂文森相关的出版物,除了孙艺风的《文化放逐与归家之旅:史蒂文森和美国小说》(2005)之外,其余均为译著。笔者对这些译著做了相关的归类和统计。

从译介的情况看,目前已有中译本的有 9 部中长篇小说、3 部(篇)短篇小说(集)、1 部诗集、3 部游记。斯蒂文森生前共创作(包括合作作品及半成品)13 部中长篇小说、7 部短篇小说集、4 部诗歌集、3 部戏剧、9 部游记、4 部随笔集,并书写了大量的信件。因此,斯蒂文森的大部分作品尚未有中译本。在目前已有的中译本中,只有《金银岛》《化身博士》和《诱拐》3 部作品的译本较为丰富,其他作品译本较少。《金银岛》在国内共有 108 个版本、86 个译本,最早的译本为商务印书馆于 1914 年出版的《金银岛冒险小说》。但最早在中国出版的斯蒂文森作品并非《金银岛》,而是商务印书馆于 1909 年出版的《笑里刀(诱拐)》,译者为薛一谔等,这本小说目前在国内共有 29 个版本、22 个译本。《化身博士》最早的版本由上海开明书店于 1947 年出版,译者为李霁野。毫无疑问,在这 3 部中文译本丰富的小说中,《金银岛》堪称经典之作,在中国拥有众多读者。例如,巴金先生在《家》的开篇处就描写了觉民和觉慧在学校排练完英文话剧《宝岛》(即《金银岛》)后回家路

①　转引自:Jenni Calder. *RLS*:*A Life Study*. New York:Oxford University Press,1980,p.127.

②　http://opac.calis.edu.cn/opac/simpleSearch.do.

上的对话。① 这部小说在中国的传播,既有文学的要素,也有非文学的、世俗的力量。巴金先生的《家》与斯蒂文森的《金银岛》在主题和内容上看似截然不同,但两位作家在某一点上巧妙地达成了共识,即青年人试图冲破关于家的陈旧思想观念的桎梏,走向新生。《金银岛》的文学内涵和 20 世纪初中国的社会语境等形成的非文学的力量使《金银岛》的意义在传播中不断生成,直至其成为中国读者心目中的经典文学作品。

2. 斯蒂文森作品在国内的批评研究

相较于西方斯蒂文森研究纷繁的视角,中国的斯蒂文森研究尚且处于初级阶段。迄今为止,有关斯蒂文森研究的学术论文在国内高水平的外国文学专业期刊上发表的数量仍旧较少。

笔者分别以"Robert Louis Stevenson""罗伯特·路易斯·斯蒂文森""罗伯特·路易斯·史蒂文森""罗伯特·路易斯·史蒂文生""罗伯·路易·史蒂芬孙"等为关键词或主题词,在《晚清期刊全文数据库》及《民国时期期刊全文数据库》②中一共搜索到 123 篇相关的文献,其中介绍人物生平的文献 15 篇,介绍作品的文献及作品赏析类的文献 100 篇,介绍作者相关事件的文献 1 篇,介绍作者读书和创作心得的文献 7 篇,另有作者的肖像画 2 张。晚清民国时期,国内学界对斯蒂文森还处于相对陌生的阶段,因此这个阶段的文献中学术性的论文较少,主要以引介为主,且生平介绍和作品赏析占了多数,作品赏析也主要聚焦于《金银岛》、《赫米斯顿的韦尔》(*Weir of Hermiston*,1896)、《魔瓶》("The Bottle Imp",1891)、《欧拉拉》("Olalla",1885)、《挽歌》、《一个孩子的诗园》、《驴背旅程》(*Travels with a Donkey in the Cevennes*,1879)等几部作品。

早在 20 世纪初,商务印书馆就出版了佚名译者翻译的《金银岛》。《青年问题》1946 年第 6 期刊登了一篇题为《史蒂芬孙和他的作品》的佚名文章。文章写道:"讲起史蒂芬孙来,大概没有一个少年人不曾读过他的《金银岛》《新天方夜谭》

---

① 巴金:《家》,北京:人民文学出版社,2018,第 1—5 页。
② 参见:全国报刊索引.[2022-09-01]. https://www.cnbksy.com/search/advance.

(*The New Arabian Nights*,1882)和《被拐》①的。"②此论断略有夸张,但足见当时斯蒂文森在中国的受欢迎程度。郑振铎在1921年的《小说月报》中提到,作者分两种,其一是受少数读者欢迎,其二是为大多数人所喜爱,"惟史蒂芬孙③则兼而有之。彼深入教育者心中,同时亦使精明之批评家称赏不置。盖悦者众矣!"④郑振铎继而评价其既"为有贵族风味之骚人淑女所宝贵",又"为一般俗人所爱",可见作家读者群体之庞大。⑤ 国内不少文人持有类似观点。《希望月刊》1947年第5期刊登了署名为立人的题为《爱心之路——史蒂文生的生平》的小文章。文章开篇便给予了作家高度评价,认为斯蒂文森是"英国十九世纪后期的大小说家和诗人"⑥。

　　近代中国文人对斯蒂文森的赞赏还在于他坚毅的人格,以及其作品人物的品格和气质对当时中国青年的积极指引。郑振铎说:"史蒂芬孙虽死,其孤芳自赏,甘寂寞而自守其所信之气则不死,其以孱弱多病之身,而永久奋斗于著作旅行之间之无穷的生活力则不死! 史蒂芬孙信足以传矣!"⑦提及青年话题,《青年问题》所刊的文章提到了斯蒂文森作品中所涉的"道德和社会问题"为青少年读者"解决了时代的答案"⑧。文章还写道,"史蒂芬孙要留给未来时代,算作我们最有力的著作家之一"⑨。

　　新中国成立以后,国内的斯蒂文森研究在深度和广度上得到进一步拓展。笔者分别以"Robert Louis Stevenson""罗伯特·路易斯·斯蒂文森""罗伯特·路易斯·史蒂文森""罗伯特·路易斯·史蒂文生""罗伯·路易·史蒂芬孙"等为关键词或主题词,在中国知网和万方数据库中搜索到的结果⑩是:发表在正式刊物

---

① 　国内目前多采用"诱拐"这一译法。
② 　佚名:《史蒂芬孙和他的作品》,《青年问题》,1946年第6期,第41页。注:文中提到的3部作品的书名号及出版年份为笔者所加。
③ 　民国时期,罗伯·路易·史蒂芬孙或罗伯·路易·史蒂文生的译法较常见。郑振铎采用了第一种译法。
④ 　郑振铎:《史蒂芬孙评传》,《小说月报》,1921年第3期,第110页。
⑤ 　郑振铎:《史蒂芬孙评传》,《小说月报》,1921年第3期,第110页。
⑥ 　立人:《爱心之路——史蒂文生的生平》,《希望月刊》,1947年第5期,第17页。
⑦ 　郑振铎:《史蒂芬孙评传》,《小说月报》,1921年第3期,第109页。
⑧ 　佚名:《史蒂芬孙和他的作品》,《青年问题》,1946年第6期,第42页。
⑨ 　佚名:《史蒂芬孙和他的作品》,《青年问题》,1946年第6期,第42页。
⑩ 　该统计截至2021年6月。

上的学术论文总共 80 多篇,其中发表在国内权威、一级、核心期(集)刊上的论文
14 篇,且有 3 篇是作家与作品的介绍性文章。学位论文总共 20 篇,其中博士学
位论文 2 篇①。仔细研读这些期刊论文与学位论文后,笔者发现国内的斯蒂文森
研究呈现出以下特点。首先,从研究视角来看,主要涉及殖民与后殖民批评②、小
说理论③、唯美主义④、新浪漫主义⑤、翻译学⑥等;其次,从研究对象看,主要涉及
斯蒂文森的几部主要小说(《金银岛》《化身博士》《退潮》等)和一部诗集《一个孩子
的诗园》。如牛振宇的博士论文《史蒂文森小说的后殖民解读》(2014)运用萨义德
在《东方学》和《文化与帝国主义》中提出的对位阅读法、文本化态度、东方的客体
化和帝国主义态度与参照系理论,以及法农在《黑皮肤,白面具》中提出的低等情
结和依赖情结等概念,对斯蒂文森的《金银岛》《诱拐》和《退潮》这 3 部小说进行了
分析。⑦ 对如朱福芳的博士论文《罗伯特·路易斯·斯蒂文森与英国"新浪漫主
义"》(2020)选择了《金银岛》《化身博士》《诱拐》《黑箭》等作品做例释,揭示斯蒂文

---

① 牛振宇:《史蒂文森小说的后殖民解读》,上海外国语大学,2014;朱福芳:《罗伯特·路易斯·斯蒂文森与英国"新浪漫主义"》,山东师范大学,2020。

② 如陈兵、牛振宇:《〈金银岛〉:西方人的"东方幻象"》,《安徽大学学报(哲学社会科学版)》,2008 年第 2 期,第 79—83 页;陈兵:《高尚的野蛮人与英国历险小说中的土著形象》,《外国文学》,2013 年第 2 期,第 52—59 页;牛振宇:《〈退潮〉与南太平洋上的史蒂文森》,《甘肃社会科学》,2013 年第 4 期,第 241—244 页;王卫新:《麻风病是"中国恶魔"吗?——史蒂文森南太平洋小说中的傲慢与偏见》,《外文研究》,2015 年第 4 期,第 27—33 页;许克琪,刘须明:《〈金银岛〉的后殖民解读》,《南京理工大学学报(社会科学版)》,2005 年第 6 期,第 57—60 页;王华:《罗伯特·史蒂文森与萨摩亚殖民争端——19 世纪末欧洲殖民主义文化的另类声音》,《中国青年政治学院学报》,2007 年第 4 期,第 58—62 页;等等。

③ 如殷企平:《小说不能与生活竞争吗?》,《杭州师范大学学报》,1998 年第 2 期,第 48 页;王丽亚:《被忽略的 R. L. 斯蒂文森——斯蒂文森小说理论初探》,《外国文学评论》,2001 年第 1 期,第 23—29 页;陈兵:《斯蒂文森的文艺观与〈金银岛〉对传统英国历险小说的超越》,《英美文学研究论丛》,2015 年第 1 期,第 46—60 页;等等。

④ 如高卫泉:《波西米亚的平等与匿名——史蒂文森早期的唯美主义思想与实践》,《复旦外国语言文学论丛》,2019 年第 2 期,第 119—126 页;高卫泉:《史蒂文森的唯美主义:从王尔德的三种美学谈起》,《英美文学研究论丛》,2020 年第 2 期,第 363—372 页;等等。

⑤ 如王松林,王哲妮:《海盗精神与绅士风度:史蒂文森笔下人物形象的双重性探析》,《宁波大学学报》(人文科学版),2020 年第 5 期,第 40—46 页;等等。

⑥ 如张文哲:《罗伯特·路易斯·史蒂文森作品在中国的译介》,《名作欣赏》,2015 年第 12 期,第 52—54 页;等等。

⑦ 牛振宇:《史蒂文森小说的后殖民解读》,上海外国语大学,2014。

森创作中游戏与冒险两个新浪漫主义的重要特征。① 由此可见,国内斯蒂文森研究的视角和对象总体而言较为集中,这意味着还有更多的阐释空间留待其他研究者去挖掘。

国内一些英国文学史著作中也有简单提及斯蒂文森作品的。高继海在《英国小说史》(2003)中提炼了斯蒂文森小说中的浪漫主义成分:"激动人心的冒险、大胆莽撞的英雄、温柔可爱的美人、旖旎的异国情调。"②蒋承勇等在《英国小说发展史》(2006)中,除了肯定斯蒂文森在新浪漫主义小说这一领域的地位之外,还盛赞了他在各种体裁上表现出的艺术造诣,"斯蒂文森……既创作小说也写其他形式的文学作品,同时还撰写政论、时评和文艺评论,等等。他的文学创作范围非常广泛,除长篇、中篇、短篇小说外,他还写戏剧、诗歌、散文、游记、故事和自传体记叙文等。他的各类体裁的作品,都有独特的个人风格,表现出极高的艺术造诣"③。殷企平等著的《英国小说批评史》(2001)分析了斯蒂文森在《谦恭的争辩》("A Humble Remonstrance", 1884)、《维克多雨果的传奇小说》("Victor Hugo's Romances", 1874)、《传奇小说刍议》("A Gossip on Romance", 1882)、《现实主义札记》("A Note on Realism", 1883)等文章中呈现的小说观,认为斯蒂文森小说理论的精华在于他在小说的艺术本质、真实和典型、小说的风格这三个方面的观点。④ 常耀信主编的《英国文学通史》(2011)除了论及斯蒂文森的文学创作外,还提到了斯蒂文森的创作语境,"整个英国好像都把努力工作作为人至高无上的职责。但斯蒂文森却常常梦想着脱离这个环境,摆脱维多利亚时代强加给人的责任。所以他的许多作品中的人物都处在责任和自由的冲突之中,不知道如何从这种进退维谷中解脱出来"⑤。此处言明了作家与英国的家之间潜在的矛盾。作家虽身处英国,却始终无法撕去"家中异乡人"的标签。这种孤独感迫使他离家找寻益于身心健康的诗意栖居之地。

除此之外,国内一些学者的专著也提及了斯蒂文森的小说,如张德明在《从岛国到帝国:近代英国旅行文学小说研究》(2012)中从旅行文学的视角指出以斯蒂

① 朱福芳:《罗伯特·路易斯·斯蒂文森与英国"新浪漫主义"》,山东师范大学,2020。
② 高继海:《英国小说史》,北京:中国社会科学出版社,2003,第206页。
③ 蒋承勇等:《英国小说发展史》,杭州:浙江大学出版社,2006,第232页。
④ 殷企平等:《英国小说批评史》,上海:上海外语教育出版社,2001,第111页。
⑤ 常耀信:《英国文学通史》(第二卷),天津:南开大学出版社,2011,第592页。

文森为代表的维多利亚时代晚期新浪漫主义作家的创作特点,他们"试图通过构思复杂曲折的故事情节,营造紧张惊险的场面,渲染神秘惊悚的气氛,来呼唤失落的或萎靡的帝国精神,以自己的创作赋予其新的精神能量和活力刺激"①。

　　国内学界将斯蒂文森作品作为研究对象的相关专著仅有 1 部。孙艺风的《文化放逐与归家之旅:史蒂文森和美国小说》以斯蒂文森在文化离散中的苏格兰人身份为视角,探讨了斯蒂文森小说创作过程中的文学文化语境,证明斯蒂文森小说在萌芽、发展和成熟期受到了美国元素的巨大影响。② 孙艺风的落脚点在斯蒂文森和美国小说的渊源,但无论是生平经历,抑或是创作的素材背景,最终都将落脚点置于苏格兰。较为遗憾的是,他虽然指出斯蒂文森对家③的复杂感悟颇具研究价值,但他并未在书中深入探究。

　　梳理了国内外斯蒂文森研究状况后,我们可以发现,国内学者对斯蒂文森的研究有一定的基础,但正如刘心莲和喻燕静在其主编的《罗伯特·斯蒂文森作品导读》(2003)一书的序中所言,"迄今为止,我国对他的研究还远远不够"④。国内学者几乎忽略了斯蒂文森作为流散作家的事实,因而他在异国他乡的具身感受和他对家、国、世界的深刻认知存在进一步探讨的空间。除了《文化放逐与归家之旅:史蒂文森和美国小说》一书的主题与"家"相关之外,国内斯蒂文森研究多将斯蒂文森定义为儿童文学作家、冒险小说家、畅销流行作家等(这种定位一定程度上受到西方学界的影响⑤)。研究视角主要涉及殖民与后殖民批评、小说理论、唯美主义、新浪漫主义、翻译学等。研究对象集中在几部主要的小说(《金银岛》《化身博士》《退潮》等)和一部诗集《一个孩子的诗园》。

　　国外斯蒂文森研究前后经历了四个阶段:第一阶段(1894—1913 年)的研究以褒扬为主基调;第二阶段(1914—1950 年)的研究以批判为主基调;第三阶段(1951—1999 年)的研究强调客观审视和评价作家及其作品;第四阶段(2000 年至

23

---

① 　张德明:《从岛国到帝国:近现代英国旅行文学研究》,北京:北京大学出版社,2014,第 231 页。

② 　Yifeng Sun. *Cultural Exile and Homeward Journey*：*R. L. Stevenson and American Fiction*. Beijing：Foreign Language Teaching and Research Press，2005，p.1.

③ 　此处的"家"已经远远超越了"苏格兰"的范畴。它指的是具有流动属性的家,本质上是开放的、混合的、在动态中生成的。

④ 　刘心莲、喻燕静主编:《罗伯特·斯蒂文森作品导读》,武汉:武汉大学出版社,2003,第 7 页。

⑤ 　Yifeng Sun. *Cultural Exile and Homeward Journey*：*R. L. Stevenson and American Fiction*. Beijing：Foreign Language Teaching and Research Press，2005，p.2.

今)的研究推崇多元的视角和研究方法。以"家"为主题的研究成果较为丰富,如菲尔丁的《书写与口述:民族、文化和 19 世纪的苏格兰小说》、科莱的《维多利亚文化中的怀旧与回忆》及《罗伯特·路易斯·斯蒂文森和殖民想象》、史密斯的《文学文化与太平洋:19 世纪的文本邂逅》、梅尼考夫的《叙述苏格兰:罗伯特·路易斯·斯蒂文森的想象》、巴克顿的《与罗伯特·路易斯·斯蒂文森巡航:旅行、叙事和殖民体》、乔利的《罗伯特·路易斯·斯蒂文森在太平洋:旅行、帝国和作家的职业》等。这些专著并非以"家"为关键词,而是以"家"的外延——作家的出生地或旅居地作为研究对象,并试图建构作家及其作品与"家"之间的联结。在这些研究中,作为斯蒂文森的家的英国(苏格兰)、法国、美国、南太平洋等并非纯粹抽象的空间,它们是蕴含着意义和权力的"位置",是具体的历史语境和社会语境中的空间。但是这些研究的共同特点是:"地方"的所指相对单一,无法凸显家的流动属性。家由此地流动至彼地的原因、内容和意义,以及流动过程中人对家的认知变化等皆无法在以单一"地方"为对象的研究中一一呈现。本书在前人研究的基础之上,尝试梳理斯蒂文森作品中家的内涵。在这个过程中,作家生命中的家与作品中的家有一定程度的融合。

第三节 本书框架、研究价值和创新点

本书以斯蒂文森在文化离散中苏格兰人的身份为出发点,探讨其作品创作的文学文化语境,试图绘制一幅作家的作品、维多利亚时代与流动的家三者之间的奇妙图景,并尝试以流动的家为视角,理解斯蒂文森生活和创作的时代变迁,以此探索"家"的时代内涵和作用机制。

一、本书框架

本书由六个部分构成。

绪论介绍本书的研究对象、研究综述及主要结构,为后面章节的展开提供框架和背景。

第一章基于"家"的词源、地理学和人文地理学等领域的有关成果,结合维多利亚时代的社会背景,以及作家斯蒂文森的生活经历等对"家"的概念进行梳理,阐释本书研究语境中流动的家的两层含义。

第二章探究作品中身份焦虑的三种视角,讨论个体对当下身份或生存状态的忧虑或不满,为其离家流动埋下伏笔。

第三章通过对"动"与"静"的思辨,论证找寻平衡之家的途径,以及各种家的模式给找寻平衡之家带来的启示。

第四章探讨作家书写中的三种归家路径。

结语综合各章的内容,对本书的研究做出总结,旨在揭示斯蒂文森作品中流动的家的时代意义和文化内涵,以及以"家"为视角的作家作品研究的现实意义。

二、研究价值和创新点

斯蒂文森是维多利亚时代晚期颇受欢迎的作家,其作品颇具研究价值。在短暂的一生中,斯蒂文森共创作 13 部中长篇小说[①]、7 部短篇小说集、4 部诗歌集、9部游记、1 部戏剧合集、4 部随笔集,以及不计其数的信件。[②] 联合国教科文组织的《翻译索引数据库》[③]显示,按照作品被翻译的数量多少,在世界排名前 50 位的作家中,斯蒂文森居第 26 位,远远超越了他同时代的大部分作家。[④]

虽然斯蒂文森的作品家喻户晓,但如斯蒂文森研究专家梅尼考夫所言,"在英美文学界,似乎没有一个作家如斯蒂文森一般,名闻四海,却又鲜少有人真正懂他"[⑤]。利维斯在《伟大的传统》一书的注脚处写道:"司各特倒是开了一个坏传统,流风所及,竟毁了菲尼摩尔·库柏这个抱有第一手新鲜兴味关怀、显出杰出小

---

① 包括两部作家生前未完成的小说:《赫米斯顿的韦尔》和《圣艾维斯》。

② Bradford A. Booth 和 Ernest Mehew 主编的 8 卷本的《斯蒂文森信件》由耶鲁大学出版社于 1994—1995 年出版。

③ 本统计截至 2018 年 9 月 19 日。

④ 参见:Index Translationum. [2022-09-01]. https://www.unesco.org/xtrans/bsstatexp. aspx? crit1L = 5&nTyp = min&topN = 50. 排在他之前的英语作家分别是:Agatha Christie(第 1 位)、William Shakespeare(第 3 位)、Stephen King(第 9 位)、Arthur Conan Doyle(第 14 位)、Mark Twain(第 15 位)、Jack London(第 22 位)、Charles Dickens(第 25 位)。

⑤ Barry Menikoff. *Narrating Scotland*:*The Imagination of Robert Louis Stevenson*. Columbia,SC:University of South Carolina Press,2005,p. 1.

说家胚子的人。而到了斯蒂文森这里,它则披上了'文学的'雅致和文笔精美的外衣。"①利维斯寥寥数语便将斯蒂文森同司各特一起驱逐出了英国文学的"伟大传统"。斯温纳顿对斯蒂文森的评价曾代表了相当一部分学者的观点,他写道,"任何一位严肃的批评家都不太可能将斯蒂文森置于伟大作家的行列,因为他除了一些适合男孩子阅读的书籍之外,就没有创作出任何一流的作品"②。同时,他还给出了斯蒂文森"算不得一流作家"的另一个理由,即他偏离了维多利亚小说的现实主义传统,"把小说当成了游戏"③。

凯利认为,斯蒂文森受到了不公的待遇,类似"一个深受青少年读者喜爱的作家对于成人读者而言没有太大价值"等论断失之偏颇。④ 亚历克斯·汤姆森(Alex Thomson)说:"斯蒂文森持久不衰的盛名表明他并非只为他生活的时代在写作。"⑤《青年问题》1946 年刊登的一篇文章也指出:"史蒂芬孙要留给未来时代,算作我们最有力的著作家之一。"⑥斯蒂文森是否真的只是模仿司各特和笛福的二流作家? 他的作品是否完全脱离了传统? 斯蒂文森及其作品中的未来性和超越时代的特性究竟体现在何处?

以上这些问题一直以来困扰着斯蒂文森的研究者和读者。笔者以为,作家离家旅居的经历及由此产生对家的感悟和认知转变给他的创作带来了巨大影响,使他游离于苏格兰、英格兰、欧洲大陆、美国等各种文学传统之外,以赋闲者的姿态生活,以游戏者的身份阅读创作。他的确偏离了维多利亚小说现实主义的创作传统,但正是这种偏离和游戏的精神,为他的创作带来更多创新的可能。

① 利维斯:《伟大的传统》,袁伟译,北京:生活·读书·新知三联书店,2009,第 8 页。

② Frank Swinnerton. *Robert Louis Stevenson:A Critical Study*. London:Martin Secker, 1924, p. 188.

③ 斯蒂文森在《一个关于罗曼司的闲聊》("A Gossip on Romance",1882)一文中指出,"小说对成人来说,就像游戏对儿童一样;只有在这儿,他才能改变他生活的环境和进程;当这个游戏与他的想象完全合拍时,他就会全身心地投入其中"。参见:Robert Louis Stevenson. *Essays by Robert Louis Stevenson*. New York, Chicago, & Boston:Charles Scribner's Sons, 1918, p. 231.

④ Robert Kiely. *Robert Louis Stevenson and the Fiction of Adventure*. Cambridge, MA: Harvard University Press, 1964, p. 3.

⑤ Alex Thomson. "Stevenson's Afterlives." *The Edinburgh Companion to Robert Louis Stevenson*. Penny Fielding (ed.). Edinburgh:Edinburgh University Press, 2010, p. 152.

⑥ 佚名:《史蒂芬孙和他的作品》,《青年问题》,1946 年第 6 期,第 42 页。

　　本书尝试从"流动"的视角探索作家斯蒂文森作品中"家"的时代内涵和作用机制。研究的创新点主要体现在以下三个方面。

　　首先是主题的创新。本书将作家作品中具有流动属性的"家"作为研究主题，拓宽了传统斯蒂文森研究的视角。国内斯蒂文森研究多将斯蒂文森定义为儿童文学作家、冒险小说家、畅销流行作家等，研究视角也主要聚焦于殖民与后殖民批评、小说理论、唯美主义、新浪漫主义、翻译学等。国外斯蒂文森研究以"家"为主题的研究虽成果颇丰，但很多研究以"家"的外延——作家的出生地或旅居地作为研究对象，并试图建构作家及其作品与"家"之间的联结。在这些研究中，"家"的外延，包括苏格兰、英国、法国、美国、太平洋等，其共同的特点为"家"的对象相对固定且单一，无法凸显家的流动属性。家的流动过程，以及在此过程中人对家的认知变化等皆无法在以单一"地方"为对象的研究中体现出来。本书在前人研究的基础之上，尝试梳理斯蒂文森作品中"家"的时代内涵，凸显其流动的属性。家的流动强调主体在空间中的移动，以及主体在移动过程中"做家"的意愿。除此之外，主体对家的动态的情感体验和情感认知也是流动的家的内涵之一。

　　其次是方法的创新。2010年，第六届斯蒂文森研究国际会议在斯特灵大学召开，提出当代斯蒂文森研究者应具备跨学科的视野。越来越多的斯蒂文森研究者将认知科学、历史学、心理学、伦理学、人类学、拓扑学、文学地理学、哲学等与传统的文本细读式的文学研究相结合，产出了大量优秀的研究成果。"家"是一个复杂的概念，涉及地理学、人类学、心理学、历史学、认知科学等各学科理论话语。选题颇符合当代斯蒂文森研究"须具备跨学科视野"的要求。因此，本书在文本细读的基础上，运用作者的生平传记研究、后殖民研究、性别研究、文学地理学、人类学、历史学、认知科学等理论和方法，探讨斯蒂文森作品中"家"的文学内涵和意蕴。在对"家"的概念进行梳理的过程中，需要多视角、多维度地综合分析，不仅要把握"家"的基本概念，又要结合当代文学地理学中"家"的最新研究成果，还要考察维多利亚时代"家"的时代内涵。本书既注重文本分析，也注重社会文化语境的考察；既细致地分析文本，又将这些文本细节置于18、19世纪全球语境中考量。

　　最后是落脚点的创新。"离家"拥抱个人主义的倾向是西方现代性的标志之一。文学研究以"家"为视角，反思西方个人主义传统与现代性的意义重大。此外，将"家"作为现代人情感和生命意义的承载媒介，能更好地把握人的日常情感需求及伦理结构,便于在不同文明间开展共情的研究,[①]即"家"有望成为中西文明交流的纽带。18、19 世纪的欧洲人频繁的跨区域、跨国界流动造成了"家"的流动,由此引发的文化现象给生活在 20 世纪,甚至是 21 世纪的中国人带来启迪意义。作家在作品中阐发的对流动的家的感悟在某些层面上也映照了当代中国人的生存体验和困境。中国社会正在飞速进入一个由过去到未来的转型期。现代交通领域的技术变革促使中国进入了海、陆、空等多方位出行的时代,个体的流动空前频繁。人口流动推动了商品、资本、信息等各种形式的流动,而后者的流动又反过来致使人的流动更为频繁。传统的家的概念不断被撕裂和受到挑战,人和家的关系也因而变得微妙而复杂。当下积压在人们心头的较为普遍的感受,即生活在流动社会中的个体的情感体验,以及个体对流动的家的复杂情感,具有重要的研究价值。

---

① 肖瑛认为,"家"是中国文明构成的总体性范畴。从"家"出发,形塑家国一体化秩序体系,实践了儒家文明对社会伦理、政治及经济关系的建构,决定了我国传统文明的制度和伦理底色。不仅如此,她还强调从"家"出发,在不同文明之间开展共情研究的可能性和重要性。详见:肖瑛:《"家"作为方法:中国社会理论的一种尝试》,《中国社会科学》,2020 年第 11 期,第 172—173 页。

第一章 维多利亚时代与斯蒂文森的"家"

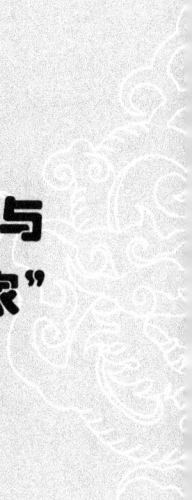

关于"家"的定义目前尚存不少争议,但有一点可以肯定,即它绝非静态的、安全的、舒适的地方。"家"的概念,如同"身份"的概念一样,充满矛盾:在个人与家庭之间,在归属与流亡之间,在未来的、渴望的、乌托邦式的家与过去的、记忆中的家之间,在作为避风港的家与作为监禁或暴力的场所之间,以及作为实体场所的家和作为隐喻的家之间,它总是以一种悖论的方式存在。因此,"家"需要不断地被重构。

本章基于"家"在词源、地理学等领域的有关成果,结合维多利亚时代的社会背景,以及作家斯蒂文森的生活经历等对"家"的概念进行梳理,阐述本书语境中家与流动的关系。

第一节　"家"①的基本概念

在古英语中,表示"家"(home)的词汇 ham 源自原始日耳曼语中表示"家"的 haimaz、古弗里斯兰语中表示"家或村庄"的 hem、古斯堪的纳维亚语中表示"住处或世界"的 heimr 和表示"家"的 heima、丹麦语中的 hjem、中古荷兰语中的 heem,

———————————

① 本书主要整理了"家"的几条名词释义。

以及德语中的 heim 等。① 因此，"家"自古便有"住所、房子、固定的住处、地产、村落、区域、国家"等意。《牛津英语词典》对"家"的内涵做了更详细的阐释。其第一、第二、第七条释义指向"家"的微观层面，表示物理层面的居住的场所、建筑等，其中第二条释义与"家宅"的"人类用以居住的建筑物"这层含义重合。②《说文解字》中对"家"的释义是"居也。从宀"，而对"宅"的释义则是"所托也，从宀"。③ 可见，"家"和"宅"在中国文化中也是不完全相同的概念，"家"的范畴要远大于"宅"。其第三、第八条释义指向"家"的情感层面，其中第八条释义"为贫困者、受折磨者、弱势者、无家可归者提供庇护所或休息处的公共机构"，强调家给人庇佑、归属等正面积极的情感支撑。第四条释义凸显"家"的未来指向，死亡、坟墓在时间向度上与家中人的过去和未来达成共识。第五、第六条释义与"家园"的"家所在的国家、祖国、家乡"的含义一致，其中"家"的第六条释义与"家园"的概念基本一致。

因此，从语义层面看，"家"的概念可从以下三个维度进行理解：首先，空间上，"家"小处可指一家之宅地，大处可指一个地区、国家；其次，时间上，"家"不仅指向当下的家，更是将时间线延伸至过去和未来，"坟墓"这一释义将"家""家族""民族"等具有家族相似性的词汇串联起来，当下在此的人、埋葬于此的祖先、未来生活于此的后代在"家"这一层面上统一起来；最后，从情感维度上看，"家"包含情感因素，它更多强调的是庇护、歇息、满足等积极的情感。

地理学的研究对"家"的概念做了补充与拓展。当代地理学家艾莉森·布朗特（Alison Blunt）等认为，"家"作为一个理论概念，有一定的复杂性，可从以下几方面理解：其一，"家"指房子和居所的物理结构；其二，"家"指时间、空间意义上的人际关系；其三，"家"指家中的成员对家所持的正面、负面或两者混合的复杂情感；其四，"家"也可指一种由幼时的记忆、当下的经历，以及未来的幻想杂糅而成的复杂感悟。④ 在地理学领域，"家"被赋予了更丰富的意义。"家"的情感因素具化为正面的、负面的和混合的（正面与负面情感混合）三种情感模式，而且还增加

---

① 详见：Etymonline. [2022-09-01]. https://www.etymonline.com/search? page=1&q=home.

② 《牛津英语词典》在线版网址：https://www.oed.com/.

③ 许慎：《说文解字 附音序、笔画检字》，徐铉校定，北京：中华书局，2013，第147页。

④ Alison Blunt & R. Dowling. *Home（Key Ideas in Geography）*. Abingdon：Routledge，2006，p. 1.

了其他层面的含义,如"家"的现实与想象。现实主要指人在当下家中的经历,想象指人对过去的家的记忆与对未来的家的预期。因此,个体对家的想象也大大丰富了"家"的内涵。

人文地理学家在地理学研究的基础上又将"家"的研究向前推进了一步,其研究焦点在于家的意义及家如何实现其作为充满意义的空间这一功能:人们与其居住空间的联系,人们在其居住空间的经历,以及从舒适和归属感的角度看,人们如何产生对家的感悟。因此,于人文地理学家而言,"家"并非只是居住的空间,而是一个"无可替代的意义中心"[1],指人和环境之间的一种特殊的关系,人经由这一层关系去了解世界。[2]"家"也指在特定的地方产生的一种"在家"的感受,一种舒适感和归属感的混合(fusion)。[3]在人文地理学家的研究中,有两点值得探讨。首先,人文地理学家的研究侧重"家"的空间对人产生的意义。就斯蒂文森而言,不同自然地理环境中的家对作家的心理、气质、知识结构、价值观念、文学选择、文化底蕴、审美倾向、艺术感知等产生影响;其次,人文地理学家提出"家"也指产生"在家"感受的特定地方,阐明了"家"的不唯一性、不确定性及流动性。任何给人提供"在家"感受的地方都可称之为"家"。

第二节　四海为家的斯蒂文森

在梳理"家"的基本概念的基础上,深入探究斯蒂文森的人生经历及他对家的复杂感悟是研究斯蒂文森作品中流动的家的必要前提。巴尔福在《罗伯特·路易斯·斯蒂文森的生平》中试图还原斯蒂文森生平经历的所有重要事件,将作家斯蒂文森和苏格兰人斯蒂文森创造性地融合在一起。斯蒂文森其人生活在维多利亚时代晚期,苏格兰人、家中异乡人、孤独旅行者等身份为其小说创作提供了复杂的语境。

生活在维多利亚时代的"孤独的旅行者"斯蒂文森对家深有感悟。孙艺风写

---

[1]　E. Relph. *Place and Placelessness*. London: Pion, 1976, p. 39.

[2]　转引自: Alison Blunt & R. Dowling. *Home (Key Ideas in Geography)*. Abingdon: Routledge, 2006, p. 11.

[3]　H. Easthope. "A place called home." *Housing, Theory and Society* 21 (2004), p. 136.

道:"他自称是波希米亚生活方式的忠实信徒,他从来没有一个固定的家,但却渴望有一个固定的家,并(在此过程中)不断地创造(新的)家。"①这话看似矛盾,实际上却并非如此。作家渴望有个固定的、永恒的家,这指的是家的精神内核,但在具体形态上,家可以是不唯一的。作家一生中"不断创造(新的)家"意味着对他而言,家不是固定、守界和生根的,家是流动的,可以被创造的。家的外延随着作家的跨区域、跨国界的流动而变化,它可以指出生地苏格兰,可以指英格兰,可以指旅行暂居地瑞士、法国、美国,也可以指位于南太平洋萨摩亚的威利玛。流动的家一方面表现为个体在意义空间中动态移动的轨迹,另一方面表现为个体对家的动态的认知与情感体验。

斯蒂文森对出生地苏格兰自始至终都怀着一种既熟悉又陌生的矛盾情感。他曾打趣道,"我可能属于世界上任何地方,除了苏格兰"②。但苏格兰的历史及斯蒂文森在苏格兰家中的经历,对其人生轨迹及其作为作家的创作主题和格调的影响无疑是深远且持久的。斯蒂文森的四大"苏格兰小说",即《诱拐》、《巴伦特雷的少爷》(The Master of Ballantrae,1889)、《卡特琳奥娜》(Catriona,1893)和《赫米斯顿的韦尔》皆以1745年苏格兰詹姆斯党人叛乱事件为共同的历史背景。童年时期,苏格兰给作家的印象是晦暗的:在暗黑之夜,羸弱的身体无数次邂逅死亡,想要留住生命的欲望使其幼小的心灵冲破重重阻挠发出一阵阵歇斯底里的呐喊。好在有保姆艾莉森·坎宁安(Alison Cunningham)用《圣经》故事和苏格兰古老的传说陪伴他度过无数不眠之夜。③ 成年后,作家用"阴暗""压抑"等词形容他在苏格兰度过的童年时光。在加尔文教氛围浓重的家中,斯蒂文森公然用无神论挑战父母的信仰,试图以此远离父母和家族传统,形成独立的价值评判标准。这种对父辈及传统的公然挑衅急剧恶化了他与父母的关系。斯蒂文森后来回忆道,自己23岁那年,常和三教九流的人混在一起,与水手、扫烟囱的人、盗贼等为伴。

---

① Yifeng Sun. *Cultural Exile and Homeward Journey*:*R. L. Stevenson and American Fiction*. Beijing:Foreign Language Teaching and Research Press,2005,p. 1.

② Graham Balfour. *The Life of Robert Louis Stevenson* (*vol. 2*). New York:Charles Scribner's Sons,1901,p.191.

③ 斯蒂文森对坎宁安的称颂和感恩,可见其诗集《一个孩子的诗园》扉页上的献辞《致艾莉森·坎宁安——来自她的小男孩》。参见:Robert Louis Stevenson. *A Child's Garden of Verses*. New York:Airmont Publishing Company,Inc. ,1969,p. 5.

他将之视为人生中快活的时光。① 这显然与斯蒂文森家族的主流观念是背道而驰的。斯蒂文森在家中的格格不入，不仅体现在他的性格和信仰上，更在于他的职业选择上。斯蒂文森出生于工程师世家，祖父和父亲都是土木工程师，他曾写作《工程师家族的记录》(Records of a Family of Engineers，1896)来记载父辈们在灯塔建筑方面的斐然功绩。父辈们希望斯蒂文森成年后子承父业。1867年，斯蒂文森秉承家人的意愿进入爱丁堡大学攻读土木工程学位。即便如此，他依旧只对文学情有独钟。斯蒂文森曾回忆说："我的整个童年和青少年时期都在忙碌一件事——练习写作。我口袋里总是装着两个本子，一本是阅读的书，一本是写作的本子。"② 入学后不久，斯蒂文森便向家人提出请求，希望改学文学，但并未获得父亲同意。虽然父亲之后做出妥协，同意他改学法律，但他最终还是走上了职业文学家的道路。这些生活经历在作家成年之后，幻化为他记忆中纷繁的碎片意象，继而成为他作品中不可或缺的重要元素。苏格兰的家及作家幼时的经历在他的作品中以各种意象反复出现，使其作品不仅是在文字上还是题材上都充满了无限张力，而且还为读者理解作家的作品中"家"的主题提供了可诠释的视角。

　　斯蒂文森对英格兰的感情也颇为复杂。他在游记《内河航行》中调侃道，即便自己在伦敦参加过上流人士的聚会，也很难成为血统纯正的英国人。每次过境，总有工作人员怀疑他是外国间谍，要求他出示证件。③ 此类百感交集的心绪在他的《家中异乡人》中有着更为详尽的描述。一方面，斯蒂文森作为苏格兰人，在英格兰感受到的异国情调和他在欧洲大陆或美国的感受惊人相似。从丘陵高原地带的苏格兰进入平原地带的英格兰给作者造成心理上的震惊远甚于初次见到巍峨的阿尔卑斯山和神秘的金字塔。④ 作家感受到的苏格兰和英格兰之间的差异，并非仅在自然景观和建筑风格上，更体现在文化和社会领域。截然不同的社会历史文化，让身处英格兰的苏格兰人斯蒂文森产生了"家中异乡人"的感受。另一方

---

① Graham Balfour. *The Life of Robert Louis Stevenson* (vol. 1). New York：Charles Scribner's Sons，1901，p. 99.

② Graham Balfour. *The Life of Robert Louis Stevenson* (vol. 1). New York：Charles Scribner's Sons，1901，p. 118.

③ 斯蒂文森：《内河航行》，王勋等编译，北京：清华大学出版社，2013，第 28 页。

④ Robert Louis Stevenson. *Memories and Portraits*. London：Chatto & Windus，1919，pp. 1-23.

面,斯蒂文森作为英国作家,对伦敦的文化圈有种情不自禁的依赖感。在伦敦结识的一众好友如芬妮·西特韦尔(Fanny Sitwell)、科尔文、高斯、亨莱、沃特·辛普森(Walter Simpson)、詹姆斯等是他创作热情的激发者和强劲动力,尤其是芬妮和科尔文。有研究者甚至认为,从心理视角分析,在苏格兰的家中,母亲玛格丽特·鲍尔弗(Margaret Balfour)和父亲托马斯·斯蒂文森(Thomas Stevenson)给斯蒂文森带来了消极影响。而在伦敦,斯蒂文森将芬妮和科尔文视为"替代父母",他们引导斯蒂文森对文学创作产生浓厚的兴趣并且逐渐将它发展为毕生的事业。科尔文和芬妮显然比情绪化的麦琪和托马斯更克己慎行、沉着冷静。① 斯蒂文森作为苏格兰人在伦敦的自卑情绪与他在英国文人圈的身份和处境之间的矛盾,以及英国主流社会崇尚的成功、进步、荣誉等价值观与他自己赋闲的生活方式之间的矛盾在英国的家中爆发,最终成为他离开英国的导火索。

斯蒂文森在欧洲大陆旅行期间产生了"在家"的感觉。作家离开英国去往欧洲大陆找寻诗意栖居之地,一为调理身体,二为疗养心灵。1873 年 7 月,由于和父母在宗教信仰上意见不合导致矛盾爆发,斯蒂文森的身体几近崩溃。伦敦的医生将他的病症诊断为肺结核导致的身体虚亏,并建议他去里维埃拉(Riviera)过冬,好让身体远离焦虑与烦扰。② 在医生的建议下,斯蒂文森前往法国南部的芒通③。1875 年,斯蒂文森与堂兄鲍勃·斯蒂文森(Bob Stevenson)前往法国丹枫白露的艺术家村。1876 年春,他们一同游历巴黎。夏末,斯蒂文森和好友辛普森开始了独木舟旅行,这在《内河航行》中有详细记载。在格雷茨(Grez),斯蒂文森邂逅了彼时已育有两个孩子的、已婚的美国女性芬妮·奥斯本(Fanny Osbourne)。继子劳埃德·奥斯本(Lloyd Osbourne)曾在《新天方夜谭》的引言中说道:"(斯蒂文森)算得上半个法国人;他在审美、生活习性及个人偏好等方面简直和法国人一模一样。他不仅能说一口让人羡慕的流利法语,还能像用母语一样使用法语阅读。他热爱这个国家和人民。比起其他任何地方,他在法国更能找到

① William Gray. *Robert Louis Stevenson*：*A Literary Life*. Basingstoke & New York：Palgrave Macmillan, 2004, p. 8.
② Graham Balfour. *The Life of Robert Louis Stevenson*(vol. 1). New York：Charles Scribner's Sons, 1901, p. 135.
③ 1873 年并非斯蒂文森首次去往芒通。早在 1863 年与 1864 年,斯蒂文森就已两次去往芒通看望正在疗养的母亲。

家一样的感觉。"①对斯蒂文森来说，欧洲的法国、瑞士是身体的疗养地，也是心灵的避难所，是他从家中狼狈出逃后的疗伤之地。斯蒂文森在《内河航行》中写道："我们离开熟悉之地，绕行多时，如今终又归来……家中又有怎样的惊喜等待着我们?"②显然斯蒂文森是将欧洲旅行作为暂时的逃离，在旅行途中寻找家的意义，期待带着对家的全新认知重新回归苏格兰。

美国在斯蒂文森生命中的重要性不言而喻。1879 年，斯蒂文森为追求爱情踏上了去往美国的旅程。孙艺风认为，斯蒂文森与美国女性芬妮结婚对他的作家生涯而言意义重大。③ 文中并没有具体阐释芬妮对斯蒂文森写作事业的影响，但斯蒂文森创作的第一部脍炙人口的小说《金银岛》确实与芬妮有关系。斯蒂文森自己在小说扉页上题词，意将小说献给继子奥斯本，并言明小说的情节是"根据这位美国绅士的纯正趣味构思的"④。此外，孙艺风认为，美国的文学传统对斯蒂文森的创作影响颇深。他对苏格兰的逃离与回归，他在文学文类上的焦虑，以及他对罗曼司的实践等都深受美国文学传统的影响，尤其深受詹姆斯·费尼莫尔·库柏(James Fenimore Cooper，1789—1851)、埃德加·爱伦·坡(Edgar Allan Poe，1809—1849)、纳撒尼尔·霍桑(Nathaniel Hawthorne，1804—1864)、亨利·詹姆斯(Henry James，1843—1916)四位美国作家的影响。⑤ 一方面，斯蒂文森离开欧洲大陆前往美国可被视为他个人成长的宣誓仪式，表明了他离家后试图在经济、人格等方面走向成熟和独立的决心，这一决定也使他在爱情与婚姻的经历中获得了对情感的切身感悟。⑥ 另一方面，斯蒂文森的美国之旅为他的创作积累了大量鲜活的素材。航海途中的所见所闻加深了他对人性的理解和认知。通过对同行

37

---

①　William Gray. *Robert Louis Stevenson：A Literary Life*. Basingstoke & New York：Palgrave Macmillan，2004，p. 23.

② 　斯蒂文森：《内河航行》，王勋等编译，北京：清华大学出版社，2013，第 183 页。

③ 　Yifeng Sun. *Cultural Exile and Homeward Journey：R. L. Stevenson and American Fiction*. Beijing：Foreign Language Teaching and Research Press，2005，p. 1.

④ 　Robert Louis Stevenson. *Treasure Island*. London：Penguin Group，1994，p. i.

⑤ 　Yifeng Sun. *Cultural Exile and Homeward Journey：R. L. Stevenson and American Fiction*. Beijing：Foreign Language Teaching and Research Press，2005，p. 2. 作家生卒年为笔者所加。

⑥ 　斯蒂文森在结识芬妮后写了"关于恋爱""关于婚姻"等随笔，后者收录于随笔集《致少男少女们》(*Virginibus Puerisque*，1881)。

欧洲移民的细致观察,斯蒂文森深切感受到去新大陆冒险的浪漫幻想与航海途中遇到的现实之间存在的巨大落差。他在横跨大西洋的船只上看到了众多没有工作、将未来寄希望于新大陆的男男女女。在给友人的信中,他写道:"我们这群人中,有的惨遭(欧洲)淘汰,有的烂醉如泥,有的碌碌无能,有的弱不禁风,有的挥霍无度……所有这些在欧洲大地上过得并不如意的人们,此刻都在逃往另外一个国度;或许他们中的一两个会出人头地,大多数人已然显现出了失败者的姿态。"①与斯蒂文森同行的移民中,有苏格兰人,有爱尔兰人,以及斯堪的纳维亚人、俄国人、德国人等。与这个复杂移民群体的朝夕相处为他提供了探寻复杂人性与思考种族与文明的契机。②斯蒂文森的美国之旅,标志着他在文学创作上渐趋成熟。斯蒂文森在英国文学圈的好友亨莱、科尔文、高斯等将芬妮视为"外来入侵者",不仅是因为斯蒂文森与芬妮结婚后与他们渐行渐远,更是因为她身上呈现出与英国人截然不同的文化价值观③,这是斯蒂文森在创作上日趋成熟与多元化不可低估的因素。

斯蒂文森在南太平洋找到了家的归属感。1889年,斯蒂文森一行乘船到达萨摩亚。之后,他在萨摩亚首都阿皮亚买地建造府邸,将其命名为威利玛,并在那里度过了人生中最后的四年。斯蒂文森在此期间还参与到为当地人争取权益的政治斗争中。19世纪,英、法、德等强国挥着"文明"和"进步"的旗帜对南太平洋岛民进行大肆镇压和征服,"外族入侵,宗族被解除武装,首领遭废黜,新的风俗不断引入,而在这些风俗中最为时髦的一点是:将钱视为生存的方式和目标"④。作家虽身处南太平洋,但却时常回忆起苏格兰人民遭受外族欺压的惨痛历史。苏格兰人斯蒂文森对南太平洋海岛上人们的遭遇产生了共情,并对他们施以援手。英

---

① 转引自:Jenni Calder. *RLS:A Life Study*. London:Hamish Hamilton, 1980, p. 127.

② 斯蒂文森在小说《退潮》中塑造了三个来自英美社会底层、性格迥异的欧美人:戴维斯(Davis)、赫瑞克(Herrick)和休以西(Huish)。他们身上表露出的人性弱点已掩盖了其作为欧美人在种族上的优越性。

③ Yifeng Sun. *Cultural Exile and Homeward Journey:R. L. Stevenson and American Fiction*. Beijing:Foreign Language Teaching and Research Press, 2005, p. 23.

④ William Gray. *Robert Louis Stevenson:A Literary Life*. Basingstoke & New York:Palgrave Macmillan, 2004, p. 115.

国政府委婉劝告,"斯蒂文森先生更适宜远离政治,专注于创作"①。因为此事,斯蒂文森与科尔文通信时,字里行间充满了怨气。但自此之后,斯蒂文森与当地人的关系升华,他们专为他的居所铺设了与外界连通的道路。斯蒂文森因而在南太平洋找到了一丝家的归属感。正如他自己所言,"我爱这方土地,有生之年我选择在此处筑起我的家,待我归去时,我的坟墓也将筑于此地"②。

"孤独的旅行者"斯蒂文森在苏格兰、英格兰、南太平洋,以及法国、瑞士、美国等地之间流动,尝试在各地"做家",试图寻找家的存在形式与意义,摆脱"家中异乡人"的困境。在此过程中,作家对家产生动态的认知与情感体验。他的诗集《一个孩子的诗园》将他离家—寻家—归家的人生轨迹刻画得淋漓尽致:那个孤独的孩子幻想着离家远航,远航之后,心里又盼着早日让船靠岸,回归家园。

第三节　维多利亚时代流动的家

诗学概念的"家"有鲜明的时代性。厘清维多利亚时代"家"的内涵,对研究该时期"家"与文学的关系意义重大。

斯蒂文森生活的维多利亚时代是由过去向未来转型的时代,这是该时期的人们普遍的共识。社会转型成了维多利亚时代特有的概念,也成了维多利亚时代的主要特征。沃特·E.霍顿(Walter E. Houghton)在《维多利亚的心智结构:1830—1870》(*The Victorian Frame of Mind*:*1830—1870*,1957)一书中明确提出:"这一时代唯一能区别于其他时代的特点是一种共识,即我们生活在转型时期。"③虽然每个时代都可被称为转型期,但在英国,这种意识确实是跟维多利亚时代同步开始的。④ 维多利亚时代作为转型期的物质表征是什么? 这一时期的

① William Gray. *Robert Louis Stevenson*:*A Literary Life*. Basingstoke & New York:Palgrave Macmillan,2004,p.158.

② Robert Louis Stevenson. *Vailima Letters*. London:Methuen,1901,p.363.

③ Walter E. Houghton. *The Victorian Frame of Mind*:*1830—1870*. New Haven & London:Yale University Press,1957,p.1.

④ Walter E. Houghton. *The Victorian Frame of Mind*:*1830—1870*. New Haven & London:Yale University Press,1957,p.1.

39

"家"被赋予了怎样的时代特色？

以上两个问题均涉及维多利亚时代社会变革中最显著的要素之一——铁路。工业革命及交通领域的技术变革促使英国及同时代的发达国家飞速进入了铁路时代。有研究指出，1830 年，利物浦通往曼彻斯特的铁路通车。1860 年，21 世纪所使用的铁路网多已成型。1910 年，英国大部分地区（除苏格兰北部之外）与伦敦的距离都在 10 小时车程之内。[①] 铁路和火车作为具有特殊文化含义的符号频频出现在 19 世纪的英国文学作品中。作家们通过书写铁路和火车呈现他们对西方社会，以及工业文明的理解和思考：查尔斯·狄更斯（Charles Dickens，1812—1870）在《董贝父子》（Dombey and Son，1848）中描写了铁路修建的场景；乔治·艾略特（George Eliot，1819—1880）在《激进派菲尼克斯·霍尔特》（Felix Holt，the Radical，1866）和《米德尔马契》（Middlemarch，1872）等小说中集中描写了与铁路相关的情节；托马斯·哈代（Thomas Hardy，1840—1928）在《无名的裘德》（Jude the Obscure，1895）中描写了"小时光老人"搭乘着火车投奔裘德的场景等。殷企平在提及 19 世纪英国小说中的铁路时描述道，"冰冷坚硬"的、"不存在情感"的、"吞吃着煤炭喷吐着烟雾"的、怪物般的"铁马"以强硬迅捷的姿态闯入了人们的生活，"把人们带入了一个前所未有的困顿之地，人们被风驰电掣地带离了也许贫穷却可以把握的过去，而渴望中的金色的未来天堂却似乎总有一步之遥——也许更远"。[②] 铁路和火车给人们的生活带来翻天覆地的巨大变革。因此，维多利亚时代家与人的关系也因面临着与前一个时代相异的变革而进入了转型期。狄更斯在《董贝父子》中写道："每个二十四小时之内，都有几十批人群和山一样的货物到达或离开这里，使这个地方永远像发酵似的。连房子都看上去像要打好包出去旅行似的。"[③] 火车或许是像雷蒙德·威廉斯（Raymond Williams，1921—1988）认为的那样"从混乱中脱胎而出的一种新秩序"[④]，它代表 19 世纪的

① Tim Cresswell. *On the Move：Mobility in the Modern Western World*. New York & London：Routledge，2006，p. 16.

② 殷企平：《推敲"进步话语"——新型小说在 19 世纪英国》，北京：商务印书馆，2009，第 504 页。

③ Charles Dickens. *Dombey and Son*. Hertfordshire：Wordsworth Editions，1995，pp. 195-196.

④ Raymond Williams. *The English Novel：From Dickens to Lawrence*. New York：Oxford University Press，1970，p. 42.

工业文明,象征文明的新秩序,但同时也打乱了人们传统的生活秩序。连扎根于土地的"房子"也像要打好包出去旅行似的,在铁路时代,还有什么是不能流动的呢?在这样的社会背景下,维多利亚时代的人们①义无反顾地坐上了列车,离开自己的家园,即便散发着迷人光芒的未来仅在渴望和想象中出现。铁路及与其具有相似性的一系列代表着进步、速度的交通工具,加快了19世纪欧洲人离家的步伐。家庭及家庭成员之间的情感凝聚力受到外界强有力的冲击。观察斯蒂文森的生活经历,自1862年起,他频繁离开位于苏格兰爱丁堡的家,前往英国、德国、意大利、法国、瑞士、美国、南太平洋等各地游历。虽其间辅以徒步、骑驴、坐船等方式,然而铁路和火车的功劳显然无可替代。卡尔德写道:"孩童时期的斯蒂文森开始想象旅行生活,青年时期的斯蒂文森将蒸汽火车视为逃离(家)的信号。"②因此,火车成为作家实现离家旅行梦想的现实载体。

与此同时,火车是区别于传统的家的空间,如何为火车上具有相似情感经历的共同体(community)的临时缔造创造条件?作家曾在《穿越平原》中记录了自己坐火车从美国东部去往西部的旅途经历。火车的车厢里,一位吹短号的男子吹响了一曲《家,甜蜜的家》("Home, Sweet Home"),整个车厢顿时寂静下来。斯蒂文森认为此曲在情感上给人以"野蛮的暴击"(brutal assault)③。1886年,"殖民地与印度博览会"在英国伦敦举办,开幕式上的表演歌曲为《家,甜蜜的家》。而在作家的笔下,火车上奏响的《家,甜蜜的家》成为离家在外的人们与远方的家之间的情感联结,火车也通过音乐的媒介将分散的、相互没有联系的离家者群体联系到一起,临时缔造出一个共同体。

"呼啸"的火车实现了个体在区域间的频繁流动,加快了个体离家的速度和步伐,此为维多利亚时代英国民众大规模离家的客观的物质前提。而主观上,

---

① 1835年,英国约有1000万人次乘马车出行;10年之后,约3000万人次通过铁路出行;1870年,出行人次达到33600万。参见:Tim Cresswell. *On the Move: Mobility in the Modern Western World*. New York & London: Routledge, 2006, p. 16.

② Jenni Calder. "The Eyeball of the Dawn: Can We Trust Stevenson's imagination." *Robert Louis Stevenson Reconsidered: New Critical Perspectives*. William B. Jones Jr(ed.). Jefferson: McFarland & Company, Inc., 2003, p. 14.

③ Robert Louis Stevenson. *Across the Plains with Other Memories and Essays*. New York: Cambridge University Press, 2009, pp. 30-31. 本章对该文献的引用均为笔者自译,不再一一说明。

大英帝国这一概念的形成,以及英国公民帝国意识的不断强化致使其纷纷离家前往海外殖民地,为"帝国事业"添砖加瓦。思想家约翰·罗斯金(John Ruskin,1819—1900)在其就职讲演中指出,英国的命运在于统治:她将把她"仁爱和光荣"的火焰带到最最遥远的地方。① 因此,很大一部分维多利亚时代的英国青年怀着为帝国统治献身的热情,背负着为世界带来文明与秩序的使命,纷纷离家,间接引发了世界规模②的离散迁徙。在斯蒂文森的小说《退潮》中,曾在剑桥大学就读的爱图瓦特(Attwater)将自己离家来南太平洋的初衷归结为:"年轻、好奇、爱冒险、喜欢海洋,还有对于传教的热忱。"③曾在英国受过高等教育的、代表英国精英阶层的爱图瓦特不远万里离开舒适的英国家园,来到"野蛮"的南太平洋殖民地,试图通过教化殖民地的土著,在"未开化""落后"的殖民地播下"欧洲文明"的种子。

在维多利亚时代,大英帝国的迅速扩张及由此导致的大范围的人口流动在昭示社会转型的同时,也引发了思想和情感层面的变革。这不仅促成了英国维多利亚时代历险小说的繁荣,还为凸显少年主角们的男性身份、建构男性气质提供了虚构的空间。在此社会背景下成长起来的青少年对大英帝国的海外家园充满了浓厚的兴趣。很多青少年幻想着长大离家去往帝国的殖民地,或做生意发财,或到驻扎在各殖民地的英国军队里服役,或到那儿的殖民政府里做公务人员,等等。④ 在斯蒂文森的小说《金银岛》中,少年霍金斯在出发寻宝前时常做航海梦,期盼早日登上异国的岛屿,找到金银财宝。去往海外寻找财富的梦想支配着少年霍金斯的日常生活,"我常常一连几个小时研究那张地图,把所有的细节都牢记在心。我坐在总管屋子的火炉边,默默地幻想着从各个不同方向登上那宝岛"⑤。《金银岛》等冒险小说在英国的风靡,又进一步助推了英国读者,尤其是青少年读

---

① 转引自:博埃默:《殖民与后殖民文学》,盛宁、韩敏中译,沈阳:辽宁教育出版社,1998,第46页。

② 19世纪末,大英帝国统治范围达地球陆地面积的四分之一,且全球六分之一的人口处于其统治之下,详见:中西辉政:《大英帝国衰亡史》,王敬翔译,长沙:湖南人民出版社,2018,第119页。

③ Robert Louis Stevenson & Lloyd Osbourne. *The Ebb-Tide*. New York: Charles Scribner's Sons, 1905, p. 171.

④ 陈兵:《帝国意识与英国维多利亚时代历险小说的繁荣》,《首都师范大学学报(社会科学版)》,2012年第1期,第105页。

⑤ Robert Louis Stevenson. *Treasure Island*. London: Penguin Group, 1994, p. 42.

者对离家去往大英帝国的海外殖民地开拓历险的兴致和热情。

　　此外,帝国主义时期英国男性的离家并非仅仅与殖民地的蓬勃发展有关。在诸多有关帝国的研究中,英国的家被描绘成令人窒息的空间,成为人们企图逃离的对象。因此,离家探险成为大英帝国男性气概小说的重要主题之一。约翰·托什(John Tosh)认为,即便19世纪末英国男性中产阶级的家和家庭生活对维持男性公众声誉尤为重要,男性们逃离家庭生活的现象却并不罕见。① 由此可见,维多利亚时代男性离家投身于拓展帝国海外版图的事业,除了与大英帝国的殖民扩张,以及帝国之家在海外建构的宏伟蓝图有极为密切的联系外,他们在英国家中所经历的消极负面的情感模式,如憎恶、恐惧、暴力、焦虑等,也成为其离家的一股助推力。

　　维多利亚时代如期昭示了以铁路等为媒介的流动时代的到来,跨区域、跨国界的流动变得日益频繁。人口流动推动了商品、资本、信息等各种形式的流动,而后者的流动又反过来致使人的流动更为频繁。1839年,一篇发表于《评论季刊》(Quarterly Review)的文章写道,将世界各国分隔的空间和距离最终会消亡。② 这论断在当时来看略显夸张。但不可否认,流动的确改变了传统的空间概念,冲击了传统的"家"的观念。

　　"流动"是维多利亚时代的"家"最显著的内涵之一。处于转型期的维多利亚时代为英国民众在国家及地区之间的流动提供了充足的条件。首先,以工业革命及交通领域的技术变革为基础的铁路时代的到来为英国民众大规模离家提供了客观的物质保障。其次,维多利亚时代大英帝国的形成,以及普通英国民众帝国意识的勃兴导致大量英国公民离家前往"野蛮"的海外殖民地发展事业。再次,冒险小说的风靡进一步助长了青少年读者对离家去往大英帝国的海外殖民地开拓历险的兴致和热情。此外,英国的家中憎恶、暴力、恐惧等令人窒息的消极负面情绪成为公民离家的一股重要的助推力量。

　　"家"的概念在"流动"的视域下产生了变动。一方面,"流动"挑战了传统的家

① 　John Tosh. *A Man's Place*：*Masculinity and the Middle-Class Home in Victorian England*. London：Routledge，1999.
② 　转引自：Wolfgang Schivelbusch. *The Railway Journey*：*The Industrialization of Time and Space in the Nineteenth Century*. California：University of California Press，2014，p. 29.

庭结构和模式,给家带来了巨大的危机。在强调文化和身份固定、守界和生根的社会中,"流动"更多地被赋予负面的意义,流动的人被贴上"漂泊""流浪""边缘"等标签。在中世纪,流动的人甚至被视为在社会层面和地理层面都不归属于任何地方的人,从某种意义上也被视为"无家可归的人"①。威廉斯认为文化的发展和地方②与社群的连续性有很重要的关联。因此,他强调一个扎根稳固的经济秩序。③任何形式的流动都将对理想文化的持续发展产生威胁和冲击。④因流动带来的个人及社会层面的巨大变革不仅造成了民族和国家文化上的差异和冲突,以及个人精神上的焦虑和困顿,而且冲击了传统的家庭模式。另一方面,"流动"也促使家的意义在动态中不断生成。回到"家"的概念,具有流动属性的家首先是个具体的空间,是人文地理学家眼中"无可替代的充满意义的中心"⑤,不仅指位于此地的家(居所及相应的情感因素等)和彼地的家,同时也指家从此地流动至彼地的驱动因素,以及流动的内容和意义,强调流动过程及在此过程中人对家的认知变化。因此,家的意义并非一成不变,而是处于动态的变化过程中。随着人的流动以及人对家的认知变化,家的意义不断生成。

流动的家的积极意义主要彰显于以下两个层面:第一,流动可缓解家中人的身份焦虑。封闭的、固定的身份在流动中变得飘忽和不确定,同时也意味着家的意义的开放、流动、嬗变的可能。第二,流动促使不同语言、文化、社会结构的个体频繁交流互动,有助于解构家中如父尊子卑、夫尊妻卑等传统的不合理秩序,打破不平衡的家庭结构,形成新的家的模式。

斯蒂文森游踪遍及苏格兰、英格兰,南太平洋,以及法国、瑞士、美国等地,他在追寻"家"的意义的同时,试图走出"家中异乡人"的困境。他在作品中建构了流动的家。此处的"流动"是一种宽泛意义上的概念。

---

① Tim Cresswell. *On the Move*:*Mobility in the Modern Western World*. New York & London:Routledge,2006,p.11.

② 在这一维度上,"家"与"地方"的概念是相近的。在威廉斯看来,家、地方、社群因其特定的文化而稳固。

③ 扎根稳固意味着拒绝变动、移动、流动,因而以流动为基础的大众旅行就会被视为一种对等级、秩序的威胁和冲击。

④ Tim Cresswell. *On the Move*:*Mobility in the Modern Western World*. New York & London:Routledge,2006,p.34.

⑤ E. Relph. *Place and Placelessness*. London:Pion,1976,p.39.

根据《牛津英语词典》，"流动"（mobility）一词最早在英语中出现是在 17 世纪，主要指人及人的身体、肢体、器官等移动的能力，在自然科学中与"移动"（movement）一词经常互换使用。到了 18 世纪，"流动"一词被用来形容社会中活动的、情绪易激动的群体（the mobile vulgus），后简称为"暴民"（mob），是与"贵族"（nobility）相对立的社会群体。[①] 总体而言，"流动"和"移动"虽然都是现代性的产物，两者之间有着明显的差别。地理学家蒂姆·克雷斯韦尔（Tim Cresswell）清晰地阐释了"流动"的概念，并将其与"移动"作了区分。他认为，移动是在抽象空间中"位置"的动态等效对象，而流动是"地方"的动态等效对象。由于"地方"本身是指蕴含着意义和权力的"位置"[②]，因而流动和移动的最大差别就在于前者的空间是有内容的、充满意义的，是具体的历史语境和社会语境中的空间，而后者是摈弃了所有内容的抽象空间。

"流动"除了强调空间意义和具体语境外，同时还指意义上的不确定。在《流动的现代性》（*Liquid Modernity*，2000）中，齐格蒙特·鲍曼（Zygmunt Bauman，1925—2017）指出"流动性"（fluidity）是液体和气体的特性，它们在受外力作用时，"在外形上会处于一种连续的变化状态"[③]。流体与固体的区别在于，它不能保持它的任何形状，其形态易于改变或者往往变动不居。[④] 在"流动"的状况下，一切都有可能发生，但一切又都不能充满自信与确定性地去应对。这样就导致了不确定性，同时还导致了无知感、无力感，以及一种难以捉摸和四处弥散的、难以确认和定位的担忧。[⑤]

因此，在本书的语境中，流动的家有两层含义。首先，它强调家是具体的历史和社会语境中的空间；其次，它强调家的意义的生成性和不确定性。

---

① 转引自：Tim Cresswell. *On the Move：Mobility in the Modern Western World*. New York & London：Routledge，2006，p. 20.

② 参见：Tim Cresswell. *On the Move：Mobility in the Modern Western World*. New York & London：Routledge，2006，pp. 1-3.

③ 鲍曼：《流动的现代性》，欧阳景根译，北京：中国人民大学出版社，2017，第 23 页。

④ 鲍曼：《流动的现代性》，欧阳景根译，北京：中国人民大学出版社，2017，第 24 页。

⑤ 鲍曼：《流动的现代性》，欧阳景根译，北京：中国人民大学出版社，2017，第 12 页。

小　结

　　结合"家"在语义层面的基本特征及地理学、人文地理学有关"家"的研究成果，"家"的基本概念可以从以下几个维度进行梳理：首先，在空间维度上，"家"除了指家宅、地区、国家，也指给人带来"在家"的感受的意义空间；其次，在时间维度上，"家"涵盖人对过去的家的记忆、人在当下家中的经历及人对未来的家的预期；最后，在情感维度上，"家"涵盖积极正面的（庇护、歇息、满足等）、消极负面的（憎恶、暴力、恐惧等）和混合的（正面与负面情感混合）三种情感模式，以及在此情感基础上产生的包含伦理关系在内的人际关系。

　　"流动"是维多利亚时代的"家"最显著的内涵之一。作为社会转型期，维多利亚时代为英国民众的全球流动提供了条件。其一，工业革命及交通领域技术变革引领的铁路时代的到来是英国民众大规模离家的物质保障。其二，大英帝国的形成及英国公民帝国意识的觉醒是驱使大量民众离家去往海外殖民地的巨大动力。英国家庭中的焦虑、恐惧等消极负面情绪亦成为民众离家的一股助推力量。

　　斯蒂文森生活在处于转型期的维多利亚时代，这在很大程度上决定了作家的生活方式以及他对流动的家的理解和阐释。他毕生游走于世界各地，试图通过旅行摆脱"家中异乡人"的尴尬处境，并以此寻找家的意义。他在作品中建构了流动的家。在本书语境中，"流动"的家既强调家是具体的历史语境和社会语境中的空间，同时又强调家的意义的生成性和不确定性。

第二章　离家:在身份
　　　　焦虑中出走

　　霍顿说，维多利亚时代的家不仅是现代人远离焦虑的庇护所，也是在现实或想象中实现灵魂渴望的宁静平和之地。[①]　然而，"家"的意义或许更接近人文地理学家给出的阐释，它是人文地理学家眼中"无可替代的充满意义的中心"[②]，指"家中的成员对家所持的正面、负面或两者混杂的复杂情感"[③]。家替人们缓解因外部环境引起的焦虑的同时，本身也可能给人制造焦虑感，尤其是封闭、固定的家。因此，家涵盖了庇护、歇息、满足等积极正面的情感，憎恶、暴力、恐惧等消极负面的情感，以及正面与负面情感相互混杂的情感模式。本书第一章已经阐明，由于"家"蕴含"住所、房子、固定的住处、地产、村落、区域、国家"等意，因而人对"家"的情感自然也包含了人对固定的住处、村落、区域、国家等积极正面的、消极负面的，以及混合的情感。在本书的语境中，个体对"家"的情感的复杂性源于个体因身份焦虑而对"家"产生不同维度的情感诉求。此外，人对"家"的复杂情感诉求也同样可能加剧人的身份焦虑。

　　"身份"（status）一词源于拉丁语 statum（拉丁语 stare 的过去分词形式，意为"站立"），指个人在社会中的位置。阿兰·德波顿（Alain de Botton，1969—　）在《身份的焦虑》（*Status Anxiety*，2004）中将"身份的焦虑"界定为一种"担忧"，他

---

①　Walter E. Houghton. *The Victorian Frame of Mind：1830—1870*. New Haven & London：Yale University Press，1957，p. 343.

②　E. Relph. *Place and Placelessness*. London：Pion，1976，p. 39.

③　Alison Blunt & R. Dowling. *Home（Key Ideas in Geography）*. Abingdon：Routledge，2006，p. 1.

认为：

> 身份的焦虑是一种担忧。担忧我们处在无法与社会设定的成功典范保持一致的危险中，从而被夺去尊严和尊重，这种担忧的破坏力足以摧毁我们生活的松紧度；以及担忧我们当下所处的社会等级过于平庸，或者会堕落至更低的等级。[①]

我们试着从以下三个方面理解德波顿对"身份的焦虑"下的定义：其一，个体因对尚未获得的身份和地位的渴望而内心焦灼；其二，个体对失去已拥有的尊贵身份和地位的担忧；其三，个体因无法与社会设定的成功典范保持一致而焦虑。本章阐释身份焦虑与离家的关系时将借鉴这三个视角。

本章将聚焦斯蒂文森的三部作品《金银岛》《化身博士》和《为赋闲者辩》，从多个视角探讨个体的身份焦虑与离家的关系。

第一节　《金银岛》中航海人的身份焦虑与离家

《金银岛》讲述了少年霍金斯和利夫西大夫（Dr Livesey）等人智斗海盗、寻找宝藏的历险经历。斯蒂文森为配合 12 岁继子奥斯本画的岛屿图，编织了一个故事，这也是《金银岛》的创作初衷。小说中航海人的身份焦虑不经意间经由航海叙事中离家的男性角色传递出来。斯温纳顿曾犀利讥贬斯蒂文森从未创作出任何一流作品，除了"一些适合男孩子阅读的书籍"[②]之外。《金银岛》便是其中之一。但詹姆斯却将之奉为经典，认为其巧妙地"将惊奇感与人类普遍的经验混合，将意外巧合与熟悉的情感混合……用特有的语言风格传达人类普遍的情感。古雅离奇的故事带着幽默因子，将古典叙事编织其中，拨动了读者共情的心弦"[③]。以 18世纪为创作背景的《金银岛》所传达的"人类普遍的情感"成为 19 世纪的人们在因

---

① 德波顿：《身份的焦虑》，陈广兴，南治国译，上海：上海译文出版社，2018，序言第 6 页。

② Frank Swinnerton. *Robert Louis Stevenson*：*A Critical Study*. London：Martin Secker，1924，p. 188.

③ 转引自：Janet Adam Smith（ed.）. *Henry James and Robert Louis Stevenson*：*A Record of Friendship*. London：Rupert Hart-Davis，1984，pp. 154-155.

功利主义和物质主义而变得日益平庸乏味的时代中寻找的一股强大的精神能量，缓解了个体的身份焦虑，同时亦刺激了萎靡的帝国精神。

一、霍金斯的身份焦虑与离家冲动

少年霍金斯的身份焦虑源于其承袭的父权家庭责任与实现航海梦的个人理想之间的冲突。

在传统的西方文化中，父亲是代表传统、历史、强者、权威的文化符码。父亲被赋予了更多的特权与更高的社会地位，因而代际传承主要通过家中父亲的规训来完成。父权本质上是一种特权，要求子女的日常行为顺从其意志和规范。正如约翰·洛克（John Locke，1623—1704）所说，"父亲通常还有另外一种权力，使他的儿女不得不对他服从；虽然这种权力他和别人都是同样具有的，但是由于这种权力的实施机会差不多总是出现在父亲们私人的家庭里"[①]。在《金银岛》中，霍金斯少年丧父，父权从在场变为缺失，家中父权的代际传承出现了裂痕，约束霍金斯的来自父亲的意志和规范暂时失效。与此同时，父亲的死亡导致霍金斯身份骤变，开始接替父亲行使家中的主导权，实现了父权在代际间的过渡和传承。他从一个被监护人和被规训的对象转而变为客店的经营者、家庭的守护者及母亲的监护人。父亲的丧事犹如一场悲戚的成人仪式，宣告霍金斯正式踏入成人世界，开始履行家庭的义务和职责。例如，"把其他事撂一边""强忍悲痛""接待前来吊唁的邻居""料理丧事""照管客店的生意"等。[②] 霍金斯准备离家去海岛探险前，乡绅特里劳尼（Trelawney）为霍金斯母亲雇了一个学徒以替代霍金斯的位置帮忙料理店务。霍金斯由此制定了约束家中成员的一系列外在规范，以彰显他在家中"父亲"般的权威身份和地位。

> 等到见到了那学徒男孩，我才第一次明白我母亲的处境。在此之前，我只想到即将开始的轰轰烈烈的探险经历，根本没有想我即将离开的家。见到眼前这位笨手笨脚，一问三不知的男孩，想到他将替代我的位置留在母亲身旁，我第一次流出了眼泪。这男孩是新手，我把他狠狠地折磨了一番。我不

---

① 洛克：《政府论》（下篇），叶启芳等译，北京：商务印书馆，1996，第45页。

② Robert Louis Stevenson. *Treasure Island*. London：Penguin Group，1994，pp. 17-18. 本章对该文献的引用均为笔者自译，不再一一说明。

放过每一次机会,不停地纠正他,教训他。①

霍金斯见到学徒男孩后,第一印象便是"笨手笨脚""一问三不知"。② 此时的霍金斯扮演了家中的"父亲"角色,开始行使"父亲"的特权。想到这位新手男孩即将替代自己的位置留在母亲身旁,霍金斯便狠狠地折磨他,纠正他,教训他。霍金斯对男孩的严酷和说教继承自父亲。父亲在家中的权威性,以及他对霍金斯的严苛和规训虽并未在小说中有正面描述,但从某些细节中可窥视一二,如前来客店找比尔(Bill)的黑狗(Black Dog)对霍金斯说的一句话,语言朴实却意义深刻。"我有一个儿子,"他说,"长得和你一模一样,他是我的心肝宝贝,但男孩子最要紧的是服从命令,孩子,你也得服从命令。"③小说借另一个父亲之口传递了一个重要理念,即男孩在家要顺从父亲的意志和规范。霍金斯在成长过程中逐渐习得规范并将之内化为自身的组成部分。因此,在学徒初入"家"的领地,霍金斯便不自觉地开始模仿父亲,严苛地规训起这位家中新来的成员,以凸显其权威的身份和地位。

已继承了父权的霍金斯为何选择离家,随利夫西大夫等人出海历险?霍金斯的航海梦及扎根于他内心深处的、探索未知世界的冒险精神或成为他安于平庸生活,继承并经营父亲的客店的最大对手。

在出发寻宝前,霍金斯"时常做航海的梦,期盼早日登上异国岛屿,找到金银财宝"④。事实上,这航海梦并非霍金斯个人的航海梦,它代表了整个时代英国人的梦想。小说开篇交代了故事的背景,"现在是公元17XX年"⑤,此处的时间描述稍显随性,甚至有失严谨,但是在年份之前又加了"grace"⑥一词,仔细推敲,不乏深意。自16世纪始,欧洲人的足迹遍布了新大陆和殖民地,航海冒险类的文学长足发展。18世纪,英国的"航海叙事极为流行,波及非常广泛的社会阶层"⑦。斯蒂文森将故事发生的时间设在18世纪,或许是对18世纪英国航海叙事的致敬,

① Robert Louis Stevenson. *Treasure Island*. London:Penguin Group,1994,p.45.
② Robert Louis Stevenson. *Treasure Island*. London:Penguin Group,1994,p.45.
③ Robert Louis Stevenson. *Treasure Island*. London:Penguin Group,1994,p.10.
④ Robert Louis Stevenson. *Treasure Island*. London:Penguin Group,1994,p.42.
⑤ Robert Louis Stevenson. *Treasure Island*. London:Penguin Group,1994,p.1.
⑥ 原文:I take up my pen in the year of grace 17—
⑦ 张德明:《西方文学与现代性叙事的展开》,上海:华东师范大学出版社,2017,第14页。

同时也是随了其一向的写作特色：对想象的推崇。作家们借助自己的旅行或想象中的旅行，构思有关远方异域的故事。各阶层的读者们在阅读中也经历了各种航海的想象。詹姆斯曾在《小说的艺术》（"The Art of Fiction"，1884）中说，自己虽曾有过童年，然却未曾有过寻宝的经历，因此没有资格对《金银岛》进行深入的评论。[①] 斯蒂文森认为这话过于机械。他说道：

> 如果他从来都没有探寻宝藏的经历，那么这只能证明他从来就没有当过孩子。任何孩子（除非詹姆斯大师是个特例）都探寻过金矿，当过海盗，做过军官，甚至一度占山为王；任何孩子都经历过枪林弹雨，遭受过船难，甚至使自己的小手沾上过血污；任何孩子都曾经出生入死，在战斗中反败为胜，甚至有行侠仗义或英雄救美的壮举。[②]

在作家看来，所有儿童都有过寻宝、当海盗、战争、遇船难、当英雄等共同的冒险经历；即便在现实的世界中没有经历过，至少在想象的世界中有过类似的经验。而对于生活在港湾附近，家里开着客店的少年霍金斯而言，各种航海叙事或关于航海的想象在他的心灵深处已早早播下种子，成为日后召唤他离家的魔幻力量。

对自我身份的反思是促成霍金斯离家探险的强大动力。继承父辈的事业，像父亲一样成为经营客店的主人，这种封闭的、固定的身份显然对霍金斯缺乏足够的吸引力。小说中，描写父亲的情节极少，且都集中于第一章，但父亲胆怯与懦弱的形象在比尔船长的映衬下显得格外具有讽刺的意味。小说开篇提到，本葆将军客店住着一位肤色黝黑、脸上留有一道疤痕的老水手（霍金斯称其为船长），父亲胆怯到不敢伸手向他讨要房钱。

> 只要父亲一提到钱的事，船长就会从鼻子里发出雷鸣般的响声，简直像在咆哮。与此同时，他用两眼瞪着我那可怜的父亲，直到把他吓走为止，我曾见到父亲受到这样的恐吓之后扭绞双手战战兢兢的狼狈相。看来，我父亲的早逝与生活在这种压抑和恐怖的环境中不无关系。[③]

父亲懦弱无助的形象及他在比尔船长面前的狼狈不堪与战战兢兢，无一不在

① 詹姆斯：《亨利·詹姆斯文论选》，朱雯等译，上海：上海译文出版社，2000，第 27 页。
② 转引自：殷企平等：《英国小说批评史》，上海：上海外语教育出版社，2001，第 108 页。
③ Robert Louis Stevenson. *Treasure Island*. London：Penguin Group, 1994，p. 5.

透露一个重要的信息：父亲缺乏在外出冒险中才能培育起来的野心和勇于反抗强者的勇气，一种英雄的气质和男性的气概。显然，霍金斯对这种英雄气质的推崇是毫不掩饰的。他觉得船长的存在对"我们"有好处，是对乡下人平淡的生活的一种刺激，而周围的年轻人甚至十分钦佩他，称他是"真正的老水手"，并且说英国正是依靠他这种人才得以称霸海上。① 霍金斯口中乡下人平淡的生活是一种相对封闭的、非流动的生活状态，缺乏激情、梦想与冒险经历。他的焦虑在于自己是该维持平庸的、缺乏冒险激情的、平淡的乡下生活，当一个如父亲一般没有英雄气质的客店店主，还是该离家外出冒险，培育自己英勇、有责任心和男子气概等传统的品质？霍金斯对后者的选择显然也并非毅然决然。小说中提到，霍金斯一想到自己要将母亲和客店交给"笨手笨脚，一问三不知的男孩"时，"第一次流出了眼泪"。② 霍金斯强调自己"第一次"流泪，或许表现出其在情感上对家和母亲的不舍与将暂时卸去家庭责任的愧疚；此外，这也是霍金斯改变封闭的生活状态，踏上冒险之路时忐忑内心的映照。

二、航海人的身份焦虑与离家命运

少年霍金斯在父权的规训下逐渐顺从了父权所承载的规则与秩序。父亲的死亡让霍金斯由被规训的对象转为规矩的制定者，继而成为家中的主导者，暂时获得了父权。父权在代际更迭中的起伏与不稳定性在于已经被继承的父权再一次被拱手让出，继承人离家航海。然而，无论是以霍金斯等为代表的"正义"的航海人，还是以西尔弗为代表的"邪恶"的航海人，都面临着各自的身份困境。

小说结尾处，以霍金斯、利夫西大夫、乡绅特里劳尼等为代表的"正义"的航海人最终战胜了以海盗西尔弗为代表的"邪恶"的航海人，找到了宝藏。孙艺风视斯蒂文森为"讽喻作家"，认为他擅长用善恶二元对立作为道德讽喻的手段。③ 小说确实多处将海盗置于与利夫西大夫和乡绅特里劳尼等社会地位较高的"正面人物"的对立面，如第一章描述利夫西大夫"衣冠楚楚，仪表堂堂，两眼炯炯有神，举

---

① Robert Louis Stevenson. *Treasure Island*. London：Penguin Group，1994，p. 4.

② Robert Louis Stevenson. *Treasure Island*. London：Penguin Group，1994，p. 45.

③ Yifeng Sun. *Cultural Exile and Homeward Journey*：*R. L. Stevenson and American Fiction*. Beijing：Foreign Language Teaching and Research Press，2005，p. 150.

止文雅大方"的同时，还提到"衣衫褴褛、目光呆滞、看似稻草人的海盗船长，由于酗酒过度，正有气无力地趴在桌上"。①利夫西大夫与海盗船长比尔在外形上构成鲜明的对比，读者似乎很容易掉据此对两者进行善恶判断的思维漩涡。但简单以正义和邪恶将航海人进行分类显然缺乏足够依据。

　　小说中，"正义"的航海人的品行是否禁得起推敲？乡绅特里劳尼住着"一栋被古老的大花园所簇拥"的宅邸并拥有"四周全是书橱，上面摆着许多半身雕像"的宽敞书房②，这些皆彰显了他在乡里的尊贵身份与地位。但他对海盗的态度却极为矛盾。一方面，他因海盗弗林特（Flint）是英国人而十分自豪；另一方面，他又谴责道："这些海盗还要什么！除了钱，他们还在乎什么？他们之所以敢冒生命危险，不是为了钱又是为了什么？"③假如海盗的恶仅在于他们对金钱的贪念，那么特里劳尼游说利夫西大夫出海寻宝的理由便让人疑惑不解，"你不要再干那无聊的行医行当了，明天我就动身去布里斯托尔。……我们将全速航行，一路顺风到达宝岛并很快找到藏宝之地。那里的金币堆积如山，任你在上面打滚，拿他们打水漂"④。代表"正义"的乡绅特里劳尼对海盗群体的评判标准不一且相互矛盾，这揭示了他自身的身份困境。他对大海盗弗林特的崇拜之情溢于言表，但对其他海盗贪婪爱财的行径嗤之以鼻。他以局外人的身份，清醒又理智地揭露了海盗贪财的本质，即海盗一切冒险行为的驱动力在于金钱；与此同时，他又被宝岛上"金币堆积如山"所诱，且极力劝服利夫西大夫放弃行医行当，陪他涉身其中共探宝藏。其"正义"的身份之下，贪婪爱财的本质昭然若揭。

　　菲奥娜·麦卡洛克（Fiona McCulloch）认为，此处存在殖民的双重标准。一方面，特里劳尼试图掩盖帝国的某些罪恶和勾当；另一方面，他又企图为罪恶和野蛮行为披上文明的外衣，使其合法化。⑤笔者虽然并不完全认同用殖民或者后殖民的视角来解读此文本，但是以特里劳尼为代表的英国社会中上层阶级对寻宝的兴趣无异于海盗，这的确模糊了寻宝事件合法与非法之间的界限。

---

① Robert Louis Stevenson. *Treasure Island*. London：Penguin Group，1994，pp. 5-6.

② Robert Louis Stevenson. *Treasure Island*. London：Penguin Group，1994，p. 35.

③ Robert Louis Stevenson. *Treasure Island*. London：Penguin Group，1994，p. 37.

④ Robert Louis Stevenson. *Treasure Island*. London：Penguin Group，1994，p. 37.

⑤ Fiona McCulloch. "'Playing Double'：Performing Childhood in Treasure Island." *Scottish Studies Review* 4（2003），p. 73.

国家对海盗模棱两可的态度是导致上述现象产生的根本原因。一方面,英国统治者向海盗颁发"私掠许可证"(privateering commission),这种现象以伊丽莎白一世执政时期尤甚。海盗们掠夺的财富,为英国资产阶级革命备下了充足的资金,由此立下了汗马功劳,成为当时英国社会英雄式的人物。另一方面,英国在1536 年通过了《海上犯罪法》。1664 年,英国国际法学专家奥林·詹金斯首次提出"海盗是全人类的公敌"[①]。

英国社会对海盗的评判标准模棱两可,这极大模糊了航海人正义与邪恶之间的界限。霍金斯在小说结尾处提到,"我们每个人都分到了一大笔钱。至于这笔钱怎么花,是理财有方还是千金散尽,这要看个人性格和气质"[②]。虽然他并未提及特里劳尼,但在这样的社会背景下,谁又能保证贪恋财富的特里劳尼不会成为下一个海盗,在千金散尽后,再一次离家寻宝?所谓的正义的航海者们离家寻宝,最终或与海盗们殊途同归,陷入无休止追求财富的死循环。此外,他们担忧自己在航海途中与海盗相遇后堕至更低身份等级的可能性,是为"正义"的特里劳尼们焦虑的源头。

而海盗们面临的困境在于,他们在成功获得财富后,是否能得到社会的认可,即是否能得到与财富相匹配的上层身份及其带来的尊严与受人尊重的感觉?

小说对海盗外貌与神态的描述落入了刻板印象的怪圈,如比尔船长"衣衫褴褛,目光呆滞,看似稻草人",由于酗酒过度,"有气无力地趴在桌上"。[③] 如独腿的西尔弗船长在霍金斯的梦中,带着"狰狞的面目……连跑带跳越过篱笆沟渠向我追来"。[④] 如被放逐孤岛、看上去半呆痴的本·冈恩(Ben Gunn)[⑤]等。多数情况下,海盗们并非以英雄般的光辉形象出现,他们有的迷恋酒精、神志不清,有的肢体残缺、身患重疾。

海盗们的形象极难跳出嗜酒如命、贪恋财物、沉湎于享乐的刻板印象,而朗姆酒自然成为他们离家后的航海生活的见证者。流落荒岛的海盗冈恩在没有牧师、《圣经》和旗幡的艰难条件下坚持祷告三年。他对霍金斯说:"你看到那些坟墓了

① 详见:陈敬明:《海盗罪研究》,上海海事大学,2011,第 67 页。

② Robert Louis Stevenson. *Treasure Island*. London:Penguin Group, 1994,p. 223.

③ Robert Louis Stevenson. *Treasure Island*. London:Penguin Group, 1994,pp. 5-6.

④ Robert Louis Stevenson. *Treasure Island*. London:Penguin Group, 1994,p. 3.

⑤ Robert Louis Stevenson. *Treasure Island*. London:Penguin Group, 1994,p. 214.

吗？当我想到大约是礼拜天的日子里，我就常到这里祷告。这里虽然不是教堂，不过看上去更为庄严。"①然而，根深蒂固的海盗习性并没有从他身上消失殆尽。独居荒岛三年后，他初见霍金斯，便向后者袒露了自己的精神倾向和物质诉求，"现在我又重新信奉上帝了。你可不要让我喝太多的朗姆酒"②。重新回归人类文明世界的冈恩用含蓄委婉的方式暗示了他的物质诉求——朗姆酒。可见，朗姆酒对航海人，尤其是对海盗而言，意义非凡。朗姆酒在小说中出现了不下几十次：小说开篇描绘了比尔船长求朗姆酒而不得的痛苦，"我是靠朗姆酒而活命的，这东西对我犹如阳光空气，一日不可缺少"③。小说中反复被吟唱的水手歌谣也让读者记忆犹新，"十五个人争夺死者的皮箱，哟嗬嗬，朗姆酒一瓶，快端上！其余的都因酒和魔鬼送了命，哟嗬嗬，朗姆酒一瓶，快端上！"④朗姆酒成了以欲望、杀戮、喧闹等为标志的航海生活的符号和海盗生活的代名词。历经三年荒岛生活，与人类文明社会几近脱节的冈恩，重新接触文明的人类时，首先想起的居然是"朗姆酒"。西尔弗也曾多次指责海盗们大多没有明确的人生目标，不会见风使舵，"只盼明天有朗姆酒喝，连死也不在乎"⑤。小说最后，冈恩因为未能合理经营分得的一千英镑，在极短的时间内耗光了钱财⑥，失去了成功踏出困窘状态的机会，与其身上嗜酒如命、沉湎于享乐等海盗习性不无关系。

海盗头子西尔弗在外形上虽稍显残缺，但他人格中不乏勇敢、自律、睿智、有未来意识等闪光点。

西尔弗虽缺一条腿，但他身材高大，体格健壮，脸大得像火腿，相貌平常，面色苍白，但说话时面带笑容，十分机敏。霍金斯初次见到西尔弗，下了如此结论，"我曾经见过船长、黑狗和瞎子皮尤，对海盗的模样长相已经相当熟悉。在我看来，眼前这位斯文和蔼的老板根本不可能是海盗"⑦。因而相比于传统的海盗形象，斯文和蔼的西尔弗的恶之因子要远少于前者。除了长相之外，西尔弗还拥有不少可

---

① Robert Louis Stevenson. *Treasure Island*. London：Penguin Group，1994，p. 103.

② Robert Louis Stevenson. *Treasure Island*. London：Penguin Group，1994，p. 93.

③ Robert Louis Stevenson. *Treasure Island*. London：Penguin Group，1994，p. 15.

④ Robert Louis Stevenson. *Treasure Island*. London：Penguin Group，1994，p. 6.

⑤ Robert Louis Stevenson. *Treasure Island*. London：Penguin Group，1994，p. 70.

⑥ Robert Louis Stevenson. *Treasure Island*. London：Penguin Group，1994，p. 223.

⑦ Robert Louis Stevenson. *Treasure Island*. London：Penguin Group，1994，p. 48.

贵的品质,比如他的勇敢,"恐怕狮子也不能与他相比",副水手长祖露,"我看见过他手无寸铁与敌人搏斗,一把抓住他们的头相互碰撞",言语中无不透露着几分崇敬。① 西尔弗还有着极好的职业修养,对航海知识了如指掌。在和霍金斯初次见面时,西尔弗热情地为霍金斯介绍船只和海洋相关的知识。他学识渊博,却又不乏教授新人的耐心和责任心,他把一路上所见的各种船只的性能、装备、吨位和国籍耐心地给霍金斯讲解。② 桑迪森认为,利夫西大夫"安静但自信中透露出的威信"足以成为少年霍金斯"理想的父亲"(ideal father)。③ 笔者以为,霍金斯初次见到热情睿智、学识渊博的西尔弗时,也在他身上看到了"理想父亲"的影子,为其日后对西尔弗爱恨交加的矛盾情感做了情节上的铺垫。

西尔弗的睿智和诗性的谈话技巧也展现了他独特的人格魅力。来木屋谈判之前,他对利夫西等人的想法进行了充分的揣摩和推测,并且深谙谈判过程中着装的重要性,因而刻意打扮了一番,"一件硕大的蓝色外套盖住了他的双膝,上面钉着许多黄铜纽扣;一顶镶有花边的精美帽子扣在他后脑勺上"④。如此缜密的心思显然是普通水手或海盗难以企及的。即便最后谈判失败,他也给对方留下了深刻的印象。艾米·王(Amy Wong)指出,谈话(talking)和冒险(adventuring)的共同之处在于两者都依靠对不可预测的互动做出反馈。⑤ 西尔弗诗性的谈话以生动性(vitality)和开放性(openness)为特征,凸显了其良好的教育背景、优秀的语言表达能力,以及睿智的性格。

西尔弗与普通水手或海盗的挥霍浪费不同,他对未来的家庭生活有着美好的憧憬并为之做了周密的规划。西尔弗将平日节省下来的财富全都积攒于银行,⑥并且不止一次明确透露自己未来生活的目标是当国会议员,住公馆,坐马车。⑦他的未来意识对当下生活和行为产生制约,表现为其严谨自律的性格特点。他同

---

① Robert Louis Stevenson. *Treasure Island*. London: Penguin Group, 1994, p. 62.

② Robert Louis Stevenson. *Treasure Island*. London: Penguin Group, 1994, p. 51.

③ Alan Sandison. *Robert Louis Stevenson and the Appearance of Modernism: A Future Feeling*. London: Macmillan, 1996, p. 55.

④ Robert Louis Stevenson. *Treasure Island*. London: Penguin Group, 1994, p. 123.

⑤ Amy R. Wong. "The Poetics of Talk in Robert Louis Stevenson's *Treasure Island*." *SEL Studies in English Literature 1500—1900* 54.4 (Autumn 2014), pp. 901-922.

⑥ Robert Louis Stevenson. *Treasure Island*. London: Penguin Group, 1994, p. 66.

⑦ Robert Louis Stevenson. *Treasure Island*. London: Penguin Group, 1994, p. 70.

时也熟谙水手们对未来生活的美好憧憬,并以此作饵,诱导他们与自己同伙,教导他们节俭致富,以过上好日子的朴素生活哲理。在诱导的过程中,西尔弗以瞎子皮尤(Pew)为反面教材,将挥霍浪费的后果用极为夸张的语词呈现,"瞎子皮尤一年内挥霍了一千两百英镑。他两年来行乞、偷窃、杀人,可还是吃不饱"①。西尔弗凭借其对同行水手们的思想、情感、信仰和欲望的精确揣测,成功说服了大部分水手加入他的哗变计划,为其后期与利夫西等人对抗取了盟友。

西尔弗借着身上的闪光点跳出了简单的善恶二元论的框架,凸显出人性的复杂性。正如哈蒙德所说,"斯蒂文森在创作中从未停止对道德的模糊性和人性的两重性的探索"②。小说中的西尔弗为何让人又爱又恨?大抵是因读者无法简单地用善或恶一言蔽之。鲁文·楚尔(Reuven Tsur)指出,文学审美是认知机制的特殊使用,是"对认知过程的有组织的干扰"③。在小说阅读的过程中,我们对西尔弗的认知频繁受到干扰,让文学的审美变得精彩而富有挑战。而霍金斯对西尔弗既爱又恨的矛盾情感也源于此。一方面,霍金斯认为西尔弗面对困境泰然处之,殷勤周到地讨好所有人而毫不灰心的本领令人佩服;另一方面,霍金斯又怨恨西尔弗策划哗变与滥杀无辜。

在成功获取财富之后,西尔弗最终是否得到了与其财富相匹配的社会地位,即他是否达成了自己的人生目标,如愿当上国会议员,住进豪华公馆,坐上舒适的马车?小说的结尾交代,西尔弗偷走一袋金币后消失了。显然,离家漂泊的生活还在继续,而当上国会议员,获得上层身份的未来意识和当下抢杀掠夺的海盗生活将继续伴随他。

第二节　《化身博士》中的中产阶级身份焦虑与离家

19世纪中后期,科学进步给人们认识世界提供了更多元的途径,也进一步撼

---

①　Robert Louis Stevenson. *Treasure Island*. London: Penguin Group, 1994, p. 66.

②　J. R. Hammond. *A Robert Louis Stevenson Companion: A Guide to the Novels, Essays and Short Stories*. London: Macmillan, 1984, p. 18.

③　Reuven Tsur. *Toward a Theory of Cognitive Poetics*. Eastbourne: Sussex Academic Press, 2008, p. 4.

动了凝聚人类社会的宗教和道德基础。科学家一方面借助科学和理性维护自己的身份和社会地位,另一方面又要面临社会上道德舆论的重新再估量。[1] 斯蒂文森在小说《化身博士》中塑造了一位伦敦的中产阶级[2]——科学家杰基尔博士。杰基尔在家中成功化身为海德。对传统、固定的生活模式的厌烦及失去尊贵的身份和地位的焦虑使杰基尔纵容海德离家作恶,在夜晚街灯下进行了一场人性的实验,由此引发了中产阶级关于人性的反思。

一、家中的科学实验与个体身份失序的焦虑

19世纪中后期,科学在英国民众中的地位至高无上,历史学家罗宾·吉尔莫(Robin Gilmour)写道:

> 1860年后……科学变成一种日益自信和帝国色彩日益浓厚的意识形态,开始把手伸到此前不归它管的领域——人类行为研究。"科学"得到广泛认可,被看作是打开所有门户——从社会结构到潜意识的工作机制再到宗教经验本身的魔法钥匙。[3]

科学在维多利亚时代的社会得到高度认可,科学家也因此备受民众的尊敬和崇拜。杰基尔博士在自白中袒露了自己的中产阶级身份和社会地位:"我生于18XX年,生来就占有大笔财产。此外,天赐我许多禀赋,以及勤劳的天性,那些善良而聪颖的人的尊敬使我醉心。因此,自然而然地,我注定要有一个声名显赫

---

[1] 如文学知识分子通过文学叙事塑造"疯狂科学家"的意象及其知识—权力关系建构来说服日渐壮大的小说阅读大众;把单纯的科学家和看似简单澄澈的知识放在复杂的社会里,单纯不一定导向善的结果;抛弃情感与感受,仅凭知识区分及确认自身身份的专业知识分子是危险的;人类社会的秩序,永远依靠人类优于动物的能力——人文知识分子对人类欲望的省察,对道德信念的捍卫。详见:萧莎:《"疯狂科学家"的三宗罪:19世纪科学小说中的思想辩论与文化竞争》,《清华大学学报(社会科学版)》,2021年第4期,第89—103页。

[2] 托什认为,在维多利亚时代,英国的医生、律师和牧师等中产阶级的社会地位较高。参见:John Tosh. *A Man's Place: Masculinity and the Middle-Class Home in Victorian England*. New Haven & London: Yale University Press, 1999, p.11.

[3] Robin Gilmour. *The Victorian Period: The Intellectual and Cultural Context of English Literature, 1830—1890*. London: Pearson Education Limited, 1993, p.111. 转引自:萧莎:《"疯狂科学家"的三宗罪:19世纪科学小说中的思想辩论与文化竞争》,《清华大学学报(社会科学版)》,2021年第4期,第89页。

的锦绣前程。"①小说进而借厄塔森(Utterson)律师的视角呈现了杰基尔博士优渥的生活，认为他的家拥有"伦敦最舒适的房间"，有着"宽敞的厅堂""石板铺成的地面""名贵橡木制成的家具"等。②

杰基尔博士在家中设科学实验场地，并购入一面镜子，将它置于房间中，为"观察变形过程"③。显然，镜子在见证和揭露海德肉身的畸形中发挥了不可替代的作用。小说通过不同人物的感受强调了海德无以名状的"畸形"：厄塔森看到他时"感到无可名状的厌恶、憎恨和恐怖"④；拉尼翁(Lanyon)医生形容海德"本质里有种反常得可鄙的东西——一种令人胆寒甚至憎恶的东西"⑤。在目睹杰基尔变身过程后，拉尼翁医生的肉体朽败至"深入骨髓的恐怖"⑥，进一步夯实了海德的畸形形象。

杰基尔看着镜中的自己膨胀、脸部发黑、五官溶化变形，直至完全化身为海德。杰基尔与海德两者究竟是什么关系？要讨论这个问题，我们有必要先厘清"主体"的内涵。雷吉尼尔·加尼尔(Regenia Gagnier)梳理了"主体"的几种定义，笔者以为在其罗列的四种"主体"概念中，其中两种对我们理解杰基尔与海德的关系颇具启发性。其一，主体是对别人而言的主体和别人的主体；事实上，它常常是别人的一个"他者"。其二，主体也是与他人身体相区别的身体的主体，因此，主体依赖于其物质环境。⑦ 综合以上两种定义，杰基尔和海德之间也可以理解为主体

---

① Robert Louis Stevenson. *The Strange Case of Dr Jekyll and Mr Hyde and Other Tales of Terror*. Robert Mighall (ed.). London：Penguin Classics，2002，p.55. 本章对该文献的引用均为笔者自译，不再一一说明。

② Robert Louis Stevenson. *The Strange Case of Dr Jekyll and Mr Hyde and Other Tales of Terror*. Robert Mighall (ed.). London：Penguin Classics，2002，p.16.

③ Robert Louis Stevenson. *The Strange Case of Dr Jekyll and Mr Hyde and Other Tales of Terror*. Robert Mighall (ed.). London：Penguin Classics，2002，p.57.

④ Robert Louis Stevenson. *The Strange Case of Dr Jekyll and Mr Hyde and Other Tales of Terror*. Robert Mighall (ed.). London：Penguin Classics，2002，p.16.

⑤ Robert Louis Stevenson. *The Strange Case of Dr Jekyll and Mr Hyde and Other Tales of Terror*. Robert Mighall (ed.). London：Penguin Classics，2002，p.51.

⑥ Robert Louis Stevenson. *The Strange Case of Dr Jekyll and Mr Hyde and Other Tales of Terror*. Robert Mighall (ed.). London：Penguin Classics，2002，p.31.

⑦ Regenia Gagnier. *Subjectivities：A History of Self-Representation in Britain，1832—1920*. New York & Oxford：Oxford University Press，1991，pp.8-9. 此处的物质环境指的是身体状况。

与他者之间的关系。杰基尔和海德有着完全不一样的体貌特征,因物质环境是截然不同的,如海德的身体瘦小、轻巧且年轻,而杰基尔身材高大且仪表堂堂。小说中描写杰基尔有一次晨间醒来发现自己在索荷区(Soho)海德的房间里,身体依旧是海德的身体,尚未来得及变回杰基尔。他发现自己的两个肉身差别巨大,杰基尔的手"宽大,白皙,有模有样",但海德的手"瘦削、青筋毕露、骨节突出……上面一层黝黑的毛"。① 在不同的物质环境下,海德和杰基尔也显现出截然不同的人格特征,前者德才兼备,而后者本性凶残,喜寻欢作乐。

杰基尔在家中的科学实验显现了自己身体中潜在的他者海德,证实了自己"人事实上并非单一的,而是双重的"②这一发现。切斯特顿说,"有人认为存在是合理的,因为它是一种和谐。斯蒂文森认为存在是合理的,因为这是一场战斗,是一种鼓舞人心且悦耳动听的不和谐"③。斯蒂文森作品的主题并非有关自然或社会中和谐存在的人,而是充满张力和冲突的人。他的作品并非对科学和理性的颂扬,而是对人的双重性,即人性中善与恶的矛盾和挣扎的反思。在实验中,声名显赫、克制体面的杰基尔博士发现自己可以通过药剂实验变身为他者海德,后者是其双重性格中恶的肉身:

> 我把自己的体格已全部转送给性格中恶的一面,这恶的一面比起我刚摆脱的善的一面来说瘦小得多,发育差得多。此外,我一生之中,使用了十分之九的精力努力工作,去完善道德和自我克制,而这些东西,现在已很少再用,以致精力不易耗尽。④

作为维多利亚时代中产阶级典范,杰基尔毕生都在努力工作、克制自我、完善道德。他日常的生活状态可从他的好友——厄塔森律师的生活轨迹中略窥一二。小说这样介绍厄塔森:他严于律己,独处时只喝杜松子酒,为了煞煞喝上等佳酿的

---

① Robert Louis Stevenson. *The Strange Case of Dr Jekyll and Mr Hyde and Other Tales of Terror*. Robert Mighall (ed.). London: Penguin Classics, 2002, p. 61.

② Robert Louis Stevenson. *The Strange Case of Dr Jekyll and Mr Hyde and Other Tales of Terror*. Robert Mighall (ed.). London: Penguin Classics, 2002, p. 55.

③ 转引自:Paul Maixner (ed.). *Robert Louis Stevenson: The Critical Heritage*. London: Routledge, 1981, p. 504.

④ Robert Louis Stevenson. *The Strange Case of Dr Jekyll and Mr Hyde and Other Tales of Terror*. Robert Mighall (ed.). London: Penguin Classics, 2002, p. 58.

瘾；虽爱戏剧，可他已二十年未踏进剧院的大门。① 马修·阿诺德（Matthew Arnold，1822—1888）在《文化与无政府状态》（*Culture and Anarchy*，1869）一书中认为，在实际生活和道德行为方面，英国人仍具有强烈的希伯来特性：自信、坚执、专注。② 这是一种趋向行动的能量，"至高无上的责任感、自我克制和勤奋，得到了最亮的光就勇往直前的热忱"③。厄塔森、杰基尔、拉尼翁等小说中的几位中产阶级知识分子皆将责任感、自我克制与勤奋等视为生命中最重要的元素。

　　他者海德的诞生标志着杰基尔对以责任、义务、道德等为驱动的生命的深入质疑和反思。在海德诞生前，杰基尔极端的双重性格已现端倪。他称自己为不可救药的两面派：一面辛勤劳作，致力于促进科学知识的发展和减轻人们的痛苦；一面放弃自我控制，寻求可耻的快乐。他的自我控制是基于对肉身感官的快乐的压制以追求心灵道德上的提升和满足。杰基尔意识到自己的时间和精力多用于勤勉工作与精进完善道德，而与此同时不断抑制自己在肉身、感官、情感等方面的快乐。在药剂的作用下，身披恶之战袍的他者海德显形，冲击了杰基尔枯燥无味、毫无乐趣的研究生活，带给他新鲜自由的感受与幸福的感觉。他深刻意识到在科学研究及完善道德等耗费生命活力的事务之外，尚且存在更丰富的肉身及感官上的体验。这种体验在一定程度上消解了责任、道德、义务等对杰基尔博士的束缚，因而产生"令人眩晕的鲁莽冲动……一种奇怪的感觉，一种无法描绘的新鲜的感觉……一种难以置信的幸福"④。内心欲望激发的冲动之所以带来幸福感，其原因在于杰基尔作为生命个体，第一次真切感受到了将生命的权力掌控在自己手上的感觉。借海德之力，杰基尔向限制自己生命自由的宗教道德主张发起挑战，譬如他在曾尊崇并赞誉过的神学著作的书页上批注满了"不堪入目的、亵渎神明的词句"⑤等。

　　药剂实验成功后，杰基尔试图维持与海德之间主体与他者的秩序。杰基尔博

①　Robert Louis Stevenson. *The Strange Case of Dr Jekyll and Mr Hyde and Other Tales of Terror*. Robert Mighall (ed.). London：Penguin Classics，2002，p. 5.

②　阿诺德：《文化与无政府状态》，韩敏中译，北京：生活·读书·新知三联书店，2012，第111页。

③　阿诺德：《文化与无政府状态》，韩敏中译，北京：生活·读书·新知三联书店，2012，第96页。

④　Robert Louis Stevenson. *The Strange Case of Dr Jekyll and Mr Hyde and Other Tales of Terror*. Robert Mighall (ed.). London：Penguin Classics，2002，p. 57.

⑤　Robert Louis Stevenson. *The Strange Case of Dr Jekyll and Mr Hyde and Other Tales of Terror*. Robert Mighall (ed.). London：Penguin Classics，2002，p. 46.

士自信地以为,在科学的助力下,他者海德是完全受控的科学实验对象:他既可以释放他,给予其随心所欲、肆意而为的自由;也可以随时将其召回,并让他者的肉身消失。杰基尔坦言,无论海德之前做了多少缺德的事,只需让他逃进家中实验室的门,花一两秒钟配置常备的药物,一口喝下,海德都能像镜子上呵了口气一般消失得无影踪,取而代之的是"待在家中书房内宁静地修剪烛花的亨利·杰基尔,任何外来的质疑都可凭一笑了之"①。但随着他者海德的恶与杰基尔身上的善之间力量的变化,杰基尔与海德逐渐陷入失序的危险。杰基尔博士凝视着镜中的自己慢慢变形为海德,但此时镜子内外已互为镜像,不分彼此,到底是镜子外的主体杰基尔凝视着镜子中的他者海德,还是镜子中的他者海德凝视着镜子外的主体杰基尔?到底是镜子外的杰基尔控制着镜子中的海德还是海德最终获得了控制权,尚且不得而知。镜子见证了杰基尔动态、流动的变身过程。而在变身过程中,主体和他者相互凝视,在控制和反控制中不断对话。杰基尔的身份焦虑就在主体对他者的控制与丧失控制之间产生了。然而,是什么导致杰基尔与海德之间主体与他者的身份失序?

二、街灯下的人性实验与中产阶级身份焦虑

杰基尔化身海德后离家进行的一场考察人性的实验,可被视为导致杰基尔与海德之间身份失序的罪魁祸首,同时也使厄塔森等中产阶级意识到人性中恶的存在,对自己已拥有的尊贵身份和地位产生了质疑和担忧。

杰基尔化身海德后为何要离家放纵兽欲,开展一场考察人性的实验?

首先,杰基尔化身海德离家,是借海德的身体逃离传统、固定的家的生活模式,释放内心寻欢作乐、恣意妄为的欲望,以及享受自由生活的途径。维多利亚时代的家,虽被很多人视为避开一切恐惧、怀疑和分裂的和平之地与避难之所,②在现实或想象中实现灵魂渴望的宁静之地。③ 但家中封闭、固定的身份也会给个体

---

① Robert Louis Stevenson. *The Strange Case of Dr Jekyll and Mr Hyde and Other Tales of Terror*. Robert Mighall (ed.). London: Penguin Classics, 2002, p. 60.

② 罗斯金:《芝麻与百合:追求生活的艺术》,张璘译,刘荣跃审校,北京:中国人民大学出版社,2003,第 72 页。

③ Walter E. Houghton. *The Victorian Frame of Mind: 1830—1870*. New Haven & London: Yale University Press, 1957, p. 343.

带来困扰、担忧、焦虑、恐惧等消极的情绪。英国维多利亚时代的小说家乔治·吉辛(George Gissing，1857—1903)在《民众》(Demos，1886)中写道："家——这个字所代表的一切含义都散发着浓浓的绝望。"①吉辛刻画了城市街头漫步者的孤独心境，凸显了家给人带来的绝望的负面情感。托什认为，即便19世纪末英国男性中产阶级的家和家庭生活对维持男性公众声誉尤为重要，男性们逃离家庭生活的现象却并不罕见，②他同样也强调了家或家庭生活置于个体之上的消极因素，是个体逃离家或家庭生活的重要因素。而单身的杰基尔博士的家庭生活在小说中并未有详细交代。但小说中有一处情节多少透露了杰基尔在家中的日常生活。厄塔森和杰基尔的仆人浦尔(Poole)破门(杰基尔家中的实验室)而入时看到"在宁静的灯光中，生着一炉火，炉火里木柴噼噼啪啪地爆裂着，水壶正吟唱着轻盈的旋律。一两个空抽屉，办公桌上整齐地放着纸条。离炉火近一点的地方，放着茶具……"③借阿希利·普罗塞(Ashleigh Prosser)的话说，这段文字揭露了杰基尔的家的"空荡荡"与"死气沉沉"以及杰基尔的"孤立和孤独"(isolated and solitary)。④ 而杰基尔也多次提及自己对清心寡欲、夙夜不寐的生活⑤感到厌恶。在诱惑之下，杰基尔化身为海德，逃离死气沉沉的家，"享受自由、青春年华和轻快的步伐、兴奋的冲动以及秘密的欢乐"⑥。与此同时，因拥有与海德截然不同的体貌特征，杰基尔博士也可以在离家行恶后免遭社会道德舆论的谴责，以此维护自己体面的身份。

其次，海德离家是科学家杰基尔试图借助科学和理性维护已有的身份地位及

---

① 转引自：威廉斯：《乡村与城市》，韩子满等译，北京：商务印书馆，2013，第320页。

② John Tosh. *A Man's Place：Masculinity and the Middle-Class Home in Victorian England*. London：Routledge，1999，p. 7.

③ Robert Louis Stevenson. *The Strange Case of Dr Jekyll and Mr Hyde and Other Tales of Terror*. Robert Mighall (ed.). London：Penguin Classics，2002，p. 44.

④ Ashleigh Prosser. "'His Bachelor House'：the Unhomely Home of the Fin-de-siècle's Bourgeois Bachelor in Robert Louis Stevenson's *Strange Case of Dr Jekyll and Mr Hyde*." *Journal of Stevenson Studies* 11 (2014)，p. 122.

⑤ 杰基尔坦言自己用"十分之九的精力努力工作，去完善道德和自我克制"。参见：Robert Louis Stevenson. *The Strange Case of Dr Jekyll and Mr Hyde and Other Tales of Terror*. Robert Mighall (ed.). London：Penguin Classics，2002，p. 58.

⑥ Robert Louis Stevenson. *The Strange Case of Dr Jekyll and Mr Hyde and Other Tales of Terror*. Robert Mighall (ed.). London：Penguin Classics，2002，p. 63.

缓解职业焦虑的极端方式。杰基尔曾在自白中袒露,自己在科学研究中发现"人是双重的"这一"真理"。"我说双重,是因为我的研究成果还没能超过这个水平。别人会跟上来,别的人会在这同一方面超过我。"①显然,杰基尔试图在探索科学奥秘上有新的突破,同时又担忧被他人超越,因而言语中透露出紧张不安、焦虑恐惧的情绪。杰基尔对自己在职业上因无法达到卓越而被同行超越的焦虑源于19世纪科学的专业化发展。在专业化的社会中,科学的专业化发展使科学家们凝聚成职业团体,与其他职业团体共同参与对公共资源的竞争。② 科学家同时也参与了科学家团体内部的资源竞争。因此,杰基尔在科学领域与其他科学家形成的竞争促使他不断钻研,并将自己关于"我们遇到的任何人都是善和恶的混合体"③的推论作进一步的实验。而海德离家行恶是人性实验必不可少的一部分。

但事实上,杰基尔的如意算盘因其实验的最终失败而落空。他者海德的恶开始挑战杰基尔人性中的善,他者海德也渐渐往不受控的路上渐行渐远。杰基尔自己也坦率地承认:

> 每当我从这种夜游中归来,我常对我这位代理人的罪恶行径感到吃惊。这个我从自己的灵魂深处召唤出来,并打发出去寻欢作乐的朋友,实在是一个本性凶残的家伙。他的任何行动,任何想法,都完全以自我为中心。他带着野兽般的贪欲寻欢作乐,而不惜给其他人以任何程度的痛苦和折磨。他像石头一般无情。④

海德在杰基尔的屡次纵容下离家,其寻欢作乐、凶残暴戾的本性从灵魂深处释放,给他人带来了痛苦和折磨,罪恶行径甚至让杰基尔都感到吃惊。杰基尔提到的"夜游"揭露了海德行恶的物质基础和前提条件——黑夜。

伦敦的夜在小说情节发展中是不可或缺的,甚至是串联诸多信息的重要元

① Robert Louis Stevenson. *The Strange Case of Dr Jekyll and Mr Hyde and Other Tales of Terror*. Robert Mighall (ed.). London: Penguin Classics, 2002, p. 56.
② 参见:Harold Perkin. *The Rise of Professional Society: England Since 1880*. London: Routledge, 2002, p. 9.
③ Robert Louis Stevenson. *The Strange Case of Dr Jekyll and Mr Hyde and Other Tales of Terror*. Robert Mighall (ed.). London: Penguin Classics, 2002, p. 58.
④ Robert Louis Stevenson. *The Strange Case of Dr Jekyll and Mr Hyde and Other Tales of Terror*. Robert Mighall (ed.). London: Penguin Classics, 2002, p. 60.

素。海德的家在索荷区一条肮脏的街道上。恩菲尔德(Enfield)向厄塔森律师描述,他目睹海德踩踏小女孩这一事件发生在"凌晨三点""所有人都沉睡"之时,彼时"一条一条的街上"只有"街灯"。[①] 厄塔森初见海德是在"明朗无雾的夜晚""十点钟""没有风摇撼灯光",很多有关海德作恶事件的细节都指向了伦敦的"夜晚"。

19世纪伦敦的"黑暗"是文学作品中颇为常见的主题,也是批评家们研究的关键词。在《乡村与城市》中,威廉斯指出19世纪的伦敦是"自相矛盾"[②]的悖论式存在。"黑暗之城"意在指出工业城市伦敦在发展过程中贫富分化,伦敦东区成为黑暗和贫穷的象征,它的浓烟、蒸汽和臭味也成了驱使富人向西区流动和迁移的一股强大力量。19世纪中期,东区被描述为"未知""未经勘察"的区域,而到了19世纪80年代和90年代,"最为黑暗的伦敦"已然成了一个习惯性的称号。[③] 以伦敦东区为标志性范例,伦敦的黑暗和贫穷形象占据了主导地位,在文学和社会思想中都处于中心位置。[④] 吉辛也在小说中写到了黑暗的伦敦:在这样一个街区散步是一个人可以经受的最沉闷阴郁的锻炼;这里处处可见的肮脏和贫穷足以摧毁人的心灵;人们知道,这里每一幢死气沉沉的房子,每一扇假窗,都代表着一个家。[⑤] "伦敦""街道""家"与"肮脏""贫穷""黑暗"等并置于文本中,给伦敦这座城市着上了阴郁的色调。

在《化身博士》中,厄塔森律师去搜寻海德犯罪证据时见到的伦敦的暗黑和吉辛的描述有异曲同工之处:

> 索荷区的阴霾的房子、泥泞的路面、衣衫褴褛的行人、几乎从来没有熄过、也从来没有好好点亮以击退黑暗卷土重来的街灯,在律师的眼中,这地方看起来好像是一座梦魇中的城市。此外,他自己的思想也被着上了最阴森的色调。……这就是亨利·杰基尔心爱的朋友的家![⑥]

67

① Robert Louis Stevenson. *The Strange Case of Dr Jekyll and Mr Hyde and Other Tales of Terror*. Robert Mighall (ed.). London: Penguin Classics, 2002, p. 7.
② 威廉斯:《乡村与城市》,韩子满等译,北京:商务印书馆,2013,第293页。
③ 威廉斯:《乡村与城市》,韩子满等译,北京:商务印书馆,2013,第301页。
④ 威廉斯:《乡村与城市》,韩子满等译,北京:商务印书馆,2013,第301页。
⑤ 转引自:威廉斯:《乡村与城市》,韩子满等译,北京:商务印书馆,2013,第320页。
⑥ Robert Louis Stevenson. *The Strange Case of Dr Jekyll and Mr Hyde and Other Tales of Terror*. Robert Mighall (ed.). London: Penguin Classics, 2002, p. 23.

位于索荷区的海德的家,以阴霾、梦魇、阴森和肮脏为背景主基调,与杰基尔广场边古老漂亮的房子形成了强烈对比。丑陋、肮脏、邪恶的海德肆意践踏他人生命,黑暗成为他隐匿罪恶的庇护所。德莱顿认为,斯蒂文森塑造的海德,触及了中产阶级敏感的神经。焦虑的情绪不仅表现为中产阶级对自身意识的高度关注,也在于中产阶级对整个阶层日渐堕落的极度忧虑。因为这不仅损害了中产阶级的利益,也将威胁人类社会的生存和发展。德莱顿指出,中产阶级都市焦虑感的源头是各类都市犯罪现象的频发。而伦敦黑暗的街道成了这些罪犯的同谋、帮凶和庇护所。① 笔者以为,中产阶级的焦虑不仅源于黑暗街道孕育的不可知的罪与恶,而且也源于黑暗街道上忽明忽暗的街灯营造的人性的不确定性。

小说中的街灯,并非充当了单向度的光明使者。灯作为媒介,意在黑暗和光明之间架起桥梁,然而理解起来却并非如此简单。一方面,黑暗的伦敦街道可被视为不可知的空间,悄无声息地孕育着罪与恶,而街灯却给人获取信息提供了途径,是城市罪恶的见证人。另一方面,忽明忽暗的灯光呈现了一种无力感,让罪恶的在场和缺席皆存在可能。如此"明"与"灭"、"亮"与"暗"、"是"与"不是"薛定谔的猫式的叠加状态,赋予文本极大的张力和可读性,让故事情节变得更为扑朔迷离。这种不确定性加剧了中产阶级的焦虑情绪。小说中的关键人物厄塔森是杰基尔博士的律师和好友,在社会上享有极高声誉。因此,听闻海德和杰基尔之间存在神秘关系时,他彻夜未眠也在情理之中。小说描写厄塔森在难眠之夜,脑海中闪现出黑夜城市街灯下的踩踏画面:

> 在漆黑的夜里,他躺在挂着帷幔的房间里辗转反侧,恩菲尔德的故事闪现在他的头脑中,像一卷连续的画。他看到了黑夜笼罩的城市,一排排路灯,然后一个疾走的行人,一个刚从医生那儿回来的小女孩,然后两人相撞,那恶魔把孩子踩在地上,不顾孩子尖叫继续往前走……但是这个角色却没有一张厄塔森一眼就可以识别出来的脸,甚至在梦中这个人也没有脸,或者只有一张看不真切的,在他眼前融化开来的面庞。②

---

① Linda Dryden. "City of Dreadful Night." *Robert Louis Stevenson: Writer of Boundaries*. Richard Ambrosini and Richard Dury (ed.). Madison: University of Wisconsin Press, 2006, pp. 256-257.

② Robert Louis Stevenson. *The Strange Case of Dr Jekyll and Mr Hyde and Other Tales of Terror*. Robert Mighall (ed.). London: Penguin Classics, 2002, p. 13.

对厄塔森而言，海德始终触不可及：想描述却又无从描述，想言说却又不可言说。正如他梦境中那般无可奈何：黑暗笼罩的城市街道上，一排排路灯，那恶魔行恶，却没有一张可识别的脸，甚至没有脸，或者只有一张看不真切又即刻融化开来的面庞。厄塔森律师去索荷区找寻作恶的海德时，看到"阴霾的房""泥泞的路""衣衫褴褛的人"以及"几乎从未熄过、也未好好点亮以击退黑暗卷土重来的灯"。① 所有一切都与律师梦中的情境相互呼应，梦魇般的城市孵化着桩桩罪恶，街灯竭尽全力试图照亮并显现罪恶，但卷土重来的黑暗又将其奋力隐藏。厄塔森除邪惩恶的必胜信念②因而染上了阴森恐怖的色调。而上述情节都为厄塔森见到海德的情境作了铺垫：夜晚十点左右，明朗无雾、霜气凛人，路灯画出线条分明的光影，厄塔森在街灯之下与海德相互凝视几秒。此时海德的形象从小说一开始恩菲尔德口中不可言说的畸形和恶心，到厄塔森梦境中不可识别的脸，最终在厄塔森街灯下的凝视中显现出"体型矮小""面容可憎""喉咙沙哑""胆怯鲁莽"等细微的特征。③ 厄塔森借着对海德的凝视，窥见了自己内心深处隐藏的不可言说的秘密。以海德为鉴，厄塔森尝试坦然踏入过去的时光，怀着极少有的恐惧，搜寻漫漫人生长河中隐匿着的罪恶幽灵，终究难逃愧疚与耻辱。他意识到人性中普遍存在的恶，引发了他对自己所处的阶级以及自己拥有的尊贵身份和地位的质疑与担忧。

第三节 《为赋闲者辩》中赋闲者的身份焦虑与离家

19世纪是英国功利主义的黄金时期，也是崇尚理念至上的新康德主义盛行

---

① Robert Louis Stevenson. *The Strange Case of Dr Jekyll and Mr Hyde and Other Tales of Terror*. Robert Mighall (ed.). London: Penguin Classics, 2002，p. 23.

② 他想："他能做无踪君子，我就能做追命太岁。"赵毅衡此处的译法，笔者觉得甚是精彩，不仅凸显了海德先生的神秘感，同时也生动呈现了厄塔森律师追根究底的科学探索精神。原文："If he be Mr Hyde," he had thought, "I shall be Mr Seek." 参见：史蒂文森：《化身博士》，赵毅衡译，南京：译林出版社，2012；Robert Louis Stevenson. *The Strange Case of Dr Jekyll and Mr Hyde and Other Tales of Terror*. Robert Mighall (ed.). London: Penguin Classics，2002，p. 14.

③ Robert Louis Stevenson. *The Strange Case of Dr Jekyll and Mr Hyde and Other Tales of Terror*. Robert Mighall (ed.). London: Penguin Classics，2002，p. 14.

的时期,个体作为为社会服务的集体概念而存在,须服从规则、规范、宗教、法律等。在整个英国把努力工作、取得成功作为人的职责的社会文化语境下,斯蒂文森"却常常梦想着脱离这个环境,摆脱维多利亚时代强加给人的责任。他的许多作品中的人物都处在责任和自由的冲突之中,不知道如何从这种进退维谷中解脱出来"①。笔者认为这段文字高度概括了斯蒂文森在英国家中尴尬的处境。一方面,他被"众多人喜爱着"②,享受着主流身份给自己带来的名誉和地位;另一方面,他又因无法完全认同维多利亚时代社会设定的成功典范并与之时刻保持一致而努力避开主流身份体系。进退两难的尴尬处境及隐隐透露出来的焦虑情绪,成为他频频离家的缘由之一。

一、成功与幸福的悖论

1877 年,斯蒂文森在《康希尔杂志》(*The Cornhill Magazine*)上发表了《为赋闲者辩》一文,对成功与幸福进行了思辨性考量。他这样写道,相比于荣耀、财富、责任、成功,个体应以追求个人幸福为目标。关于"成功者"的生活状态,他这样写道:

> 眼下,每一个人都争先恐后地挤入盆满钵盈、有利可图的行业(lucrative profession),虽身负有失体面的自我裁决之痛,工作起来却依然不乏热情 (not far short of enthusiasm)。此时若有人知足地停下脚步享受当下拥有的一切,与他们过着截然不同的生活。这类人一旦发声,颇有点虚张声势与自我吹嘘之嫌(savours a little of bravado and gasconade)。③

---

① 常耀信:《英国文学通史》(第二卷),天津:南开大学出版社,2011,第 592 页。

② Andrew Lang. "Recollections of Robert Louis Stevenson." *North American Review* (Feb. 1895), p. 194.

③ 原文:Just now, when every one is bound, under pain of a decree in absence convicting them of lèse-respectability, to enter on some lucrative profession, and labour therein with something not far short of enthusiasm, a cry from the opposite party who are content when they have enough, and like to look on and enjoy in the meanwhile, savours a little of bravado and gasconade. 参见:Robert Louis Stevenson. *An Apology for Idlers and Other Essays*. Portland, ME:Thomas B. Mosher, 1916, p. 9. 本章对该文献的引用均为笔者自译,不再一一说明。

"成功者"们推崇责任之下追求名利的勤勉与忙碌，以有利可图作为职业选择的准绳，并将赋闲者（idler）塑造成懒惰、无所事事等他者的形象，供成功或者渴望成功的人们确定和巩固对成功、进步等价值观的认知，划清他们自身和赋闲的他者之间的边界。成功观绑架了"成功者"们的思维与生活。殷企平在《推敲进步话语——新型小说在 19 世纪的英国》（2009）中提到的进步话语正是斯蒂文森笔下的"成功者"们崇尚并歌颂的。在他们推崇的二元对立的价值体系中，"成功"对应"忙碌""速度""效率""财富""名利""进步""胜利"等；站在其对立面的是"赋闲""懒惰""失败""贫穷""落后"等。殷企平在书中借用弗莱"进步的异化"这一概念对维多利亚时代的进步话语做了一番推敲："总有什么在催逼着你往前赶，越来越快，越来越快，致使你最终感到绝望。"[①]

如果我们对斯蒂文森笔下"成功者"的行为作一番考察，我们便能沉潜到这股"成功"的暗潮中去。斯蒂文森列举了几类勤勉且兢兢业业的"成功者"，譬如在中学、大学中接受精英教育，却只专注于赢取奖牌和勋章的人；游历世界，却总挂念个人私事的人；只工作不娱乐，灵魂苍白的人；等等。[②]"成功者"们的极端忙碌凸显了他们生命力的匮乏与好奇心的缺失，消减了主体作为人的本质性的存在。人并非只是作为抽象的个体而存在，对荣誉、财富、成功等的过度追求将导致人的肉身的感受，即单纯感官上的喜怒哀乐的缺位。

较之"成功者"们推崇的勤勉成功观，斯蒂文森更欣赏赋闲者的幸福观。他认为，赋闲者因忙碌之事与主流社会的价值观背道而驰而被冠以"懒惰"或"闲散"（idleness）的称号。但赋闲者们生而不为五斗米折腰，他们的存在是对主流价值观下的成功人士或者渴望成功的人们的侮辱和当头一棒。[③]

赋闲者的幸福观与主流社会推崇的幸福理念截然不同。约翰·斯图亚特·

---

① 殷企平：《推敲"进步话语"——新型小说在 19 世纪英国》，北京：商务印书馆，2009，第 37 页。

② Robert Louis Stevenson. *An Apology for Idlers and Other Essays*. Portland, ME: Thomas B. Mosher, 1916, p. 22.

③ Robert Louis Stevenson. *An Apology for Idlers and Other Essays*. Portland, ME: Thomas B. Mosher, 1916, p. 9.

穆勒(John Stuart Mill，1806—1873)①推崇的功利主义(utilitarianism)，也被称为"最大幸福原理"(maximum happiness)。根据这个原理，功利主义者行动的标准并非追求行动者本人的最大幸福，而是全体相关人员的最大幸福；高尚者并不意味着比别人幸福，但他必定使别人更加幸福。② 在《功利主义》(Utilitarianism，1861)中，穆勒赞同将单纯感官的快乐即肉体的快乐与理智的快乐、感情和想象的快乐，以及道德情感的快乐等心灵的快乐截然对立，认为后者的价值远高于前者。③ 斯蒂文森虽然并不否定理智的快乐与道德情感的快乐等心灵的快乐，但他同时也强调了纯感官的快乐、感情和想象的快乐等给人带来的幸福感受。在他看来，赋闲者的幸福观以庞杂广博的兴趣、强烈的个人意识，以及纯真质朴的生活乐趣为特征。在人生这出戏中，最聪明、最具美德、最仁慈的角色皆由无偿的演员扮演。在世人看来，这些人皆是赋闲之人。但在作家看来，在一出成功的剧中，乐队中勤勉的小提琴家、努力歌唱的侍女不可或缺，闲庭信步的文人绅士及看戏鼓掌的观众同样功不可没。他说："每个个体都扮演着重要的角色，并对一出戏的整体演出效果贡献独一无二的力量。"④因此，绝不能因律师、股票经纪人、列车员、信号员及警察等给我们带来物质上的保障而无限夸大其在社会历史上的作用。那些路上偶遇的、让人开怀一笑的人，抑或是陪伴我们度过愉悦用餐时光的人，我们也需心存感激。斯蒂文森在文中提到了莎士比亚历史剧《亨利四世》(Henry IV，1597—1598)中的小人物福斯塔夫(Falstaff)。从传统的视角剖析福斯塔夫，他贪恋名利、怯懦怕死，是个道德上有缺陷的人物。但他浑身上下散发出令人不可抗拒的魅力。哈罗德·布鲁姆(Harold Bloom，1930—2019)借萨缪尔·约翰逊(Samuel Johnson，1709—1784)之言指出福斯塔夫身上有着极为讨人喜欢的性格，即"永远无忧无虑"。布鲁姆继而认为，约翰逊始终需要这一性格，"他喜欢把

---

① 作为功利主义学派的核心成员，穆勒也曾产生过转型的焦虑，亦即幸福的焦虑，反思过幸福命题。参见：殷企平：《穆勒的焦虑：〈自传〉与文化观念的流变》，《外国语》，2015年第2期，第81—88页。穆勒用同情心为自己化解了幸福的焦虑，但维多利亚时代的民众们很长一段时间里都将处于转型的阵痛与焦虑中。

② 穆勒：《功利主义》，徐大建译，北京：商务印书馆，2016，第14页。

③ 穆勒：《功利主义》，徐大建译，北京：商务印书馆，2016，第10页。

④ Robert Louis Stevenson. *An Apology for Idlers and Other Essays*. Portland, ME: Thomas B. Mosher, 1916, pp. 23-24.

自己描述成福斯塔夫,年老而无忧无虑,有着逐渐衰退又无时不在的活力"①。斯蒂文森在文中谈及福斯塔夫,也意在阐明其身上"无忧无虑""朝气蓬勃"等"成功者"们身上缺乏但赋闲者身上彰显的宝贵品质。②

一言以蔽之,赋闲是以敬畏生命与探索生命乐趣为要素的幸福价值观。无穷的生命力正是赋闲者幸福观的外在表征,也是"成功者"们望尘莫及但又试图与之划清界限的生活境界。

斯蒂文森本人也身体力行地成了赋闲的代言人,践行幸福的人生观。然而这种幸福观并非他生而有之。作家幸福观的形成轨迹在一首名为《快乐遐想》("Happy Thought")的诗中清晰可见。这首小诗最早的版本是:"世界之大犹如须弥,我之渺小犹如芥子,甚是不喜,甚是不喜。"③全诗上下并未出现"快乐"(happy)一词。两行字的小诗弥漫着悲观与绝望的情绪,透露出作家致远任重的焦虑不安和忧心忡忡,颇符合幼年斯蒂文森的处境。格雷厄姆·巴尔福(Graham Balfour)在传记中写道,斯蒂文森幼时为疾病困扰,夜不能寐,即便艰难入睡,也时常在极度恐惧与痛苦中惊醒。④ 斯蒂文森后来回忆起那段时光,说总是梦见自己要吞没整个世界。⑤ 梦境中想要支配世界的全能自己和现实中隐没于大千世界和熙攘人群中的渺小自己产生巨大反差,是这首小诗创作的真实语境。然收录于《一个孩子的诗园》中的《快乐遐想》一诗彻底改头换面,快乐情绪跃然纸上,颇有纳须弥于芥子的旷达胸怀。诗歌写道:"大千世界形色之物林林总总,我想我等

---

① 布鲁姆:《西方正典:伟大作家和不朽作品》,江宁康译,南京:译林出版社,2015,第173页。

② 即便如此,我们并不能将福斯塔夫与斯蒂文森文中的赋闲者相提并论,两者有本质上的差异。虽然福斯塔夫表现出"无忧无虑"和"朝气蓬勃"等特征,但我们绝不能忽视他性格中的缺陷,因此无法将其和追求个体幸福的赋闲者等同视之,且斯蒂文森在文中也没有直接称其为赋闲者。

③ 原文:The world is so great and I am so small, I do not like it at all, at all. 参见:Graham Balfour. *The Life of Robert Louis Stevenson* (*vol. 1*). New York:Charles Scribner's Sons, 1901, p. 40 footnote.

④ Graham Balfour. *The Life of Robert Louis Stevenson* (*vol. 1*). New York:Charles Scribner's Sons,1901, p. 40.

⑤ Graham Balfour. *The Life of Robert Louis Stevenson* (*vol. 1*). New York:Charles Scribner's Sons,1901, p. 40 footnote.

皆似无忧虑的欢喜国王。"①此时斯蒂文森的幸福观已略显雏形。仔细审视作家思想变化的轨迹，究竟是什么原因导致其观念产生沧海桑田般巨变？

探究斯蒂文森心智变迁和幸福观形成的轨迹，考察其生活的社会大环境和家庭小环境尤为必要。弗纳斯写道："1850 年 11 月 13 日，维多利亚执政时期，斯蒂文森出生于苏格兰文化和政治中心爱丁堡，他是家中独子，父母是家境优越的中产阶级。以上文字中的每一点都在这个男孩身上留下了深刻印记。"②斯蒂文森出生在一个笃信加尔文教的家族中，父辈及祖辈均是爱丁堡赫赫有名的灯塔建筑工程师，外祖父路易斯·巴尔福（Lewis Balfour）"曾是爱丁堡科林顿教区的牧师。他信仰虔诚，生活简朴，德才兼备，备受教民敬仰"③。而斯蒂文森性格中的矛盾因子多承自父亲托马斯。他曾在文章中这样描述他的父亲，"他很古板，对人严厉，但也不乏温情，他是两者的混合，这让我一度十分困惑；父亲生性忧郁，但诙谐幽默；他时而精明时而又显孩子气；他时而充满爱心，时而又心怀偏见；他性格中有诸多极端的因素……"④斯蒂文森自幼就被灌输了维多利亚时代价值观里如信仰虔诚、勤劳工作等理念。他自己也曾打趣说，"我相信幼时的我堪称好孩子典范：我熟读《圣经》，吟唱赞美诗……家人们时常发现我在上床之后嘴里还念念有词地吟诵"⑤。

然而进入青少年时期的斯蒂文森开始阅读拉丁文原版的艰涩难懂的神学巨著，独立思考宗教信仰问题并尝试从加尔文教的教条中脱离出来。斯蒂文森之所以与父母在宗教信仰上产生隔阂，是因为他受堂兄鲍勃·斯蒂文森的影响颇大。1868 年斯蒂文森在写给鲍勃的信中说，"你定要接纳我。除了你，我没有其他途

---

① 原文：The world is so full of a number of things, I am sure we should all be as happy as kings. 参见：Robert Louis Stevenson. *A Child's Garden of Verses*. New York：Airmont Publishing Company，Inc.，1969，p. 47.

② J. C. Furnas. *Voyage to Windward*：*The Life of Robert Louis Stevenson*. New York：Sloane, 1951，p. 23.

③ J. C. Furnas. *Voyage to Windward*：*The Life of Robert Louis Stevenson*. New York：Sloane, 1951，p. 24.

④ Robert Louis Stevenson. "Thomas Stevenson." *Memories and Portraits*. London：Chatto & Windus, 1919，pp. 138-139.

⑤ Graham Balfour. *The Life of Robert Louis Stevenson*（*vol. 1*）. New York：Charles Scribner's Sons, 1901，p. 37.

径可以吐露心声……此话题如跟父亲讨论定会引来一顿责骂。我没有可以与之倾诉心事的朋友……我的生活从头至尾就是被压抑的，但是和你通信让我找到了纾解积压心绪的安全阀门"[1]。1873 年 2 月，斯蒂文森写信给好友查尔斯·巴克斯特(Charles Baxter)，也透露了家中压抑的气氛："你大概能想象，由于我的'亵渎神明'，家中呈现出治丧般的场景——一张张冷酷的、毫无生气的脸，轻轻的脚步，缄默的声音，以及鲜有的交谈——宗教气氛弥漫着整个家。"[2]父亲要求斯蒂文森在宗教信仰上顺从他的意志和规范，但斯蒂文森的"亵渎神明"显然违背了父亲对他的规训，因而造成了代际关系的极度紧张。他在家中感受到的憎恶、暴力、恐惧等消极负面的情绪，使他想要逃离家的牢笼。

此外，斯蒂文森在爱丁堡大学的经历进一步加深了他与父母的隔阂。在大学求学期间，他结识了很多家境贫寒的同龄人，并开始质疑自小父母灌输的关于"人人公平"的理念。他在《论道德》("Lay Morals"，1879)中写道，朋友的父辈以自由为代价辛苦劳作获取的财富最终都归朋友所得。[3] 由此，他对所谓的"公平"产生了质疑，他试图通过离家使自己从父辈积累的物质财富中抽身而出，与家境、出身悬殊的同辈们共同参与到人生的公平竞争中去。[4] 斯蒂文森的父亲将毕生精力都奉献给了建筑工程学，但斯蒂文森并没有选择父母安排好的子承父业之路，选择了一条"赋闲"之路：文学创作。

斯蒂文森在宗教信仰及职业选择上与父母意志分道扬镳，是他思想渐趋成熟的标志。在整个社会都将信仰、良知、自律、成功等视为人生关键词时，斯蒂文森毅然走上了赋闲之路。阿诺德在《文化与无政府状态》一书中指出，整个世界在两种精神的影响下运转，一种是希伯来精神，它是一种趋向行动的能量，"至高无上的责任感、自我克制和勤奋，得到了最亮的光就勇往直前的热忱"[5]。而另一种是

---

① Bradford A. Booth & Ernest Mehew (eds.). *The Letters of Robert Louis Stevenson* (*vol. 1*). New Haven & London: Yale University Press, 1994, p. 169.

② Bradford A. Booth & Ernest Mehew (eds.). *The Letters of Robert Louis Stevenson* (*vol. 1*). New Haven & London: Yale University Press, 1994, p. 273.

③ Robert Louis Stevenson. *Lay Morals and Other Papers*. New York: Charles Scribner's Sons, 1911, pp. 16-17.

④ Robert Louis Stevenson. *Lay Morals and Other Papers*. New York: Charles Scribner's Sons, 1911, pp. 16-17.

⑤ 阿诺德：《文化与无政府状态》，韩敏中译，北京：生活·读书·新知三联书店，2012，第 96 页。

希腊精神,它是趋向思想——作为正确行动之基础的思想——的智慧,"那种随着人的发展而形成的、新的变化着的思想组合的敏感,欲彻底弄懂这些思想并对之作出完美调适的不可遏制的冲动"①。前者强调道德行动,后者强调智性思考。阿诺德认为,英国人有卓越的印欧民族特点,富有幽默感,能想象并认可形形色色的多面人生。然而,在实际生活和道德行为方面,英国人仍具有强烈的希伯来特性:自信、坚执、专注。②阿诺德认为,我们应如希腊精神所强调的那般,对求知、对认识事物真相有一种本能的冲动。③希腊人趋向美好与光明结合的人性,"诱辟地阐发了真即是美的卓见洞识",虽然这看似忽略了人性中的道德需求,但是他们也清楚地认识到,人性若要协调发展,不仅有智性的需求,也有道德的需求,"应充分地估量两者,使之达到和谐"。④显然,相比于道德行动和智性思考被机械式割裂后走向两个极端的模式,斯蒂文森崇尚以想象并认可多面人生、重视个体感受的智性思考与以至高无上的责任感、自我克制和勤奋等为特征的道德行动的融通归一。

从"世界之大犹如须弥,我之渺小犹如芥子,甚是不喜,甚是不喜"到"大千世界形色之物林林总总,我想我等皆似无忧虑的欢喜国王",斯蒂文森崇尚的思想从以柏拉图为代表的、强调国家和集体的西方正统的哲学思想转为宣扬个体的思想。世界的构成元素是具体的形色之物,而非概念与理念的堆砌。作为身体的泛化概念,"我"及"我"的肉身也是林林总总的大千世界中的一部分。作为个体的"我"虽渺小但也有存在的合理性。"我"并不完全服从上帝或国家,有体验单纯感官上的喜怒哀乐的自由。因此,赋闲者并不否定主流阶层提倡的行动,而是提倡基于思考之上的行动,以追求个体在人性上的自由全面和谐发展。这就导致一个问题,即赋闲者难以在推崇功利主义价值观的社会中找到家的感觉,"家中异乡人"的感受便油然而生。

二、功利教育的反叛者

维多利亚时代社会推崇的荣耀、财富、责任、成功等价值观渗透了教育领域。

① 阿诺德:《文化与无政府状态》,韩敏中译,北京:生活·读书·新知三联书店,2012,第97页。
② 阿诺德:《文化与无政府状态》,韩敏中译,北京:生活·读书·新知三联书店,2012,第111页。
③ 阿诺德:《文化与无政府状态》,韩敏中译,北京:生活·读书·新知三联书店,2012,第116页。
④ 阿诺德:《文化与无政府状态》,韩敏中译,北京:生活·读书·新知三联书店,2012,第117页。

反过来，功利教育为社会培养出大批"成功"的人才，进一步夯实了成功观的主流地位。因此，功利教育也成为个体异化和社会审美趣味缺失的罪魁祸首之一。

在文中，斯蒂文森提出功利教育存在的问题的同时，也阐发了自己对教育的见解并认为赋闲的教育观是指引国人走出教育困境的途径。

教育是什么？答案并非千篇一律。然而19世纪英国教育领域的功利主义者们却普遍认为勤勉习得专业知识才是成功的教育，因而不可避免地导致两个问题。

首先，学科的分立导致知识的专业化与日益碎片化。英国哲学家弗朗西斯·培根（Francis Bacon，1561—1626）在《论读书》（"Of Studies"，1653）中罗列了读书之裨益，"读史使人明智，读诗使人灵秀，数学使人周密，科学使人深刻，伦理学使人庄重，逻辑修辞之学使人善辩：凡有所学，皆成性格"[①]。可见，阅读任何书籍或习得任何学问皆利于人的性格养成。但仅阅读、习得或者研究某一特定领域的知识却并不利于培育人的性格。斯蒂文森认为，当下的学科分类过于细致，知识被分门别类地贴上了"数学""哲学""语言""贸易"等标签。学习者从整体的知识认知框架和体系中脱离出来，潜心于汲取碎片化的知识。在他看来，这样的教育体系培养的"成功"人才，并非真正的成功教育的典范。相反，这会给整个社会带来严重的后果。文中提到，"男孩们费尽心机读书求知，赢得的奖牌终被束之高阁，无人问津"[②]。作者意在强调当教育成为个体达成某种功利目的的手段和过程时，知识最终也将被束之高阁或无情抛弃。功利的教育思想只会导致培养出更多碎片化知识的搬运者，因而使教育用以培育完美人性的目标仅仅成为美好的幻想。上述因学习专业知识或研究专业学问而"成功"的读书人最终也会不可避免走向闭塞和狭隘，与古典的传统的、胸怀宽广的学者形象渐行渐远。斯蒂文森如此描述专业知识分子和学者的狭隘心态："物理学家谴责毫无科学常识之人，金融业者对不懂股票投资之人颇有微词；文化人对文盲嗤之以鼻；才华横溢的通才蔑视无才之人。"[③]精细的学科分类带来后果是，专业知识分子或学者因各自的知识

---

① 转引自：王守仁主编：《英国文学选读（第四版）》，北京：高等教育出版社，2014，第20页。

② Robert Louis Stevenson. *An Apology for Idlers and Other Essays*. Portland, ME：Thomas B. Mosher，1916，p.12.

③ Robert Louis Stevenson. *An Apology for Idlers and Other Essays*. Portland, ME：Thomas B. Mosher，1916，p.10.

和学科变得专业和复杂,共同探讨和研究某个话题的门槛越来越高,拥有不同知识背景的人只能凭知识确认自身的身份,以便与异于自己知识框架体系的他者区分开来。赋闲者因拒绝被绑缚在单一的专业知识领域内,试图突破界限寻求更广博的知识,被"成功"的专业知识人士贴上"赋闲者"的标签。

其次,知识的专业化与碎片化导致个体的异化。斯蒂文森写道,

> 人年幼时攀爬于各种箱盒之上,天生具备探索的欲望和能力;长大至二十岁时,男孩还胆敢盯着女孩儿瞧上一阵,尚且具备审美的能力。然而,到了不惑之年的绅士,看着鼻烟盒中香烟燃尽,呆呆端坐于长椅之上,一脸迷惘,眼神中透露出可悲的神色。①

个体在中年时丧失幼年时期拥有的探索的欲望和能力及青少年时期具备的审美的能力,呈现出"呆呆""迷惘"等可悲的表情。作家在文中揭露了个体疏离于人群与社会、丧失生活乐趣等异化现象,不啻对当时盛行的功利主义教育的当头一击。功利主义认为心灵的快乐凌驾于肉体的快乐之上,"某些种类的快乐比其他种类的快乐更值得欲求,更有价值"②。此处"某些种类的快乐"显然指的是心灵的快乐,因其更加持久、更加有保障、成本更小。而肉体的感官上的快乐相应受到了压制。当文明、成功、进步、荣耀等作为主题的主流价值充斥在教育领域,抛弃了情感与感受的个体必将成为时代的宠儿,把个人生活封闭成孤立的学习空间,在等级森严的专业知识领域中大显身手。但压抑情感和肉体感官上的快乐会让人逐渐丧失生活的情趣和审美的能力,最终异化成知识加工的机器。

斯蒂文森质疑功利教育,强调人们应在专业知识的习得之外,从自然和社会的"大书"中汲取知识。他说,若如夏洛特③般独自端坐于镜前赏世事繁华而不能

---

① Robert Louis Stevenson. *An Apology for Idlers and Other Essays*. Portland, ME: Thomas B. Mosher, 1916, pp. 22-23.

② 穆勒:《功利主义》,徐大建译,北京:商务印书馆,2016,第 10 页。

③ 英国桂冠诗人阿尔弗雷德·丁尼生(Alfred Tennyson, 1809—1892)1833 年首版、1842 年定版的叙事长诗《夏洛特姑娘》(*The Lady of Shalott*),源自英格兰英雄传说"亚瑟王与圆桌骑士"中的一个故事。女主人公夏洛特因受到魔法的诅咒,只能从镜子里看大千世界,于是她就终日坐在织机旁将镜中景象织入绸缎中。

亲历,这未尝不失为一件憾事。[1] 作者借传说中的悲剧人物夏洛特阐发知行合一的重要性。行是习得知识的另一种不可或缺的路径。劳于读书之人,难免逸于行动和思考。而教育的内涵远远超越了书上的知识。当然斯蒂文森并非厚此薄彼,他强调在两者并行不悖的前提下,提出生活的体验是学习最好的素材。[2] 作家自身在这方面称得上是身体力行的绝佳案例。23 岁那年,斯蒂文森因叛逆混迹于大街小巷,结交了众多来自不同社会阶层的朋友。[3] 这段特别的生活经历拓宽了他的视野,也为他日后的文学创作积累了素材。即便是在伯恩茅斯(Bournemouth)的家中养病期间,斯蒂文森也不放过任何机会与前来家中的理发师、裱框师等人交谈。[4] 他认为,"找机会与各行业的人闲谈,也是习得真正的艺术和知识的途径"[5]。

斯蒂文森尤其推崇闲逛(idle)对教育的意义。他认为校园中的赋闲者[6]通过闲逛这一行动从大自然或者社会中汲取灵感,以迥然不同的视角思考问题。正如夏尔·皮埃尔·波德莱尔(Charles Pierre Baudelaire,1821—1867)诗篇中的浪子,"看似在街道人群中闲逛,意在观察物景中的人,想象他们的故事,在沉思中幻想"[7]。斯蒂文森认为这是教育真正的精神内核。但智者们将学问划分为"数学""哲学""语言""贸易"等,并深耕于某领域,而对其他领域不闻不问。他们固执地

---

[1] Robert Louis Stevenson. *An Apology for Idlers and Other Essays*. Portland, ME: Thomas B. Mosher, 1916, p.13.

[2] 虽然斯蒂文森与自然主义代表人物左拉在诸多地方意见相左,但是就这一点上两人的观点基本一致,即提倡回归自然,回归现实生活,强调"体验"的重要性,主张让生活"进入"文本,而非让文本"再现"生活。详见曾繁亭:《文学自然主义研究》,北京:中国社会科学出版社,2008,第 23 页。

[3] Graham Balfour. *The Life of Robert Louis Stevenson* (*vol. 1*). New York: Charles Scribner's Sons, 1901, p.99.

[4] Graham Balfour. *The Life of Robert Louis Stevenson* (*vol. 2*). New York: Charles Scribner's Sons, 1901, p.12.

[5] Robert Louis Stevenson. *An Apology for Idlers and Other Essays*. Portland, ME: Thomas B. Mosher, 1916, pp.17-18.

[6] 斯蒂文森在此处特指那些被排除于勤勉的"成功"学生之外的人,他们看似整日游荡于街巷之中,无所事事。斯蒂文森自己也曾被贴上"赋闲者"的标签,这一点可从他的传记中找到文本佐证。

[7] 童明:《现代性赋格:19 世纪欧洲文学名著启示录》,北京:生活·读书·新知三联书店,2019,第 49 页。

认为，未被归于某种学术类别之下的事实或学问，绝无称得上事实的资格，充其量可称为闲聊（gossip）。[①] 求知也需在特定的知识领域中，带有某种冠冕堂皇的名目。否则，任何求知行为均为虚度光阴的外在形式，"赋闲者"的称号非你莫属。然而即便是被冠以如此头衔，斯蒂文森始终坚持初心，拒绝让自己成为堆积各种专业词汇、科学术语及专门学问的、缺乏灵魂的仓库，坚持"在书中遨游"和"在大自然中行走"的知行合一准则。

斯蒂文森提出人类与自然、社会亲密互动的主张和欧洲 18、19 世纪很多思想家的观点不谋而合。18 世纪法国思想家让-雅克·卢梭（Jean-Jacques Rousseau，1712—1778）构建的道德理想国里，甚至认为真正的人是同大自然融合的人。19 世纪英国著名思想家威廉·莫里斯（William Morrison，1834—1896）也曾在小说《乌有乡消息》（News from Nowhere，1890）中构建了一个爱美的乌托邦。乌托邦民众在森林中野营，与自然畅意游戏，尽情享受生活的乐趣。长期在幽闭空间读书做学问的青少年因鲜少有机会与自然亲密接触，逐渐丧失了探究自然的好奇心和勇气，丧失了与自然界及人类社会互动的能力，以及深度感知人类在宇宙空间中的方位认知能力。

古今中外读书之人本着"两耳不闻窗外事，一心只读圣贤书"的精神，勤勉一生，自以为习得真知，殊不知其渐渐地将"知"和"行"、"抽象专业的理论知识"和"具体社会知识"剥离，最终获得的知识充其量也只能是管窥蠡测。即便他们习得了"数学""哲学""语言""贸易"等标签之下的专业知识，却不自觉地走向闭塞和狭隘。在这种主流的教育理念影响下，整个社会被"成功"的价值观主导，极端重视世俗的成就与荣耀。斯蒂文森在文中塑造了校园赋闲者的形象，一方面是对当下教育体制的挑战；另一方面也是对人类渐失审美趣味的担忧。在他看来，整个社会只有从处于源头的教育体制着手改革，才能从根本上克服人类的异化状态，恢复对身体感知的重视，达成培育完美的人性的教育目标。

---

① 斯蒂文森曾撰写了一篇名为《一个关于罗曼司的闲聊》的文章，可谓是一种谦逊的自嘲。

小　结

　　流动的家的内涵之一是个人对家的情感的动态认知。因此，家不再是仅给人带来舒适、归属、庇佑等正面、积极感受的地方，它同样也给人带来焦虑、压抑、疏离、绝望等负面的感受。在更多情况下，家是第三种情感模式的生产空间，即归属感和疏离感、亲近和暴力、欲望和恐惧共存的混合空间，即它既给人提供身体、情感上的庇佑，同时也制造压抑和焦虑感。导致这种复杂性的原因在于个体因身份焦虑而对家产生不同维度的情感诉求。此外，人对家的复杂情感也同样可能增加人的身份焦虑。

　　个体的身份焦虑是刺激个体离家的重要情感因素。

　　《金银岛》中的少年霍金斯在丧父后继承了父权，接替了父亲在家中的主导地位，承袭了父亲的意志和规范，制定了约束家中成员的一系列外在规范。霍金斯的身份焦虑源于他在维持缺乏冒险激情的、平庸的乡下生活与离家冒险间的取舍。但扎根心底的航海梦想、对异域探险和培育英雄气质的渴望最终战胜了封闭的、非流动的家中缺乏激情和冒险的生活，成为霍金斯离家的动力。然而，无论出于何种目的，航海人都不免陷入身份的困境。整个社会对海盗模棱两可的评判标准很大程度上模糊了航海人正义与邪恶之间的界限。"正义"的航海者们离家寻宝，最终或与海盗们殊途同归，陷入无休止追求财富的死循环。此外，他们担忧自己在航海途中与海盗相遇后堕至更低等级的可能性，是为特里劳尼们焦虑的源头。"邪恶"的航海人在获取财富后，在得到与财富相匹配的上层身份及其带来的尊严的未来意识与继续离家冒险、抢杀掠夺、被绞刑噩梦萦绕的海盗生活之间撕扯纠结。

　　杰基尔博士以家为实验场所，借助科学实验和理性精神探寻人的奥秘，发现人存在善恶二重性。杰基尔通过镜子观察了主体与他者的分裂过程，意识到主体对他者控制行为的不确定性，这给中产阶级的自我意识领域的可知性实践带来了挑战。杰基尔的身份焦虑源于主体对他者的控制与丧失控制之间的张力。杰基尔化身海德后离家，在街灯下继续一场人性实验。海德离家是科学家杰基尔试图借助海德的身体逃离传统、固定的家的生活模式，释放内心寻欢作乐、恣意妄为的欲望,享受自由生命,同时又能免遭舆论谴责的途径,也是其借助科学和理性维护身份和社会地位,化解职业焦虑的极端方式。海德以野蛮的方式冲击文明的界线,以扭曲的方式实践道德和行为的规范,展示了道德和行为规范的相对性。黑夜藏匿了海德的罪恶,而街灯成为他行恶的见证者。它的"明"与"灭",揭示了中产阶级欲揭露罪恶和发觉罪恶普遍性间的矛盾,由此产生的叙事张力激发了他们对人性的反思,以及对失去已拥有的尊贵身份和地位的焦虑与担忧。

　　个体为避开主流身份体系所做的努力以及隐隐透露出来的焦虑情绪亦是个体离家的重要诱因。19世纪不仅是崇尚理念至上的新康德主义盛行的时期,同时也是以全体相关人员的最大幸福为行动标准的功利主义的黄金时期。主流社会崇尚的成功、进步、责任等给个体追求幸福带来舆论道德上的压力。《为赋闲者辩》对"成功者"的成功观和赋闲者的幸福观进行了思辨。首先,斯蒂文森推崇以敬畏生命与探索生命乐趣为要素的幸福价值观,质疑将荣耀、财富、责任等作为主流的成功观。斯蒂文森崇尚智性思考与道德行动融通归一,反对将两者机械式地割裂。其次,斯蒂文森认为,功利教育导致两个后果,一是知识的专业化与日益碎片化;二是个体因压抑情感和肉体感官上的快乐,逐渐异化成为丧失生活情趣和审美能力的学习机器。他塑造了校园赋闲者的形象,将闲逛视为对抗学习者异化成专业知识学习的机器的良药,号召重视身体感知,达成培育完美人性的教育目标。

　　然而,在功利主义价值观盛行的维多利亚时代的社会,推崇个体幸福的赋闲者陷入身份尴尬的境地,为避开主流身份体系引发的焦虑成为他们离家的动因之一,而自诩赋闲者的斯蒂文森也开始了他频繁的离家之旅。一方面,个体的身份焦虑触发了离家—寻家—归家的流动进程的按钮;另一方面,流动可缓解家中人的身份焦虑。固定的身份在流动中变得飘忽和不确定,但在某种意义上,这也意味着个体对身份的忧虑在流动中得以缓解。

第三章　寻家:在动与静的关系中重构家的内涵

　　身份的焦虑是个体踏上离家之路的重要驱动力。而无论哪种形式的身份焦虑都会映照出个体对家复杂的情感。在寻家阶段，家的流动性一方面表现为家的主体在物理空间中动态移动的轨迹以及主体在动态的移动轨迹中"做家"的意向，另一方面表现为主体在流动中以想象、隐喻等方式呈现其对家的动态的情感体验和认知。最为重要的是，个体寻家重在"寻"，是强调动作和产生动作的泛物体概念，并非指人或实在的家。寻家的过程是对平衡性的追求，意在颠覆传统的单向度的所谓的稳定性，即在"动"与"静"的关系中重新建构家的意义。

　　斯蒂文森并非想要寻找概念、理念、神学等构成的大写的抽象的"家"。相反，他试图在感受林林总总的家的形态后，找到重构家的平衡性的一种出路。他在《驴背旅程》中写道，自我放逐式的旅行让人在脱离家的舒适圈的同时，也远离了世俗烦扰，如此可以让身体近距离感知世界，感受生命。① 作家感知世界和感知生命的过程即寻找自我存在的意义和价值的过程，也即寻家的过程。

　　本章考察在"动"与"静"的关系中寻家，即重构家的内涵，探讨找寻平衡之家的途径，以及各种家的模式给重构家的内涵带来的启示。

第一节　漂泊中的想象与家的重构

　　寻家的过程意在颠覆传统的、单向度的所谓的稳定性，重构一种平衡性。个

---

①　详见：斯蒂文森：《驴背旅程》，皮千慧等编译，北京：清华大学出版社，2013，第56页。

体寻家的过程中以想象的方式建构理想的家的模式,展现自己对家的情感上的认知。想象作为一种反事实的思维,是极为重要的认知机制,它呈现的是现实中缺席的事物,属于虚构的手段,但又是基于人的主体经验之上的真实建构,这种思维逻辑看似存在矛盾,却又合情合理。

个体在漂泊中寻家凸显家的流动,继而通过杂糅式的想象建构出具体、有形的家。诗歌集《一个孩子的诗园》中的病童和小说《退潮》中三个生活窘迫、离家漂泊的欧美人的共同点在于主人公皆是在逆境中"漂泊"状态下对家进行了混合杂糅式的想象。区别在于前者是由内而外,而后者是由外向内的。《一个孩子的诗园》中受困于寂静之家的病童冲破隔离的屏障,在天马行空的想象中建构出一个交汇的空间,将家内的空间与家外的空间结合,生产出新的家的空间。《退潮》中三个远离欧洲、流浪于南太平洋海滨的异乡人,在逆境中想象理想的家园。

一、异域之家的想象与家的重构

斯蒂文森在诗歌集《一个孩子的诗园》中塑造了众多孤独病童的形象和各色黑夜的意象。栩栩如生的人物与天马行空的想象与他昔日病童的身份息息相关。作家从小受肺部呼吸道疾病的困扰,无法像正常学龄儿童般接受学校的教育,因而在家中度过了格外漫长的童年。巴尔福称之为"少儿时期悠长的休闲时光"①。

一方面,作家在作品中建构想象之家的源头之一正是幼时因疾病被隔离的这段经历。隔离的时光丰富了作家的想象,给他的创作带来了丰裕的素材。在《一个孩子的诗园》中,斯蒂文森塑造了一个个栩栩如生的病童形象,并赋予他们天真奇特的想象能力,超越惊悚、恐怖的梦魇般的现实生活,在想象中建构出一个个异域之家,以弥补当下的家的缺憾。在《夜晚的童话》("Young Night-Thought")中,妈妈熄灭灯盏后,孩子在漫长的夜晚想象着国王和皇帝带着军队浩浩荡荡地

① Graham Balfour. *The Life of Robert Louis Stevenson* (*vol. 2*). New York: Charles Scribner's Sons, 1901, p.194.

游行。① 在《大风之夜》（"Windy Nights"）中,孩子看见骑手"快马加鞭"②赶回家园。《陌生的大地》（"Foreign Lands"）中,独自爬上樱桃树的孩子俯瞰着邻居家的花园,看着通往远方的道路,想象着它延伸到神奇的国度。③ 在《小船去何方》（"Where Go the Boats"）中,孩子独自在河畔放纸船,想象着乘着小船远行,在千里之外扬帆。④

　　另一方面,病痛给作家带来精神上的困扰,并在其幼小的心灵上涂上了暗黑的一笔。疾病伴随着人类的身体经历了漫长的历史,在隐喻的作用下建构了一个个传奇的神话,使疾病看似神秘莫测,由此形成种种迷思。作家苏珊·桑塔格（Susan Sontag, 1933—2004）基于自己的经历写了一篇文章,题为《作为隐喻的疾病》（"Illness as Metaphor", 1978）⑤,认为加诸疾病之上的象征意义,给病人带来精神上的重压和道德上的羞辱。而肺结核这一疾病,显然也给19世纪的患病者带来诸多身体上的折磨与精神上的烦恼。尤其是对于少儿时期的斯蒂文森而言,其心灵遭受的百般折磨不言而喻。他在《一个孩子的诗园》中塑造了众多孤独病童的形象和各色黑夜的意象。《夏日的床》（"Bed in Summer"）中的孩子常常"在冬夜醒来,披着金黄的烛光起床"⑥。《我的床是一艘船》（"My Bed is a Boat"）中的孩子每个夜晚都会做梦去远航。⑦《晚安》（"Good-Night"）中那个穿越漫长而

---

① Robert Louis Stevenson. *A Child's Garden of Verses*. New York：Airmont Publishing Company, Inc. , 1969, p. 24.

② Robert Louis Stevenson. *A Child's Garden of Verses*. New York：Airmont Publishing Company, Inc. , 1969, p. 30.

③ Robert Louis Stevenson. *A Child's Garden of Verses*. New York：Airmont Publishing Company, Inc. , 1969, p. 29.

④ Robert Louis Stevenson. *A Child's Garden of Verses*. New York：Airmont Publishing Company, Inc. , 1969, p. 36.

⑤ 此文后与《艾滋病及其隐喻》共同收录于《疾病的隐喻》（*Illness as Metaphor and AIDS and Its Metaphor*）一书中。本书对这部作品的引用均来自以下译本：苏珊·桑塔格：《苏珊·桑塔格文集：疾病的隐喻》,程巍译,上海：上海译文出版社,2003。

⑥ Robert Louis Stevenson. *A Child's Garden of Verses*. New York：Airmont Publishing Company, Inc. , 1969, p. 21.

⑦ Robert Louis Stevenson. *A Child's Garden of Verses*. New York：Airmont Publishing Company, Inc. , 1969, p. 55.

黑暗的走廊的孩子,心里战战兢兢地幻想着夜里有幽灵出没。[①]《影子游行》("Shadow March")中的孩子,在漆黑的夜里感受阴影"踏、踏、踏"走进时的恐惧。[②]《黑夜与白天》("Night and Day")中"层层黑影落了,点点光线溜了;夜晚的外套下,一切都消退了"[③]。夜晚、冬夜、漆黑的夜、黑暗、黑影、幽灵、阴影、影子等各种"夜"的意象以及形容黑夜的语汇在诗中反复出现,阐明病童在漫长的隔离期内经历的身体和精神的双重压力。诗歌中的"夜"以惊悚、恐怖等梦魇般的形象萦绕着病童,以此凸显孩子在家中恐惧、绝望、孤独、"漂泊不定"的感受以及他们试图突破夜的重围建构理想家园的强烈意愿。病童在寂静的家中建构出动态的想象之家以慰藉"漂泊"的心灵。吉尔斯・福柯尼耶(Gilles Fauconnier)和马克・特纳(Mark Turner)在《我们的思维方式》(*The Way We Think*,2002)一书中指出,我们的精神生活惯于依赖于我们的反事实思维(counterfactual thinking)。我们就像生活在一个反事实的动物园里,充斥着各种现实中缺席的事物。[④] 所谓的反事实思维,指的便是想象。家中的孩童试图冲破隔离的屏障,在天马行空的想象中建构出一个交汇的空间,将家内的空间与家外的异域空间结合,生产出新的心理空间,呈现现实的家中缺席的事物,这成为其在外部空间寻家的一种模式。

在维多利亚时代,身居家中的孩童对家外的异域空间展开想象,尤其是对海洋和岛屿的想象居多。理查德・D. 富尔顿(Richard D. Fulton)指出,海洋,尤其是南太平洋,成为 19 世纪中期五种典型的维多利亚儿童想象叙事的要素。第一类叙事将南太平洋描绘成人间天堂,有随手可取的可口食物及温和宜人的完美气候,是适合人类栖居的乐园。第二类叙事同时呈现太平洋岛屿风景秀丽和危机四伏的矛盾特征。第三类叙事将南太平洋视为男孩们理想的冒险地,讲述男孩们如何在与欧洲海盗和当地食人族的对抗中,逐渐培育起自己的男子气概。第四类叙事将南太平洋土著塑造成热情好客的群体,对欧洲人极尽讨好之能事。第五类叙

---

① Robert Louis Stevenson. *A Child's Garden of Verses*. New York:Airmont Publishing Company,Inc. , 1969, p. 66.

② Robert Louis Stevenson. *A Child's Garden of Verses*. New York:Airmont Publishing Company,Inc. , 1969, p. 67.

③ Robert Louis Stevenson. *A Child's Garden of Verses*. New York:Airmont Publishing Company,Inc. , 1969, p. 91.

④ Gilles Fauconnier & Mark Turner. *The Way We Think:Conceptual Blending and the Mind's Hidden Complexities*. New York:Basic Books,2002,pp. 214,217.

事在对南太平洋岛屿的想象中融入了鲁滨孙的荒岛的部分元素:积极进取的冒险精神、精彩的生活以及毒虫、暴雨等足以让现代人毙命的不确定因素。[①]

1850年出生于苏格兰中产阶级之家的斯蒂文森受此类叙事的影响颇深,在《旅行》("Travel")一诗中,作家再现了居家病童的内心世界,试图在现实之家的基础上建构一个想象的异域世界:

> 在那里,到处有金苹果生长,
> 还有鹦鹉栖息在岛上;
> 鲁滨孙们雕刻着木舟,
> 一旁守候着鸟群和山羊。
> 在那里,阳光延伸的方向,
> 许多城池耸立在遥远的东方,
> 城里有高耸的尖塔和清真寺,
> 就在沙子覆盖的花园旁;
> 城里的货物来自四面八方,
> 一排排悬挂在集市上。
> 在那里,长城围绕着中国,
> 城墙外阵阵风沙声回荡,
> 城墙里有另一个喧闹的世界,
> 车水马龙和钟鼓声一起轰响。[②]

在病童想象的异域世界中,理想的、适合人类栖居家的乐园不仅有金苹果、温和宜人的气候、栖息的鹦鹉,还有四处冒险的鲁滨孙们,等等。想象中的世界家园突破了中西方的界限,将更多的东方元素如清真寺、长城等纳入其中,呈现出兼容并包的特征。"小岛""城池""清真寺""集市""长城"等浓缩了成人情感冒险的经验,成为孩童想象体验的空间场所。

---

① Richard D. Fulton. "The South Seas in Mid-Victorian Children's Imagination." *Oceania and the Victorian Imagination*. Richard D. Fulton and Peter H. Hoffenberg (eds.) Farnham & Burlington: Ashgate, 2013, pp. 152-153.

② Robert Louis Stevenson. *A Child's Garden of Verses*. New York: Airmont Publishing Company, Inc., 1969, p. 31. 此处为笔者自译。

病童对异域之家的向往在《外国的孩子》("Foreign Children")一诗中以一种隐秘的方式悄然传递出来。诗中的孩子与世界各地的孩子展开了一场有趣的"对话"。确切地讲,这是作为叙述者的英国孩子对外国孩子阐发的内心独白。在创作这首诗时,作家以成人的立场在重新捕捉孩童情绪时表现的精确性在于:"我"对"外国的孩子"抱有一种既新奇又拒绝的心理。"我"虽希冀外国孩子美妙生活中的"猩红色的树林""狮子""鸵鸟蛋""海龟""稀奇的东西"等异域元素,但却一再强调自己待在家里"日子舒服""吃着标准正餐""很安全"。"我"在诗中两次隔空呼唤"你们不想变成我吗",表面上看似将世界各地的孩子置于他者的立场,试图彰显英国舒适生活的优越性,实则是"我"对自己真实内心的拷问。与其说是"我"质疑外国孩子美妙的生活,不妨说是我"厌烦"了家中安全舒服的日子,渴望走进"另一个国度",拥抱异域的美妙生活。批评家科莱认为斯蒂文森试图在诗中"重新找回(现实中)无法挽回的、已缺席的和看似不可再获得的东西"[①],即童年时的自己。作家在诗中重归记忆中的童年空间,试图呈现他所经历的童年的本质,并在其中融入了成人的体验。

斯蒂文森结合童年经历与成年经验塑造了诸多被隔离家中的病童形象。他们试图冲破寂静的家中隔离的屏障,在天马行空的想象中建构出一个交汇的空间,将家内的空间与家外的异域空间结合,生产出新的心理空间,成为个体在"漂泊"逆境中寻家的常见途径。病童虽在隔离中经受身体和心理双重创伤,但也从中获得了积极的人生体验,重构出平衡之家。

二、英国之家的想象与家的重构

斯蒂文森在小说《退潮》中塑造了三位在南太平洋海滨流浪的落魄欧美人:赫瑞克、戴维斯(Davis)和休以西(Huish)。流浪在外的落魄欧美人归家不得,在寻家途中以想象的方式建构旅途中的精神家园。

赫瑞克想象的家呈现出开放的属性,强化了家的流动本质。它混合了伦敦和太平洋的空间特征。

　　　河滨街上车水马龙,闹哄哄的声音和冲击着礁石的浪声,实在没什么两

---

① 　Ann C. Colley. "Writing Towards Home: The Landscape of *A Child's Garden of Verses.*" *Victorian Poetry* 35.3 (1997), p. 303.

样:现在听听,可以听出来来往往的出租马车,公共汽车辘辘的声音,还有大街上轰轰的回声。到了后来我总算能向周围看一看了,这确是我的故乡,一点没有错!广场里有好多雕像,还有圣马丁教堂,警察,麻雀和出租马车;我简直形容不出我有什么感觉。我相信我想哭,想跳舞,再不然想跳越过纳尔逊纪念碑。我像是一个从地狱里捉出来的小鬼,给送到天堂里最时髦最繁华的地方。①

赫瑞克想象中的家在空间维度上混合了伦敦和南太平洋的地方特质。如一开始描述时,他认为"河滨街上车水马龙,闹哄哄的声音和冲击着礁石的浪声,实在没什么两样"②。繁华的伦敦街道和萧条的南太平洋海滨在听觉上并未呈现出太多差别。随着想象的铺开,"来来往往的出租马车""公共汽车辘辘的声音""广场里的好多雕像""圣马丁教堂"等一个个具体的意向进入脑海,"我像是一个从地狱里捉出来的小鬼,给送到天堂里最时髦最繁华的地方"③。这里将伦敦和南太平洋分别以天堂和地狱的空间形态并置,形成一种巨大的落差。身处南太平洋无家可归的浪子赫瑞克以"地狱里的小鬼"自称,不失为对自己悲惨处境的自嘲,也是对伦敦之家的向往和怀念。赫瑞克想象中的伦敦之家呈现了家在空间维度上的开放性,它不仅涵盖微观层面个体的家宅,还涉及地区、城市(此处指伦敦)这层含义。作为想象中的家,伦敦被描述为"伦敦终年不停的喧闹声""忙忙乱乱的教室""绿油油的操场"等;而个体家宅的意象,以"火炉旁的天伦之乐""白发苍苍的父亲"等为物质表征。④ 有趣的是,赫瑞克乘着神奇的毯子"飞"回伦敦,一方面凸显赫瑞克归家心切;另一方面也反映了维多利亚时代工业化发展过程中,速度的概念深入人心。托马斯·卡莱尔(Thomas Carlyle, 1795—1881)如此描写伦敦:"这里的人们是那么地行色匆匆;就好像身后有什么在追赶着他们,让他们把自己

---

① Robert Louis Stevenson & Lloyd Osbourne. *The Ebb-Tide*. New York: Charles Scribner's Sons, 1905, p. 20. 本章对该文献的引用均为笔者自译,不再一一说明。

② Robert Louis Stevenson & Lloyd Osbourne. *The Ebb-Tide*. New York: Charles Scribner's Sons, 1905, p. 20.

③ Robert Louis Stevenson & Lloyd Osbourne. *The Ebb-Tide*. New York: Charles Scribner's Sons, 1905, p. 20.

④ Robert Louis Stevenson & Lloyd Osbourne. *The Ebb-Tide*. New York: Charles Scribner's Sons, 1905, pp. 6-7.

的速度再加快一倍。"①速度将时间和空间并置在同一语境下,将物理空间上相隔遥远的欧洲文化和波利尼西亚文化联结在一起,将赫瑞克欧洲的家和南洋的家联结在一起。

相较于赫瑞克浪漫主义式的家园想象,休以西与戴维斯船长对伦敦的想象,对过去家的回忆,则显现了现代社会消费文化的印记。

虽然在写家书时,休以西对家毫无眷恋。但是他对伦敦的情感却在他对家的想象中暴露无遗:

> 要是我去逛的话,我准要吃喝玩耍,享乐一番。我定要为自己的好运喝一杯苏打水兑白兰地。再去买一件宽宽大大的、有腰带的、充羔皮大衣,挥着一根手杖在皮卡迪利大街上溜达溜达。然后再到一家上等饭店里去吃青豆,喝一瓶香槟酒,吃一大块肉排——哦! 我忘了,我应该先吃一点烤银鱼——再来一份青醋栗馅子的饼,热气腾腾的咖啡,再来一点装在大瓶子里、上面贴着封条的坏家伙——福酒。②

在休以西想象的伦敦之家中,充斥着各种商品,如"苏打水""白兰地""羔皮大衣""青豆""香槟酒""肉排""烤银鱼""咖啡""福酒"等。而作为家最重要的元素之一的"人"却神奇地缺席了。正如殷企平所言,"商品激发人的消费欲望,进而使人物化,而且是大规模的物化,这是人类社会发展到 19 世纪后演绎的新悲剧。这一新悲剧的特点是全社会的想象力在商品崇拜的风气面前瘫痪了——人的想象领域成了商品的殖民地"③。对于流浪在南太平洋海滨的欧洲人休以西而言,消费虽只是个空洞的符号,但他在幻想中消费了形形色色的奢侈物品,在想象中对这些物品产生感官上的体验。④ 想象中感官上的体验带来心灵愉悦的感受与现实中饥寒交迫的窘态形成强烈的心理落差,加剧了他对伦敦的想念以及对落魄现状的哀叹。

---

① 转引自:威廉斯:《乡村与城市》,韩子满等译,北京:商务印书馆,2013,第 293 页。

② Robert Louis Stevenson & Lloyd Osbourne. *The Ebb-Tide*. New York: Charles Scribner's Sons, 1905, pp. 21-22.

③ 殷企平:《推敲"进步话语"——新型小说在 19 世纪英国》,北京:商务印书馆,2009,第 167 页。

④ Andrew H. Miller. *Novels Behind Glass: Commodity and Victorian Narrative*. London: Cambridge University Press, 1995, pp. 1-2.

戴维斯船长也对家展开了奇幻的想象：有了这些珠子，他和他的家庭都可以重新过上富贵日子。他的新住宅一定得在伦敦；死也不去缅因州的波特兰了；他梦想着英国的生活。他看见他的儿子穿着长袍在学校里排队走着，一个助理教员领着他们，他一面走，一面捧着一本大书念着。他自己住在一所双幢一连的别墅里，大门口的牌子上刻着房子的名字，叫罗斯莫尔。他好像是坐在石子路旁的一把椅子里抽雪茄，他的扣子眼里挂着一条蓝色绶带，他终于克制住了自己，也战胜了环境。他再也不用向银行去贷款了。他看见一间会客室里挂着红窗帘，壁炉架上放着贝壳——幻想总是那么微妙，一会儿他还未走近屋子，一会儿他又在一张红木桌前调酒。① 这亦是经由想象混合了源于不同信息空间的家，"双幢一连的别墅""红窗帘""壁炉""红木桌"等一系列表征英国上流社会奢靡生活的词汇建构了他想象中未来的伦敦之家，而"向银行去贷款"则交代了他记忆中美国之家的境况。家在时间的维度上呈现出开放的属性，将过去、当下、将来串成一线，不仅给戴维斯创造了想象的空间，也为其当下的行动和决策提供了足够的动力。在戴维斯看来，不择手段获得财富能实现想象中家园建构的梦想，即摆脱过去位于美国的窘迫之家，改变当下在南太平洋流浪的现状，拥有未来在伦敦的体面家庭生活。

休以西及戴维斯船长对伦敦之家的想象并非消费主义能一言概之。它虽充斥着各种现代社会消费主义的符号，但也让我们意识到，在作家斯蒂文森的笔下，"家"并非仅是居家之屋，履行"宅"的功能，它更多指向人与环境间的特殊关系，有了这层特殊的关系，人才能更好地了解世界。② 在想象之中，所有无生命活力的伦敦家中的物都活跃起来，变成了有生命的东西，让流浪者休以西及戴维斯船长产生了"在家"的感受，它是一种舒适感和归属感的混合体验。③ 想象中的伦敦之家作为提供各种感性体验的空间场所，它是舒适的、"在家"的、能激发身体各感官共同产生愉悦情绪的、不可替代的场域。作家在文中着重笔墨描写诸如视觉、嗅觉、味觉、触觉等感官上的感受并非仅用以批判现代社会工业化的发展和消费主义潜在的弊端，更多是对人的身体感知和感性体验的强调，而这正是对希腊罗马

① Robert Louis Stevenson & Lloyd Osbourne. *The Ebb-Tide*. New York: Charles Scribner's Sons, 1905, pp. 246-247.
② 转引自：Alison Blunt & R. Dowling. *Home (Key Ideas in Geography)*. Abingdon: Routledge, 2006, p. 11.
③ H. Easthope. "A place called home." *Housing, Theory and Society* 21 (2004), p. 136.

人文主义精神的复苏和"反动"(reaction),同时也呼应了小说中主人公赫瑞克无论流落何处随身都带着那本维吉尔的《埃涅阿斯记》这段情节。这也算是对自 18 世纪以来的理性至上的启蒙思想的一种质疑。这个观点一直影响着斯蒂文森的创作。在《为赋闲者辩》中,斯蒂文森就曾批判道,"一个人将自己的一生都奉献给了他所谓的事业,这意味着他将永远失去其他的东西"[①]。此处"其他的东西"也包含了情感和爱的能力。一个具备情感和爱的能力之人自然也具备调动人体各种感知器官去感受外部世界的能力。现代世界并非一个远离尘嚣的乌托邦,它正是由一个个消费符号筑成的高楼大厦。由众多消费符号建构的伦敦之家,给休以西和戴维斯营造了舒适的、"在家"的感受,以此对抗浪迹南太平洋、寻家不得的绝望处境。

《退潮》中的三个欧美人身处逆境,流浪于南太平洋海滨,以各自的方式对家展开想象。赫瑞克用浪漫主义的方式想象自己回到伦敦的家;店员休以西和船长戴维斯的想象,给家抹上了一层浓重的消费主义色彩。它不仅彰显了小说的时代特色,也凸显了作家对人的身体感知和感性体验的强调。在流动中建构出的混合之家,一定程度上消解了 19 世纪盛行于欧洲的理性主义至上的价值观。

第二节　家中天使的去蔽与家的重构

"家中天使"(the angel in the house)被 19 世纪欧洲中产阶级用于定义优雅、顺从、贞洁等固定刻板的女性形象。"天使"作为文学式的或传说中的想象形象,并非史学中或实际生活中的如实形象。但他们一旦在想象中形成,并由神学护驾,转而变作了历史结构的真实部分。"家中天使",作为一种悖论式的表达,让曾经居于天堂的、高高在上的天使降落人间,本身就是对宗教的一种颠覆,是神的概念的世俗化。此外,"家中天使"亦可被视为柏拉图描绘的洞穴中的囚徒。"家"遮蔽了她们的存在,并囚住了她们的思维。家在代表绝对理性的男性的统治下看似稳定,但其终究只是晃晃悠悠、失去平衡的空中楼阁。寻找平衡之家意在颠覆传

① Robert Louis Stevenson. *An Apology for Idlers and Other Essays*. Portland, ME: Thomas B. Mosher, 1916, p. 23.

统的、单向度的所谓的稳定性，打破男性世界对家的想象，让家中天使去除遮蔽，使家的结构重现平衡。

　　在传统的西方文化中，通常是女人安顿（安排、稳定、征服）家中事务并使之井然有序。几个世纪以来，安家被认为是女性最重要的正当职业，因而家也不具备男性主导的公共领域的侵略性、物质性和竞争性等属性。① 文学作品关于家的书写中，女性是必不可少的元素。即便是一无所有的流浪汉，在对家的回忆与想象中，也绝不会少了女性。小说《退潮》中有一处写家书的情节，南太平洋海滨的欧洲流浪者赫瑞克给自己年少时的情人爱玛写了一封信。在这封信里，读者跟着赫瑞克的回忆拼贴出了爱玛的模样：年轻貌美、可爱浪漫。在赫瑞克看来，即便自己身体消亡，"回忆中的她将永远留在灵魂深处"②。这是小说中仅有的几处关于女性的描写之一，寥寥数语，却激荡人心。

　　斯蒂文森在作品中塑造的女性角色不多，评论家们对这一文学现象持有不同的见解。郑振铎曾写道，斯蒂文森所著作品中大都不见有女性参与其间，似"未有夏娃以前之乐园"，他认为斯蒂文森"之有妇人出现于其中之少数小说，固远不如完全无有者之动人也"③。他将"性的乐趣之缺乏"视为斯蒂文森的创作特色，并将原因归结为"妇人之小惊大怪"等特点。④ 且不论郑的评论是否将其对中国传统女性的刻板印象投射至所有女性之上，就其"性的乐趣之缺乏"这一判断，本身就存在一些误区。小泉八云在其专著《英国文学研究》（1932）中对斯蒂文森创作的女性角色表示肯定，他写道，"很久以来，常常有人说史蒂文生是能够写没有妇女的小说之一位英国作家——这事实无论如何并不含有史蒂文生不能创造女主人的意思，因为他后来又创造了，得着很大的成功"⑤。在莉娜·王格伦（Lena Wanggren）看来，斯蒂文森擅长在文本中建构殖民地的男性气质，主要凸显男性之间的关系，但这并不意味着其在女性话题上缄口不语。相反，在19世纪末维多

---

① Susan Strehle (ed.). *Unsettling Home and Homeland*. New York：Palgrave Macmillan，2008，p. 1.
② Robert Louis Stevenson & Lloyd Osbourne. *The Ebb-Tide*. New York：Charles Scribner's Sons，1905，p. 40.
③ 郑振铎：《史蒂芬孙评传》，《小说月报》，1921年第3期，第111页。
④ 郑振铎：《史蒂芬孙评传》，《小说月报》，1921年第3期，第111页。
⑤ 小泉八云：《英国文学研究》，孙席珍译，上海：现代书局，1932，第249页。

利亚时代的女性问题备受关注,以及新女性小说诞生的大背景下,斯蒂文森作为苏格兰作家无意中也参与了这场关于性别的论争。王格伦以斯蒂文森的短篇小说《妖妇》("The Enchantress",1888—1890)为例,认为斯蒂文森将婚姻与两性关系置于小说情节的核心。① 因此,作家在塑造为数不多的女性角色时,融入了他对性别与家的思考。

斯蒂文森对家中女性的思考在诸多作品中都有涉及。作家不能完全摆脱维多利亚时代的烙印,塑造的不少女性角色彰显出"家中天使"的特征。她们在小说中看似无足轻重、可有可无,有的甚至处于失声状态,却对故事情节的发展起着推波助澜的作用。她们或温柔、或善良、或优雅、或纯洁,其形象也多是经由他人的叙述拼贴而成。然而这并非他理想家园的女主人形象。与其说斯蒂文森试图建构的家园是一个没有夏娃的"纯净"乐园,不如说斯蒂文森在其理想的家园中,一直在试图创造一个女性,她或许不能完全摆脱时代的烙印,即"家中天使"的影子,但她在思想上具有更加独立的意识和决断的能力,此形象碎片化地散落在斯蒂文森的作品中,如《金银岛》中霍金斯的母亲、《内河航行》中的英格兰女工、《费利沙海滩》中的乌玛等。

一、被遮蔽的家中天使②与家的失衡

家(house)③是典型的人间场所。"家中天使"有两层含义:其一,高高在上的天使落入人间,神走向世俗化,宗教理念遭到颠覆;其二,女性被 19 世纪中产阶级的价值体系绑架。家遮蔽了她们,并将她们打造成优雅、顺从、贞洁等固定刻板的形象。家中的天使好比柏拉图描绘的洞穴中的囚徒,她们在男性主导的家中,被男性建构的价值体系左右。优雅、顺从、贞洁等是她们一生遵循的准则。家的这种单向度的所谓的稳定性成为"囚"于家中的天使们认为的这个世界上唯一真实的事物,即便这只是洞穴壁上不稳定的、变幻的影子而已。

在西方文化中,女性被视为"家中天使"可追溯至伊甸园中亚当夏娃的故事。

---

① Lena Wanggren. "Robert Louis Stevenson and the Marriage Debate: 'The Enchantress' in Context." *Scottish Literary Review*(Spring/Summer 2020), p. 123.

② "The angel in the house",常见译文为"家中天使"或"家庭天使",本书采用"家中天使"这一译法。

③ "家"(home)包含了"家宅"(house)这层含义。"家宅"是女性被遮蔽的主要场所之一。

"家中天使"这一称号或标签最初在英国诗人考文垂·帕特莫尔(Coventry Patmore,1823—1896)的诗歌《家中天使》(*The Angel in the House*,1855)中出现,曾被认为是维多利亚时代"完美"英国女性的代名词,它指优雅、顺从、贞洁的女性形象。将女性描绘成固定、单一的形象,与当时中产阶级的价值体系相符。"家中天使"①成为中产阶级理想女性形象的代言人,其人格特征也逐渐被内化为整个英国社会女性的行为规范和道德准则。

　　受家庭环境和生活时代的影响,自诩叛逆,誓与维多利亚时代一切陈规陋习决裂的斯蒂文森显然无法完全摆脱时代的烙印,他塑造的女性角色也不时地显现"家中天使"之影。斯蒂文森笔下非常有代表性的"家中天使"是《金银岛》中海盗西尔弗的妻子。这位几近被读者忽视的女性人物在小说中前后总共出现了三次,但寥寥可数的文字描述却无法掩盖这位无名妻子身上"家中天使"的印痕。

　　西尔弗的妻子第一次出场是在乡绅特里劳尼写给霍金斯的信中。特里劳尼在码头认识了一个瘸腿厨师西尔弗,如获至宝,特地写信告诉霍金斯有关西尔弗的个人信息,"西尔弗是一个有钱人。据我所知,他在银行开有账户,从不透支。他让他的妻子留下经营酒店。他妻子是黑人,这恐怕是驱使他再度出海探险的另一原因。我们都是老光棍,对他做出这样的选择是可以理解的"②。丈夫西尔弗出海探险,黑人妻子被安排经营家庭和经营酒店等繁重任务。特里劳尼调侃的口吻从侧面凸显了黑人妻子在家中的尴尬处境。黑人妻子似乎除了顺从、温柔等特征之外,又因肤色的缘由徒增了一层受人鄙夷的因素。西尔弗的黑人妻子没有白皙的皮肤和优雅的外表,相反,她是个让特里劳尼等男性嗤之以鼻的有色女性。但在推动小说情节的发展上,其贡献度不容小觑。

　　西尔弗的黑人妻子在故事中初次登场后很快迎来了她的第二次露面。西尔弗在劝说年轻水手狄克参与哗变计划时自信地认为,与其他海盗生活放荡、吃喝毫无节制相比,自己有着安居乐业的梦想:

　　　　我把所有的钱分存各处,每处存一点,不要存得太多,以免引起怀疑。我

① 在女性主义者看来,"家"是女性劳动和工作的地方。琳达·麦克道尔提到,"家被认为是爱、情感以及共情的发生地。殊不知,孕育和照料家人的重担全落在女性身上。但这些女性却被建构成'天使',而非'劳动者'"。参见:Linda McDowell & Sharp, J. P. (eds.). *A Feminist Glossary of Human Geography*. London:Arnold,1999,pp.75-76.

② Robert Louis Stevenson. *Treasure Island*. London:Penguin Group,1994,pp.44-45.

告诉你,我今年已经50岁了,这次航行结束后,我就金盆洗手,当一个真正的正人君子……我的老婆已经把所有的钱取走了。西贝格拉斯酒店连同租房契约,招牌字号以及所有家当都卖掉了。我老婆已经离开布里斯托尔到约定的地方等我去了。①

西尔弗虽从事流浪、漂泊的海盗行当,却早已为未来安稳的生活做了充分的准备。在未来的家庭生活中,金钱和物质作为前提保障,但比钱更为重要的,是老婆。因为妻子是家庭财富的捍卫者和守护者。和老婆达成对未来的共识,给西尔弗凶险且充满着各种变数的海盗生活指明了方向,如同海上的灯塔给他暗黑的时刻透露了点点光亮,让他时刻对未来金盆洗手、当一个真正的正人君子充满了渴望。

当狄克质疑其妻子的忠诚时,西尔弗用自己的方式强调了信任在家庭生活和社会生活中的重要性。在外人看来,他的行为存在极大的风险,但西尔弗在做出决定前,必然是思考了各种可能性。在众多关于未来的可能性中,他选择信任妻子。表面上看,似乎是其妻子从中获得了巨大利益。但从长远看,西尔弗自己亦受益匪浅。在其出海寻宝期间,妻子成为其财产的保存者和家庭利益的呵护者。一旦西尔弗脱身成功,凭借积蓄和财富,过上舒服日子并非难事。西尔弗对未来生活的信心,可见其与妻子的日常相处模式:权威的丈夫和温顺无言的妻子。

郑振铎在悼念斯蒂文森的小文中,认为小说《宝岛》②中若有一少女的角色参与其内,"足以损其价"③,原因是女性的大惊小怪,很难使其与海盗、杀人者以及藏宝等和谐共处于同一情节,"适足以引起繁多之困难问题以恼乱作者而已"④。在出海探险寻宝的情节中,确实没有女性参与其中。但是女性是否真的无足轻重?笔者认为,西尔弗的妻子与西尔弗探险寻宝过程中的行为存在微妙的关系。从传统的伦理视角看,西尔弗并非善者。有学者认为,斯蒂文森塑造了一个城府极深、奸诈狡猾、善于伪装、凶残暴戾、心狠手辣的西尔弗。⑤ 毫无疑问,西尔弗的

---

① Robert Louis Stevenson. *Treasure Island*. London:Penguin Group,1994,pp. 67-68.

② 即《金银岛》。

③ 郑振铎:《史蒂芬孙评传》,《小说月报》,1921年第3期,第111页。

④ 郑振铎:《史蒂芬孙评传》,《小说月报》,1921年第3期,第111页。

⑤ 詹才琴、朱宾忠:《浅谈〈金银岛〉对英国海盗形象的颠覆》,《湖北社会科学》,2013年第12期,第153页。

"恶"与其海盗身份息息相关。西尔弗对死亡的惧怕也与海盗的身份有关。西尔弗曾不止一次看到海盗们在伦敦城外正法码头的刑场上受刑的场面。因此,有着海盗身份的西尔弗自然对死亡产生了畏惧感,导致他任何善的恶的行为,都以生存为首要目标。他立志在生存的基础上,赚足够的钱,远离海盗行业,组建家庭,坐马车、住公馆,做一个体面的人。家的建构自然少不了妻子。因此,用这样的逻辑去理解西尔弗这个人物或许能解开小说中某些让人不解的谜团,即他杀人时的凶狠残暴,对自身生命的极度吝惜,以及生活上的节俭和自律,这些都基于他想要建构美好家园的宏大理想:他的妻子带着他的全部家产在约定的地方等他一起组建家庭、坐马车、住公馆、过体面的生活。

　　小说结尾以特殊的叙事手法证实了西尔弗这种生活构想实现的可能性。这也是西尔弗的妻子在小说中的第三次露面。这一次依旧是在他人的叙述中出场。主人公霍金斯在提到逃跑的西尔弗时说道:

　　　　至于西尔弗,我们再也没有他的任何消息。这个可怕的独腿海盗终于不再和我们的生活有关系了。但是,我敢说他一定找到了他的老婆,跟着她一起(还有他们的鹦鹉弗林特船长)正过着舒服的日子。我看,就让他舒服几年吧,因为他到另一个世界时,是不可能过上好日子的。①

　　虽然西尔弗与妻子的最终结局被霍金斯附以"恶毒"的诅咒。但比起其他海盗,西尔弗"过着舒服的日子"显然称得上极好的归宿。"舒服的日子"内涵丰富,将西尔弗组建家庭、坐马车、住公馆、过体面生活的美好愿望包含其中。在霍金斯对西尔弗未来生活的想象中,"跟着她(妻子)一起"被置于尤为重要且显眼的位置。在霍金斯看来,即便是对长期漂泊、居无定所的海盗而言,一个温顺的妻子也是家中不可或缺的元素。

　　小说中并没有提及西尔弗的父亲和母亲,只提到了他的妻子。航海途中的海盗西尔弗显然是一个缺乏温情、杀人不眨眼的角色,但小说中三处与妻子相关的文本,凸显了西尔弗对妻子的信任及建构流动之家的信念。这些线索如线条一般将小说未提及的西尔弗身后故事若隐若现地勾勒出来,而这些线条在西尔弗恶的人性上挥洒了几笔温情的色彩,使人物跳出了简单的善恶二元论的框架,呈现出

①　Robert Louis Stevenson. *Treasure Island*. London:Penguin Group,1994,p.223.

其原有的复杂、多面和矛盾的复杂人性,使文本多了几分可读性。因此,在整个故事中,西尔弗的妻子虽始终是被他人叙述的对象,自始至终没有发出过自己的声音,但她在推动故事情节的发展和丰满西尔弗的人物形象等方面发挥着举足轻重的作用。她的存在给冒险小说的叙事框架增添了神秘的色彩,以男性为主导的、凸显男子气概的冒险小说也因妻子和家的存在多了一分柔情。

严格意义上讲,西尔弗那神秘的有色人种太太称不上19世纪中产阶级推崇的"家中天使",因为她既没有白皙的皮肤,也缺乏姣好的面容。但这个看似抽象而又无声的女性人物给我们留下的深刻印象伴随着我们阅读小说的全过程。她的温柔、顺从、体贴、贞洁或许是西尔弗决心变卖家产离家远航探险的最大动力,也是西尔弗在屡次遭遇生命危险时铤而走险最终又化险为夷的最大功臣。即便如此,她也只是在失衡的家中被遮蔽的"家中天使",是无形的、沉默的、处在边缘或底层的、在话语上受压制的、跟绝对理性相对的感性的元素。

二、天使的去蔽与家的复归平衡

作为平凡人的海盗的妻子温柔、顺从、体贴、贞洁,却没有想象中的天使那洁白如大理石雕塑般的皮肤,她是家中被遮蔽的对象。斯蒂文森并非一个女性主义者,他只是试图寻找一种平衡,使曾经被遮蔽的东西显现出来。而西尔弗的妻子作为"家中天使"变奏曲中的重要符号,恰恰说明了这一点。当然比起囿于家中的天使,勇敢从家中"出走"的天使才是作家心中的理想女性。天使"出走",意为女性试图改变被遮蔽的状态,与男性建立情感交流的基础。

作家在随笔集《致少男少女们》中写道,"(当下)通识教育的目标并非模糊性别之间的差异,而是人为地放大两者之间在生理上的差异"[①]。因此,少男少女们在进入婚姻之前所受的教育让他们深信男女生之间的差别,若有夫妻琴瑟和鸣,举案齐眉,倒显得与这个社会格格不入了。[②] 作家对婚姻与爱情的独到见解使其无意间参与了19世纪末英国社会关于婚姻的一场大辩论。1888年,莫娜·凯尔

---

① Robert Louis Stevenson. *Essays by Robert Louis Stevenson*. New York, Chicago, & Boston: Charles Scribner's Sons, 1918, p. 53.

② 在作者看来,(被社会认可的)婚姻需要不太可能实现的相互妥协以及不可避免的口是心非。他由此断定,婚姻的实质其实是伪善(hypocricy)。

德(Mona Caird)发表了题为《婚姻》("Marriage")的文章,引发了英国社会各阶层和各领域关于婚姻问题的大讨论。凯尔德认为在男性与女性间开展友好的对话困难重重,并将原因归结为"当下的社会体制在男女性之间营造了一种微妙错误的气氛,因而男女双方难以了解对方真实的想法和情感"[①]。她建议男女关系需建立在两性受到共同教育以及女性经济独立的基础上。[②] 这与斯蒂文森在《致少男少女们》中的所见略同。一方面,斯蒂文森对维多利亚时代婚姻观存在不解和批判,指出婚姻中夫妻缺乏共同话语的社会基础和病根在于少男少女时期接受的错误的婚姻教育。另一方面,斯蒂文森强调婚姻中情感因素的重要性。没有情感的婚姻,是没有生命的一纸契约,是出于财富或生理需求的联姻。对婚姻中情感因素的强调是作家对婚姻中女性地位的反思。

斯蒂文森的作品中不乏"出走天使"的影子。游记《内河航行》中记载道,斯蒂文森在卜姆(Boom)的一个酒吧里遇到了一个英格兰的女工,在交谈时发现女工不会一味地听信对方的话,而是会时不时提出一些意见。斯蒂文森对女工表示赞赏,他认为女人不应该一味地恭维男人,而男人若想要获得爱情,必须放弃对女性的蔑视心理。[③] 寥寥数语,道出了斯蒂文森崇尚的男女相处的新模式依托的情感基础:平等交流和互相尊重。斯蒂文森尤其强调男女关系中的情感因素。他在《为赋闲者辩》中批判道,男性在无止境追求事业和成功时往往会失去其他东西[④],如建立在感官体验基础上的情感和爱的能力。凯瑟琳·莱恩汉(Katherine Linehan)将斯蒂文森短篇小说中传达的爱情理念与同为19世纪英国作家的乔治·艾略特(George Eliot,1819—1880)和乔治·梅瑞狄斯(George Meredith,1828—1909)的观点相提并论,认为"爱情对两性而言皆是挑战,不仅要超越年轻时极端的自我主义,而且要修复社会意识形态的影响,这种意识形态人为地夸大男性的自我,而误导性地否认女性身上存在的自我"[⑤]。斯蒂文森的作品中也不

---

① Mona Caird. "Marriage." *Westminster Review* 130 (1888), pp. 186-187.

② Mona Caird. "Marriage." *Westminster Review* 130 (1888), p. 200.

③ 斯蒂文森:《内河航行》,王勋等译,北京:清华大学出版社,2013,第6—8页。

④ Robert Louis Stevenson. *An Apology for Idlers and Other Essays.* Portland, ME: Thomas B. Mosher, 1916, p. 23.

⑤ Katherine Linehan. "Revaluing Women and Marriage in Robert Louis Stevenson's Short Fiction." *English Literature in Transition 1880—1920* 40 (1997), p. 36.

乏此类人物,如《退潮》中的传教士爱图瓦特。爱图瓦特坚信财富的积累是成功婚姻的前提,同时他又彻底否定了婚姻中情感发挥的功能。他的口头禅"我对婚姻没有什么浪漫的看法"①堵上了婚姻中男女情感交流的口子。作为爱的共同体的家沦为资本载体的"系统"的一部分。②

斯蒂文森在短篇小说《费利沙海滩》中也塑造了一个渐渐脱离被遮蔽状态的天使——乌玛(Uma)。在叙事形式上,这算得上一部成功的小说,但是斯蒂文森的伦敦好友们坚持认为作者不可能创作出一个(成功的)女性。与此同时,他们也对作品中超越宗教婚姻的男女关系表示不满。③ 英国人维尔沙尔(Wiltshire)前往南太平洋岛的费利沙(Falesa)做生意。岛上一个叫凯斯(Case)的人热情接待他并强行给他介绍了费利沙的女子乌玛做妻子。小说中介绍了维尔沙尔初次见到乌玛的情景:维尔沙尔两脚刚踏上费利沙,便看到了一堆女孩,"我如同一个有大势力的人一般,留心看她们""我看见一个女子独自从那边走来……她很苗条,脸长额高,带着羞涩,诧异,与稍微看不见人的神气"。④ 维尔沙尔对乌玛的凝视中带着欧洲男性在性别和种族上的双重优越感。乌玛成为被剥夺话语权的无声的商品,在凯斯的安排下嫁给了初来乍到的英国人维尔沙尔。凯斯亲自给两人写了结婚证书,内容如下:"今证明某岛费利沙地方花阿华奥的女儿乌玛,不合法律地嫁与约翰·维尔沙尔一星期,无论什么时候,只要约翰·维尔沙尔喜欢把她送到地狱,他可以自由送她去。"⑤从这份结婚证书中,读者可以获取诸多信息。首先,乌玛与维尔沙尔的婚姻不合法律但却成为事实。其次,丈夫维尔沙尔在婚姻家庭中处于绝对优越的地位,甚至拥有妻子的生死权。此外,妻子乌玛在婚姻家庭中的地位从她"不合法律地"嫁给了维尔沙尔的那一刻起便已定下基调:她是英国人维尔沙尔在南太平洋之家的"家中天使"。即便没有英国女性白皙的肤色,但

---

① Robert Louis Stevenson & Lloyd Osbourne. *The Ebb-Tide*. New York: Charles Scribner's Sons, 1905, p. 185.

② 肖瑛:《"家"作为方法:中国社会理论的一种尝试》,《中国社会科学》,2020年第11期,第173页。

③ Robert Louis Stevenson. *The Complete Short Stories*(*vol.* 2). Ian Bell (ed.). New York: Henry Holt, 1994, p. 11.

④ 史蒂文森:《费利沙海滩》,伍光建选译,上海:商务印书馆,1934,第3页。本章对该文献的引用均为笔者自译,不再一一说明。

⑤ 史蒂文森:《费利沙海滩》,伍光建选译,上海:商务印书馆,1934,第7页。

是维尔沙尔评价其"长得很好看"①。乌玛是否从此固守家中一方天地,安于家中事务,成为维尔沙尔温顺、贤惠、贞洁的妻子? 小说的情节并未按我们传统的认知模式展开。维尔沙尔的生意被人刻意抵制,因而他试图前往传闻闹鬼的高树林一探究竟。乌玛表现出无比担忧,并给他讲了诸多故事,其中包括五个美少年受美色诱惑后暴病死去的故事。乌玛在与英国丈夫交流时用隐喻的方式,小心翼翼地传达自己对丈夫的感情。虽不敢直截了当地倾诉自己内心的情感,但这种交流的模式显然达到了预期的效果。维尔沙尔听完后,回答道:"无论如何,不要为我感到害怕,我于女鬼有何用,你是我唯一想要的女人,也是我唯一想要的女鬼,老婆。"②乌玛在与英国丈夫的交流中,表现出了极富智慧、敢于表达情感的一面。除此之外,她身上还有新女性勇敢坚强的一面。维尔沙尔独自夜闯野椰林,乌玛为了使他免受伤害决定进入野椰林给他报信。为了克服对鬼故事的恐惧,她表现出刚强果敢的一面。维尔沙尔对其尤为欣赏,"乌玛还是躲在树后,如同一个有知识的女人,她晓得她不过会碍手碍脚;但是她一听我叫喊,就向前跑。听到枪声时,她又趴倒在地"③。显然除勇敢外,乌玛身上还有智慧的一面。虽然在小说结尾处维尔沙尔担忧孩子们的未来,尤其担忧女儿们找不到好的婚姻对象。但是因乌玛的勇敢、机智和坚强以及不吝表达内心欲望等品格,维尔沙尔对她给予了高度评价。

在小说《金银岛》中,斯蒂文森也塑造了一个逐渐从被遮蔽状态中勇敢发声的女性——霍金斯的母亲。小霍金斯父亲病重卧床不起,家里的事务都交由任劳任怨的母亲和小霍金斯一一承担。母亲除了在父亲面前表现出极度顺从之外,也对其他拥有话语权的男性表现出毫无反抗精神的怯懦和遵从。如霍金斯父亲去世后,霍金斯要离家探险,乡绅特里劳尼为母亲雇了一个学徒,帮她一起料理店务。④ 此处,母亲丝毫没有表达任何个人意愿的想法。换句话说,作者潜意识里根本没有安排母亲发声的意图。但在小说第一章中,向来无声的母亲突然爆发,积蓄了多年的话语找到了表达的出口,瞬间迸发,"如果你们都不敢去,我和吉姆也要去,我们将原路返回,不再有劳你们这些力壮如牛,胆小如鼠的懦夫。我们即

---

①　史蒂文森:《费利沙海滩》,伍光建选译,上海:商务印书馆,1934,第 3 页。

②　史蒂文森:《费利沙海滩》,伍光建选译,上海:商务印书馆,1934,第 19 页。

③　史蒂文森:《费利沙海滩》,伍光建选译,上海:商务印书馆,1934,第 41 页。

④　Robert Louis Stevenson. *Treasure Island*. London: Penguin Group, 1994, p. 45.

使丢掉性命也要把那只皮箱打开"①。母亲温柔顺从的性格在此刻有了惊人的转向,她此番慷慨激昂的讲话原因是她不愿意让霍金斯在失去父亲之后,再失去本属于霍金斯的金钱。虽则母亲身上有着"家中天使"的影子,但是母亲从无声到发声,让读者看到了她身上一种尊严和正义感以及一种无畏与不知疲倦的自我牺牲。

评论界普遍认为斯蒂文森擅长塑造男性角色,而在塑造女性角色方面并未表现出其特色。笔者认为,斯蒂文森塑造的为数不多的女性角色在整体上透露出的气质和维多利亚时代完美的"家中天使"的形象是背道而驰的。当然受时代的局限,斯蒂文森无法完全脱离维多利亚时代中产阶级男性的立场和家庭观。这些女性并没有完全脱离温柔、善良、优雅、纯洁等"家中天使"标签。作为家中平凡的、静默的,甚至是有缺陷的女性,她们长期在家中"缺席",被代表父权、神权的男性遮蔽。斯蒂文森试图在其创作的世界中寻找一种平衡的家,让曾经被遮蔽的家中天使显现,而作家心中的理想女性是从被遮蔽的状态中勇于"出走"的天使:敢于踏出家的牢笼、勇于表达、追求平等的独立女性。

第三节　现代交通工具与家的重构

"家中天使"去除遮蔽,一方面使家中曾经沉默的、不可见的、感性的女性显现,并为她们赋权;另一方面也是鼓励女性勇敢踏出洞穴和家的牢笼,寻找真理,即鼓励天使出走。在斯蒂文森看来,出走旅行在刷新人对自身、家、世界等方面认知上比单纯书本知识的获得更具意义。他在《为赋闲者辩》一文中直截了当地表达了上述观点,"如夏洛特般独自端坐于镜前自赏而置世事繁华于一旁,这未尝不是件憾事。人们若劳于读书,必逸于思考"②。作家引用阿尔弗雷德·丁尼生(Alfred Tennyson,1809—1892)作品《夏洛特姑娘》(*The Lady of Shalott*,

---

① Robert Louis Stevenson. *Treasure Island*. London: Penguin Group,1994,p. 23.
② Robert Louis Stevenson. *An Apology for Idlers and Other Essays*. Portland,ME: Thomas B. Mosher,1916,p. 13.

1833）的典故有两层意思。首先，作家试图将人们埋头读书与受魔法诅咒的夏洛特姑娘纺织不辍、心如沉疴的状态作比，认为从镜子中观看大千世界并将镜中所见的景象织入绸缎中难免会对虚幻与想象的世界产生厌倦。其次，囚禁在孤岛高塔之中的夏洛特不顾诅咒，勇敢出走寻找心中的英雄骑士，对个体出走寻家具有启示意义。

个体离开文明的舒适圈，寻找生命的真谛与家的意义，并非寻找概念、理念、神学等构成的家，而是由具体的形态构成的家。斯蒂文森曾在《快乐遐想》一诗中一改往日"世界之大犹如须弥，我之渺小犹如芥子"的忧郁。幸福快乐的情绪跃然纸上，颇有纳须弥于芥子的旷达心胸。家的"林林总总"意味着家的形态千变万化，揭示了家的多样性，亦即家的流动属性。那么，斯蒂文森在游记中用了哪些隐喻来思考家的意义？

一、火车作为流动的家的隐喻

在斯蒂文森笔下，作为现代交通工具的火车是一个脱离情境单位的、剧场化的空间。车上的售票员、报童等用以充当火车与外界之间信息沟通的媒介全都"缺席"或丧失了功能。乘客处于封闭的火车车厢内，与外界完全隔绝。在《穿越平原》中，作家记录了自己坐火车从美国东部去往西部的旅途经历。他写道：

> 许多售票员与火车上的移民并没有过多的交流。某日，我问一位售票员，火车什么时候停下来吃晚饭。他没有回答，于是我又重复了这个问题，得到了同样的回应。第三次，当我问负责人同样的问题时，那人冷冷地看了我几秒钟，然后大摇大摆地转身离开。我相信他对自己的冷漠残酷多少有种羞耻感。因为当另一个人提出同样的问题时，尽管他仍然拒绝提供信息，但他"屈尊"地给了答复，甚至用足够让我听到的声音来证明他的沉默是正确的。他说，他的原则是不告诉人们去哪里吃饭。因为回答了一个问题，会招来更多的问题，例如现在几点？或者我们多久到达那里？[①]

售票员拒绝为火车车厢内的移民们提供"什么时间吃晚饭？""去哪里吃晚

---

① Robert Louis Stevenson. *Across the Plains with Other Memories and Essays*. New York：Cambridge University Press，2009，p. 36.

饭？""现在几点？""多久到达那里？"等各种事关生存的基本信息，使他们完全处于与外界隔离的"真空"状态中。移民们试图通过转移目标找到与外界联结的其他途径，认为报童在这方面能大大改善火车车厢内移民的命运。但"报童是一个阴暗的、欺负人的、轻蔑的、傲慢的恶棍，他像对待狗一样对待我们"[①]。特别有意思的一点是，"我们"这群来自不同国家和地区，有着不同的文化背景、身份地位、宗教信仰的移民共同生活在密闭的火车空间，体验来自报童的歧视，因而形成了一种共同的生活体验和文化心理。可以这么理解，火车不仅成为移民们背井离乡的物质载体，也给旅途中说不同语言、有不同文化背景的个体创造了一个"阈限"(limen)空间。阈限在拉丁语中有"门槛"的意思。法国著名民俗学家阿诺德·范·杰内普(Arnold van Gennep，1873—1957)将通过仪式(Rite of Passage)的第二阶段称之为"阈限阶段"，也即"边缘(margin)阶段"，其处于个体从旧有形式或者原有处境中分离出去的"分离(separation)阶段"和人或群体重新获得相对稳定状态的"聚合(aggregation)阶段"之间。维克多·特纳(Victor Turner，1920—1983)在此基础上对阈限的特征作了界定，认为处于这个状况的人或群体"既不在这里，也不在那里；他们在法律、习俗、传统和典礼所指定和安排的那些位置之间的地方"[②]。在火车上离家的个体可被视为阈限人。他们特征模糊，会从文化空间中为状况和位置进行定位的类别的网状结构中躲避或逃逸出去。[③] 在"门槛"般的过渡空间中，离家的人暂时撕去了性别、种族等标签，从旧有的家中的法律、习俗、传统和典礼等文化状态中分离出来，悬置了自己在旧有的家中的身份，以一种模糊不清的、相对开放的身份交往和互动。在售票员看来，这是一群无家可归的、到处流动的流浪汉。在报童眼里，这是一群流浪的"狗"。他们来自哪里、要去哪里都不重要。重要的是，在火车上，在这个过渡空间里，他们是没有身份的或者暂时丢失身份的、没有归属的群体。斯蒂文森曾在横渡大西洋时遇到了苏格兰人、爱尔兰人、斯堪的纳维亚人、俄国人、德国人等移民群体，"所有这些在欧洲大

---

①   Robert Louis Stevenson. *Across the Plains with Other Memories and Essays*. New York: Cambridge University Press，2009，p.37.

②   详见：特纳.《仪式过程：结构与反结构》，黄剑波、柳博赟译，北京：中国人民大学出版社，2006，第 95 页。

③   详见：特纳.《仪式过程：结构与反结构》，黄剑波、柳博赟译，北京：中国人民大学出版社，2006，第 95 页。

地上过得并不如意的人们，此刻都在逃往另外一个国度的途中；或许他们中的一两个会出人头地，大多数人已然显现出了失败者的姿态"①。此处"失败者"多少呼应了报童对火车上的乘客的看法。

离家在外的个体被贴上"失败者""狗"等标签时，"家"很容易成为其互动过程中催化共情的动人旋律。作家在游记中记载道，上了火车后，看到车厢里有高加索人，有中国人，有成年人，也有孩子。车厢里有一位吹短号的男子，起初没有太多人关注他。但当《家，甜蜜的家》一曲响起，整个车厢顿时寂静了。斯蒂文森认为暂且不从音乐的演奏技巧上评判其优劣，但它的确给人带来情感上的"野蛮暴击"。《家，甜蜜的家》这首以"家"为主题的歌让远在海外殖民地的英国人在想象中完成了殖民地的家与远在英国的家之间的情感联结。它唤醒了深藏于人们内心的民族热情，因而引发了英国民众强烈的共情。在这种语境之下，家成为培育民族和帝国力量及身份的重要场所。②作家将火车上演奏的"家"的主题曲视为情感上的"野蛮暴击"，可理解为一种剧场化的效应。当车厢内的乘客暂时被撕去了代表性别、种族、身份、地位等的标签，从旧有的家中的法律、习俗、传统和典礼等文化状态中被动分离出来。火车上的售票员、报童等又拒绝充当火车车厢内的乘客与火车车厢外的世界之间信息沟通的媒介，火车车厢本身就构成了一个剧场化的空间。在这个剧场中，乘客们共同观看车厢外动态的风景，这在诗歌《火车上》（"From a Railway Carriage"）中有类似的描述：

> 火车飞速赛过精灵和女巫，
>
> 小桥、房屋、篱笆、沟壑，
>
> 像战场上的骑兵一样冲过，
>
> 惊散了草场上的群群马羊；
>
> 看山岗和平原上的画面，
>
> 如密集的雨点般连成线。
>
> 时不时，在一眨眼之间，

---

① 转引自：Jenni Calder. *RLS：A Life Study*. New York：Oxford University Press，1980，p. 127.

② 参见：Alison Blunt & R. Dowling. *Home（Key Ideas in Geography）*. Abingdon：Routledge，2006，pp. 145-146.

汽笛声中闪过斑斓的车站。

一个攀岩的孩子，

采摘着黑莓的果实；

一个流浪汉，正驻足凝视；

一片碧草，将雏菊串起；

一条大道，一辆大车

载着人和物，慢慢向前推；

一座磨坊，一弯河水

一闪而过不复回。[①]

火车上的小乘客看着窗外的风景，用蒙太奇的手段自如地交替使用叙述的角度，通过眼睛看车外景色变幻，并通过镜头更迭运动的节奏影响欣赏者的心理。从"飞速赛过精灵和女巫"和"像战场上的骑兵一样冲过"中的快节奏转而到"一个流浪汉，正驻足凝视"和"一辆大车载着人和物，慢慢向前推"中的缓慢节奏，切换自如。

乘客们在共同观看车厢外动态的风景的同时，重新确认了自己"在路上"的状态和旅行者的身份，对车厢内"家"的旋律产生共鸣提供了条件。火车上的"家"的旋律成为暂时缺失的、不在场的家的心理补充。火车填补了离家人对家的心理空白。在家缺席的情况下，离家外出的人很难建构起一种泛家概念，但是通过火车车厢这种剧场化的形式，他们为自己营造了一种家的氛围。传统的固定形态和固定关系中没有的环节在火车上得到了弥补和升华。

乘客在火车行驶过程中暂时忘却了时空的具体性，成了一个剧场化之下抽象的人。火车作为工业化的产物，并不能让人与人的关系更为融洽，它一方面缩小了人与人之间物理空间的距离，另一方面却拉开了他们的心理距离。但剧场化之下抽象的人，在"家"的旋律的作用下，共同体验到情感上的"野蛮暴击"，产生对家的具身体悟与新的认知。

作家在游记中用火车的隐喻旨在建构一种阈限空间，让离家的人暂时撕去身

---

① Robert Louis Stevenson. *A Child's Garden of Verses*. New York：Airmont Publishing Company，Inc.，1969，p.62.此处为笔者自译。

上的各类标签，从家中的文化状态中分离出来，悬置自己的身份，以一种相对开放的身份交往和互动。在火车上的售票员、报童等拒绝充当信息沟通媒介，乘客完全处于与外界隔离的情境下，火车车厢内奏起的"家"的旋律成为离家的个体缺失的、不在场的家的心理补充。火车填补了离家人心理上的空白，帮助建构起一种泛家的概念，通过火车车厢这种剧场化的形式，为旅途中的人营造了一种家的氛围。而旅行的个体在从一种文化状态下的家流动至另一种文化状态下的家的过程中产生对家的具身体悟与全新认知。

二、驳船作为流动的家的隐喻

斯蒂文森在游记《内河航行》中利用另一种现代交通工具——驳船重构了家的意义。作家用驳船的隐喻将"旅行"和"居家"两个看似相悖的事物和谐并置于维勒布洛克运河之景中，解构了固定、稳定、生根、守界等传统的家的概念。文中记载，当船行至维勒布洛克运河（Willebroek Canal）时，作家遇见了一种不同寻常的家的形态——驳船之家：

> 驳船上的人必是自足的，他的生活介于旅行和居家之间……船夫在其流动的家中享受'躺在床上旅行'之乐趣，正如他悠闲地聆听着别人的传奇故事抑或是随手翻动自己毫无兴趣的图画书的扉页。午后他漫步于异国他乡的运河岸边，傍晚回到家中享受晚餐……比起当一个疲于公务的人，我更愿当一名自由的船夫。[①]

驳船之家是一种动态的家的存在模式，解构了固定、生根、守界等传统的家的概念。从传统视角看，旅行作为有目的的移动，重在"动"；而居家安定方为上，重在"静"。驳船之家将这一动一静恰到好处地糅于一处，旅行途中的漂泊和不确定因家的在场增添了几分温馨与安宁。而相对静止的家在舟船的媒介之下流动起来，打破了传统动和静的界限，家也因而披上了一件流动的外衣。家的流动不仅指旅行者位于某一处的家（居所及相应的情感因素等）和另一处的家（居所及相应的情感因素等）。它更强调流动过程中人对家的认知变化，主要体现在以下三个方面：

---

① 　斯蒂文森：《内河航行》，王勋等编译，北京：清华大学出版社，2013，第 12—13 页。

首先,驳船之家的家庭成员身份具有流动性。斯蒂文森在游记中以船夫为书写对象,呈现了船夫身份的变化轨迹。他午后漫步于异国他乡的运河岸边,晚间却已坐在船舱的家中享用晚餐。上到岸边,他是悠然自得的旅行者;回到船上,他是饱经风霜的劳动者。在岸上,他是来自异国的他乡人;在船上,他是熟悉的家中人。在如画风景的映衬下,在变动不居的外部环境中,船夫的身份是流动的。正如斯蒂文森在文中所写,船夫的日常介于萍踪浪迹的旅行生活和安常守故的居家生活两者之间,既能享受旅行带来的见多识广,又能享受家给予的温暖。"躺在床上旅行"正是驳船上船夫生活状态的生动写照。船夫在跨国界和跨地域的实践中,频繁与异域文化碰撞,他原先作为船夫的身份不断受到外界冲击。斯蒂文森认为船夫悠然自得的生活状态与他身份的不确定性有关联。疲于公务的人身上肩负各种确定性的、俗世的责任,船夫因其身份的多重性和不确定性,可以暂时脱离"船夫"身份之下的责任羁绊,化身异国他乡的旅客,饱览沿途风光景致。相较于为生计奔波劳碌的生活模式,这无疑是更具生命活力的人生体验。船夫身份的不确定性和流动性体现在他对自我身份的重新评估能力和对生活的掌控能力。斯蒂文森在游记中写道,"船夫在自己的船上——他有权决定何时靠岸——他绝不会让船只在一个寒冷霜冻的夜晚驶离下风岸急于赶路"[①]。这种对生活的绝对掌控能力是自我主体性的积极再现,也是缓解身份焦虑的一种途径。

其次,家庭成员间的关系也呈现出流动的特性。家庭成员身份的流动性,使成员间的关系跳出了传统的模式。船夫生活的自由不拘,打破了家庭成员间固定僵化的关系,解构了传统家庭内部的权力关系。游记中虽只寥寥数语却呈现出一副和谐的家庭生活图景。"一长溜前后相连的驳船,清一色绿色的舵柄,船舱两侧各一窗户,其中一侧窗口抑或是水壶抑或是花盆……一个妇女忙碌着一日餐点,船舱内有几个孩童。"[②]"船夫""妇女"及"孩童"作为家庭的基本成员,各司其职,家庭氛围其乐融融。作者撰文的精到之处在于,作者没有对驳船之家中的父子关系、母子关系以及夫妻关系作任何评价。读者也无法从这只字片语中获得更多有关驳船之家日常生活的信息。但文本中家庭生活信息的空白恰好给读者留下足够的想象空间。试想船夫下午漫步在运河岸边,欣赏异国他乡的别样景致;回到

① 斯蒂文森:《内河航行》,王勋等编译,北京:清华大学出版社,2013,第13页。

② 斯蒂文森:《内河航行》,王勋等编译,北京:清华大学出版社,2013,第11页。

驳船上，看着妻子忙碌于生活日常，或摆弄花草，或醉心烹调，孩子们自顾自玩耍，享受无忧的童年时光。因从小所受的家庭教育的影响，斯蒂文森在文中构建的驳船之家并未完全跳出维多利亚时代的传统家庭模式。维多利亚时代，"由于工业化的发展逐渐将工作场所和家庭分开，加之英国在全球的贸易发展和殖民扩张对男性力量的张扬，传统的父权制社会结构进一步强化"，英国主流社会将作为妻子和母亲的女性堪称是"以家庭为中心的传统的道德观和价值观的守护者，是抵御各种社会腐败现象的纯洁力量"。① 即便驳船之家算不上英国主流社会家庭，且船夫工作的公共空间和他生活的私人空间之间界限模糊，但它也属于典型的维多利亚时代家庭的范畴。船夫（男性）掌管着外部公共领域，履行其工作职责。妻子（女性）安于充当温顺的、乐于奉献的、热爱生活的"家中天使"。然而这"家中天使"的身份是一成不变的吗？上文提及船夫身份的流动性，其身上贴有"旅行者""劳动者""丈夫""父亲"等多种标签。当他踏入船舱，和妻儿共处同一空间时，他身上混合着的各种身份必然也影响了其与妻儿的相处模式。因而妻子并非固守一方安于家中琐事的温柔天使，儿女也非一味专注玩耍的孩童。在驳船开始作业之时，妻儿极有可能踏入船夫掌管的外部空间和工作领域。此时妻子身上除去"家中天使"的光环外，又增添了合作者的身份，孩子身上又增加了小助手的身份。当驳船作业完毕，一家人上岸游玩，此时他们皆又化为"旅行者"的身份。家庭成员之间的关系因而也随之流动起来。

最后，船夫对家的认知具有流动性。在维多利亚时代的诸多冒险小说中，家如围城一般，置身于其内的男性总想冲破城门试图逃离那令人窒息的空间，这也是探险小说一时风靡的原因之一。② 文中的船夫在"旅行者""船夫""丈夫"及"父亲"几种身份之间切换，他对家的认知早已跳出了狭隘的"围城"模式，而船夫身份的流动性以及他与家人之间关系的流动性也成为他应对婚姻家庭"围城"困境的一种积极出路，即船夫在频繁进出围城的实践中，将家置于流动的风景画之中，成为自然风景画中必不可少的景观。从他者的视角看，在运河上慢慢前行的驳船驶

---

① 陈兵：《"新女性"阴影下的男性气质——哈格德小说中的性别焦虑》，《外国文学评论》，2018 年第 1 期，第 139 页。

② John Tosh. *A Man's Place: Masculinity and the Middle-Class Home in Victorian England*. London：Routledge，1999.

经麦田和风车时,"形成了一幅美丽的图画"①。驳船之家已然跳出围城困境,进入了旷野风景,家的空间由封闭转为开放,由固态变为流动。人对家的认知因而也呈现出多样化。人置身于异国他乡时对错位和不确定性的具身体验,使他对家的认知不断重估和修正。在此过程中,异质文化背景下的各种家的形态对其产生的影响不容小觑。因而流动的及开放的家在不断生成的过程中多了一丝跨文化的韵味。就斯蒂文森个人而言,他厌倦家庭俗事,追求个人自由,从家庭的围城和牢笼中逃离出来,对运河上这一流动生成的家产生艳羡之情也就不足为奇了。

斯蒂文森将家从日常思维中抽离出来,置于一种动态的媒介——驳船之中,家随着驳船的流动而流动起来。驳船之家的流动性体现在家庭成员身份的流动性、家庭成员之间关系的流动性,以及对家的认知的流动性等三方面。家的流动性解构了传统的家的模式,凸显了家的存在模式的多样化,引发读者重新思考家的内涵。

小　结

个体从家中出走,在"动"与"静"之间重构家的内涵。

一方面,个体在"漂泊"中建构出理想的家的蓝图。诗歌集《一个孩子的诗园》中的病童受困于家中,对外部世界展开天马行空般的想象,建构出一个个与现实中寂静的家并行的、"奇妙、自由、欢乐"的、兼容东西方元素的、理想的家的乐园。小说《退潮》则呈现了三个漂泊于南太平洋的欧美人对伦敦之家的奇思妙想。它在空间维度上混合了居住的家宅和大都市伦敦的特征,在时间维度上混合了过去、当下和将来的家的特征,呈现出作品人物在绝望中对家的杂烩式想象,强调了人的身体感知和感性体验。主人公们在"漂泊"逆境中对家的想象,无论是由内及外,抑或是自外向内,皆是为对现实中缺席的事物的追寻,以此重构出平衡之家。

另一方面,斯蒂文森作品中的女性人物给读者带来启发:她们并未完全脱离温柔、善良、优雅、纯洁等"家中天使"标签。但同时她们也显现出了19世纪末"新女性"身上的某些特征,如独立、自强、勇敢、智慧等。严格意义上讲,这些女性并

---

① 斯蒂文森:《内河航行》,王勋等编译,北京:清华大学出版社,2013,第9页。

不符合维多利亚时代中产阶级所推崇的"家中天使"的外貌特征：皮肤白皙、举止优雅等。相反，她们身上显现出更为多元的特征。不同的种族、肤色、信仰、性格的女性在他的作品中拼贴起一幅五彩斑斓的世界女性地图。无论她们身上贴着怎样的标签，她们都曾经是家中平凡的、沉默的，甚至是有缺陷的女性。她们长期在家中"缺席"，被代表父权、神权的男性遮蔽。斯蒂文森在作品中试图构建一种平衡之家的模型，使被遮蔽的"家中天使"重新显现。作家心目中的理想女性是敢于"出走"的天使：勇敢挑战权威，走出家的牢笼，努力追求平等的独立女性。

　　受魔法诅咒的，被囚禁于孤岛高塔之中的夏洛特姑娘纺织不辍、心如沉疴地从镜子中观看大千世界并将镜中所见的景象织入绸缎中，但最终还是勇敢出走寻找心中的英雄骑士。作家在作品中引用此典故既是与勇敢踏出屋子的天使的呼应，也是作为其世界观变化的一个契机。在作家看来，世界不是由概念、理念、神学等构成的，而是由具体的形色之物构成。而家也不是一个固定的、抽象的概念或理念。家的存在模式林林总总，对找寻平衡之家带来诸多的启示。火车隐喻旨在建构一种阈限空间，让离家的人暂时悬置自己在旧有的家中的身份，以一种模糊不清的、相对开放的身份交往和互动。火车车厢内奏起的"家"的旋律成为离家的个体缺失的、不在场的家的心理补充，帮助建构起一种泛家的概念。通过这种剧场化的形式，为旅途中的人营造了一种家的氛围。驳船之家将家置于动态的驳船之上，家庭成员的身份、家人间的关系以及他们对家的认知都脱离了固定、静止的状态，显现出流动的属性。火车与驳船是个体寻家之旅中两个至关重要的隐喻，皆意在解构个体对家的传统认知以及在流动中不断重新建构家的意义。火车、驳船等林林总总的家的模式，打破了传统观念中家的固定、生根等的固态特性，凸显了家的流动性。

113

第四章　归家:在多维叙事中构建归航之途

个体的流动对家产生的积极意义在于它能缓解人的身份焦虑。封闭的、固定的身份在流动的社会中变得飘忽、游弋而不确定，继而影响传统社会中家的单向度的所谓的稳定性，即男性世界对家的刻板印象和想象。个体寻家的过程即颠覆传统的、不稳定的、不平衡的家庭结构，寻找无形的、静默的、与绝对理性相对应的感性的元素，寻找平衡的家并重新建构家的意义。与此同时，家的意义也由封闭转为开放，最终个体实现了归家的多种可能性。斯蒂文森频繁离家外出旅行找寻诗意栖居之地以安放其羸弱之躯。虽身在他乡，但作者在作品中以含蓄隐晦或直截了当的方式显现出归家的痕迹。

本章探讨作家在多维叙事中构建的归家的途径。

第一节　契约奴隶叙事与归家主题

契约奴隶的归家寓意深刻。在出版于 1762 年的《社会契约论》(*Du Contrat Social*)中，卢梭对社会契约论作了这样的概述："我们每一个人都把我们自身和我们的全部力量置于公意的最高指导之下，而且把共同体中的每个成员都接纳为全体不可分割的一部分。"[①]社会契约论的前提是人人都遵守"公意"，即法律。"公意"作为抽象的概念，与表示个别意志的总和的集合概念"众意"不同。它是在

---

① 　卢梭：《卢梭全集（第 4 卷）》，李平沤译，北京：商务印书馆，2012，第 32 页。

扣除"众意"中相异部分之后所剩下的相同部分,因而没有相互矛盾的个人利益。"公意"永远以公共利益为出发点和归宿,永远是公正的,不会犯错误。"公意"在具体的政治实践中表现为法律。公共意志的绝对至上性和优先性决定了契约之下的人并非强调个体自由的人,而是绝对理性的人。契约奴隶作为他者,被剥夺了人身自由。用福柯的话说,他们是被压制、规训的大写的人,不具有生命力。

斯蒂文森的罗曼司代表作《诱拐》侧面揭露了契约奴隶贸易盛行的黑暗历史。在 A. 罗杰·艾克奇(A. Roger Ekirch)看来,斯蒂文森的《诱拐》必然是受了 18 世纪轰动英国的詹姆斯·安斯利(James Annesley)①诱拐事件的启发。据史料记载,1728 年,13 岁的杰米被叔父诱拐上了一条从事奴隶贸易的商船。他在美洲经历了长达 12 年的契约劳工生活后,几经周折于 1741 年逃回到英国家中,开始了漫长的名分申诉之路。可惜,直至 1760 年离世,杰米的名分申诉依旧无果。② 小说《诱拐》虽结果与历史事件并不一致,但在情节上有诸多相似。主人公戴维·巴尔福(David Balfour)在父亲亡故后前往爱丁堡继承遗产,后被叔父诱骗上了一艘开往北美殖民地卡罗来纳州的船。戴维被诱拐上船后,渐渐看清真相,知晓自己将被卖去美洲"种植园当奴隶"③。作为诱拐事件的衍生物,17 世纪和 18 世纪英属北美殖民地契约奴隶贸易这一肮脏的历史篇章被轻轻揭开一角。斯蒂文森在小说中用寥寥数语将这段充满恐惧和死亡的往事重新拉回人们的视野中。但小说的情节并没有完全按照历史事件展开,第十三章船只遇到风暴,船上的所有人员弃船逃命,主人公戴维由此开始了延续十几个章节的苏格兰高地冒险之旅。小说的书名是《诱拐》,但小说中真正涉及"诱拐"情节的只有十个章节,只占全书的三分之一。后面的二十个章节和"诱拐"的主题是否相关? 斯蒂文森在小说中提及贩卖契约奴隶这件事究竟有何意图? 这和归家的主题有何关联?

一、契约奴隶的流放和危机

契约劳工制,是一种合约式的劳动制度,在 17 世纪和 18 世纪英属北美殖民

---

① 詹姆斯·安斯利(James Annesley),小名为 Jemmy,后文中出现此人物均用"杰米"代之。

② 参见:A. Roger Ekirch. *Birthright*: *The True Story that Inspired Kidnapped*. London: W. W. Norton & Company, 2010.

③ Robert Louis Stevenson. *Kidnapped*. London: Penguin Group, 1994, p. 64. 本章对该文献的引用均为笔者自译,不再一一说明。

地的经济社会发展中功勋卓著。美国独立战争之前，契约劳工（又称契约奴隶）是英属北美殖民地劳动群体中占比最大的奴隶群体。据统计，在独立战争以前，"一半以上（甚至三分之二左右）的欧洲移民是以契约奴隶的身份来到英属北美殖民地的。"①但并非所有的契约奴隶都是自愿来到北美殖民地的。一般而言，去往北美殖民地的契约奴隶有以下四类。第一类是孩子。有些穷困的父母亲希望将孩子送到异国他乡以让孩子过上比目前更好的生活。但是有些孩子是被"英国政府强行带离贫民窟卖至弗吉尼亚"②。主事者们打着"慈善"的旗号将这些孩子贩卖给种植园，有一半左右的孩子没有熬过一年就死去了。第二类被迫移居殖民地的群体是流浪者和罪犯。美国成立前，约有五万名罪犯被运往弗吉尼亚、马里兰、巴巴多斯等英属北美殖民地。伊恩·瓦特（Ian Watt，1917—1999）在《小说的兴起》（*The Rise of Novel*，1957）中提到丹尼尔·笛福（Daniel·Defoe，1660—1731）的小说《摩尔·弗兰德斯》（*Moll Flanders*，1722）中女主人公摩尔·弗兰德斯（Moll Flanders）和母亲因犯罪所受的惩罚"使我们回想起了《鲁滨孙漂流记》中的世界和经济个人主义与殖民地发展之间的联系"③。他还在文中引用了一个数据，"在1717年和1775年之间，大约有一万名大城市的罪犯从老牢放逐到了北美殖民地。"④第三类是爱尔兰人。在17世纪英国种族清洗政策的驱动下，不计其数的天主教徒被迫逃往殖民地。这种被迫移民的现象一直持续了一个多世纪。最后一类移民是被人诱拐至殖民地的。早期的契约奴隶，有很大一部分被人从英国诱拐至北美殖民地。热闹街区或穷乡僻壤皆是一些被称作幽灵（Spirits）的人出没的地点。英国的每一个大港口都停泊着船只，将被诱拐的人群源源不断地送往北美殖民地，"被诱拐的英国人数目相当惊人"⑤。据估算，每年大概有一万名的英国

---

①　Alan D. Watson. "A Consideration of European Indentured Servitude in Colonial North Carolina." *Historical Review* 91(Oct. 2014)，p. 381.

②　Don Jordan & Michael Walsh. *White Cargo：The Forgotten History of Britain's White Slaves in America*. Edinburgh：Mainstream Publishing Company Ltd.，2007，p. 12.

③　瓦特：《小说的兴起》，高原、董红钧译，北京：生活·读书·新知三联书店，2003，第104页。

④　瓦特：《小说的兴起》，高原、董红钧译，北京：生活·读书·新知三联书店，2003，第104页。

⑤　Don Jordan & Michael Walsh. *White Cargo：The Forgotten History of Britain's White Slaves in America*. Edinburgh：Mainstream Publishing Company Ltd.，2007，p. 13.

人被诱拐至北美殖民地。① 这个数字难免夸张,因为 17 世纪中期英格兰总人口也才五百万左右。② 但这反映出一个现象,即诱拐在当时尤为盛行。究其原因,这和英国政府脱不了干系。17 世纪的英国,是历史上最早出现近代意义上的失业、贫困和流浪问题的国家。③ 彼时的英国政府想尽可能地"摆脱那些穷人和流浪者"④。

小说中的主人公戴维被诱拐,并非由于贫穷、犯罪或是宗教信仰等原因,而是因家产问题被叔父埃比尼泽(Ebenezer)卖给了一艘从苏格兰开往美国卡罗来纳州的船。叔父在将戴维卖给商船之前,收到一封来自"契约号"(Covenant)商船船长霍西森(Hoseason)的来信,信中提到:

> 先生……如您对海外事宜有进一步需求,今日便是最后时机,刚好趁着风把船只带出峡湾。我并不否认这样做确实是在和你那位实干家兰凯勒先生(Mr Rankeillor)作对。但是如果你不抓紧时间的话,将会产生不少损失。按保证金,我已经给您准备好一张票据。先生,来自您忠实的奴仆。⑤

这封短短的信函包含诸多与诱拐事件相关的元素,如"海外"(overseas)一词实指北美殖民地、律师"兰凯勒先生"(Mr Rankeillor)暗示家产继承事宜、"损失"(losses)、"票据"(bill)、"保证金"(margin)等词暗指奴隶买卖中产生的经济利益。首先在收到船长霍西森的来信之前,故事中并未提及叔父外出办事,由此可见,戴维的叔父想要将戴维拐卖到遥远的殖民地,或是预谋已久,如此既可以赚到佣金,又可以保住自己肖家祖宅的继承权。戴维到达肖家祖宅没多久就收到船长来信,暗示爱丁堡的诱拐现象十分猖獗,叔父和船长之间的关系非同一般,连处理肖家财产继承权的律师兰凯勒先生的信息他都了如指掌。从船长的措辞来看,这种交

① Don Jordan & Michael Walsh. *White Cargo*:*The Forgotten History of Britain's White Slaves in America*. Edinburgh:Mainstream Publishing Company Ltd.,2007,p.14.

② 参见:E. A. Wringley & R. S. Schofield. *The Population History of England*,1541—1871:*A Reconstruction*. Cambridge:Cambridge University Press,1989,p.402.

③ 详见:尹虹:《16 世纪和 17 世纪前期英国的流民问题》,《世界历史》,2001 年第 4 期,第 30 页。参见:尹虹:《近代早期英国流民问题及流民政策》,《历史研究》,2001 年第 2 期,第 111—123 页。

④ Don Jordan & Michael Walsh. *White Cargo*:*The Forgotten History of Britain's White Slaves in America*. Edinburgh:Mainstream Publishing Company Ltd.,2007,p.136.

⑤ Robert Louis Stevenson. *Kidnapped*. London:Penguin Group,1994,p.42.

易似乎已形成成熟的产业。戴维叔父以"要与船长谈生意"①为由将戴维诱骗上了"契约号"商船。戴维被诱拐上船不久就看清了事件真相：

> 这艘商船驶往卡罗来纳州，你绝不会认为我这仅仅是流放而已。那时的奴隶贸易看似很萧条。随着殖民地叛乱和美国的成立，奴隶贸易似乎是走向了尽头，但是在我小的时候，很多白人被卖去种植园当奴隶，这也是我恶毒的叔叔给我安排的命运。②

显然，戴维对诱拐事件认知清晰。首先，诱拐的目的地是北美的卡罗来纳州；其次，在到达种植园后，被诱拐者从拥有个体自由的主体变为被奴隶制度规训的、被剥夺自由的、不具有生命力的人，其身份发生巨变。未来的奴隶戴维受到船长赏识，上船后被委以重任，负责船长等人的饮食待应③，这与奴隶贸易的性质不无关系。1754 年，一名叫托马斯·威林（Thomas Willing）的奴隶贸易者写信给中间商，要求对方提供的"货"须符合以下条件："二十至三十名左右的男人或男孩……年龄不超过三十周岁，最好小于十六周岁。"④一般而言，奴隶贩卖者比较钟情于年轻男性，这和殖民地的需求有很大关系。殖民地发展初期，急需大量年轻劳动力长时间从事种植园的劳动，因此年轻力壮的男性能给种植园主创造更多的价值。可见十六周岁的小戴维正处于奴隶贸易者眼中的最佳年龄。戴维离开儿时的生长地前往苏格兰继承肖家祖宅时，"一想到美好的未来即将光顾我这个十六岁的贫穷乡村牧师的儿子，我的心噗通噗通跳起来"⑤。他或许从不曾想过，十六岁这一年的经历远不止这些。

在小说第十三章，诱拐情节戛然而止，商船突遇风暴，主人公戴维逃脱了商船船长霍西森的奴役，开始了苏格兰高地的冒险之旅。小说中安排船只和风暴的相遇在推动小说情节的发展和诱拐主题的升华发挥了什么特殊的叙事功能？契约奴隶的悲戚命运从他们踏上去往北美殖民地船只的那一刻起就开始了。《诱拐》

---

① Robert Louis Stevenson. *Kidnapped*. London：Penguin Group, 1994，p. 42.

② Robert Louis Stevenson. *Kidnapped*. London：Penguin Group, 1994，p. 64.

③ Robert Louis Stevenson. *Kidnapped*. London：Penguin Group, 1994，p. 72.

④ Sharon V. Salinger. "Colonial Labor in Transition：The Decline of Indentured Servitude in Late Eighteenth-Century Philadelphia." *Labor History* 22 (Spring 1981)，pp. 169-170.

⑤ Robert Louis Stevenson. *Kidnapped*. London：Penguin Group, 1994，p. 3.

的第十六章叙述戴维在穿越莫文(Morven)时,在亚林湾(Loch Aline)偶遇了一艘船,船上的人们和岸上的亲人告别时发出悲痛欲绝的哭喊声,空气中充满"抑郁的愁思"①。戴维立即觉察出这是一艘开往"北美殖民地"的船只。这些即将被流放至大西洋彼岸的人们经过戴维所乘的船只时,放声恸哭,"他们伸出手来跟我船上的伙伴们作老友似的告别"。小戴维船上的歌者吟唱出悲悼的曲子,和着船上与岸上的哭泣声,像是一场"死亡的哀悼会"②。小戴维看着船上的男男女女的眼泪从他们的面颊上"啪嗒啪嗒"流下来,此景此歌声使他深受感染。③ 这种悲伤不仅是船上的人们对自己"奴隶"身份的哀悼,对不确定的未来以及死亡的莫名恐惧,更是岸上亲人"此去经年,再见不知何时"的无限感慨。

然而在即将离家、远渡大西洋的人看来,国内再糟糕的生存环境也抵不过对不可控的未来的恐惧,而这种恐惧并非空穴来风。从英国去往北美殖民地的漫长旅途中,洋流、季风、暗礁等都可能延长船只的航行时间,时刻给船只带来危机。每年在航海途中失事的船只不计其数,能活着到达殖民地且顺利成为契约劳工的已是万幸。据记载,1736 年,一艘叫安妮(Anne)的船只从爱丁堡出发,载 20 个契约奴隶前往北美殖民地。船只在科德角(Cape Cod)附近突遇风暴,船上 15 人遇难。④ 看似耸人听闻,但如此高风险的航行并非仅是个案。

《诱拐》第 13 章详细描写了商船突遇风暴的场景:

> 一股浪打到我们的船只,风呼呼地刮在船帆上,船只陀螺般地在风中旋转,下一刻船只重重撞击暗礁,把我们全都摔在了甲板上……有时汹涌的波涛把我们全都湮没在水中,有时它只是把我们那艘可怜的帆船搁浅在暗礁上,我们甚至能听到它撞击后碎裂的声音;伴随着船帆发出的巨大响声,风的呼啸声,浪花在月光中肆意飞溅,有一种危险随时来临的预感,我想我的头部定是被撞伤了,因为面对眼前的这一切,我居然不知道发生了什么。⑤

船只在海上突遇风险是在外航行之人常有的经历,这是意料之中。然而船只

---

① Robert Louis Stevenson. *Kidnapped*. London:Penguin Group, 1994,p. 153.

② Robert Louis Stevenson. *Kidnapped*. London:Penguin Group, 1994,p. 154.

③ Robert Louis Stevenson. *Kidnapped*. London:Penguin Group, 1994,p. 155.

④ See Jacqueline A. Rinn. "Scots in Bondage:Forgotten Contributors to Colonial Society." *History Today* 30 (Jul. 1980),p. 16.

⑤ Robert Louis Stevenson. *Kidnapped*. London:Penguin Group, 1994,p. 124.

在海上突遇大风险,船员们的航海知识已不足以挽救船只,这实属意料之外。船长在这一情境下的行动不仅使人物形象丰满立体,也暗示了奴隶贸易在他生命中的重要性。

作者在之前的章节中对船长霍西森的描写主要采用白描的手法,用简练的笔墨,不加烘托、平铺直叙地将其鲜明生动的形象以相对静默的状态呈现。在这一章中,作者对船长做了全面细致的描写。有几处细节描写提及船长对自己事业的坚定信念和保护船只的决心,强化了船长奴隶贸易参与者的形象。戴维借着月光看到船长的脸庞及他在预感航行风险到来之前坚守岗位的勇敢形象,"他站在舵手的边上,一会儿左脚站立,一会儿右脚站立,一会儿朝着两手吹气,但是依旧坚定地仔细倾听放眼观望"①。在与艾伦(Alan)的生死战斗中表现平平的船长在事关船只安危的时刻,却变得镇定勇敢。为了感谢艾伦拯救船只,他甚至可以暂不考虑之前的恩怨。戴维清楚地意识到,"契约号"在船长的心目中"处于无可替代的位置"②。因此当船只失事时,船上多数成员都在努力地挽救,只有船长没有加入,"他似乎是被撞傻了。他站在那里,手里扯着帆布,顾自言语。每一次船只撞击岩石,他总会大声呻吟。他的这艘船于他而言如妻儿般重要"③。

虽然小说并未直接交代贩卖奴隶的暴利,但船长在船只失事时生无可恋的神情,足见船只在他心中的价值。船只的价值不仅体现在它作为交通工具联结大西洋两岸发挥的作用,更在于它在奴隶贸易活动中无可替代的角色。据史料记载,船长在贩卖契约奴隶的过程中一般能获取总利润的三分之一④,收益相当可观。因此小说不止一次强调船只在船长心中至高无上的地位。

航海途中遇到风暴,于船上的契约奴隶们而言,是生命的终结,但于船长而言,是大笔财富的流失。船只失事时船长呆滞的眼神预设了千千万万在大西洋上丧生的契约奴隶的悲剧人生。他们去往北美殖民地当奴隶的使命在这大西洋的风暴中戛然而止。而躲过这一场场风暴洗礼的人是否从此就过上了理想的奴隶生活?

---

① Robert Louis Stevenson. *Kidnapped*. London:Penguin Group,1994,p. 123.

② Robert Louis Stevenson. *Kidnapped*. London:Penguin Group,1994,p. 124.

③ Robert Louis Stevenson. *Kidnapped*. London:Penguin Group,1994,p. 125.

④ A. Roger Ekirch. *Birthright:The True Story that Inspired Kidnapped*. London:W. W. Norton & Company,2010,p. 72.

二、契约奴隶的生死归家路

在契约之下遵守"公意"的奴隶被剥夺了人身自由。契约奴隶的悲惨遭遇揭示了奴隶制度对人性的压制。斯蒂文森在《诱拐》中用言语凸显了契约奴隶糟糕的生活状态,这和他小说创作的一贯主张有很大关系。在《谦恭的争辩》("A Humble Remonstrance",1884)中,他明确提出,"文学,……就模仿而言,它模仿的不是生活,而是言语(speech);不是人类命运的事实,而是人们叙述时的侧重点和被压抑的东西"①。小说中的戴维好几次提到自己被恶毒的叔叔卖去种植园当奴隶。在他看来,种植园的奴隶生活比流放更让人恐惧。"这艘船是开往卡罗来纳州的,你定不会认为我这仅仅是被流放而已……但是在我小的时候,很多白人被卖去种植园当奴隶,这也是我恶毒的叔叔给我安排的命运。"②叙述者戴维试图用"你定不会认为"的表述与读者达成以下共识:开往北美殖民地的契约奴隶并非只是被流放,而是去从事苦力,受人奴役。小说中又一处提到"种植园"和"奴役"是在戴维被诱拐到了"契约号"后,被安排去重要岗位,专门负责替船长和大副们跑腿。戴维一方面耻于当下,替道德上有瑕疵的人干"脏活";一方面又畏惧未来,一想到"在烟草种植园里和黑人一起被人奴役使唤"③,心里异常难受。可见在 17 和 18 世纪契约奴隶被拐卖至北美殖民地后的生活境遇并未比其他奴隶好太多。他们来到北美殖民地之后,也并非个个都像《慈悲》中的雅各布一般,幸运地继承了叔父位于北美殖民地的一百二十英亩休闲地,"在一片如此崭新、危险的天地里,呼吸着这般生疏而又充满诱惑的空气,令他生气勃勃"④。更多的欧洲人即便是成功经历了海洋风暴的洗礼,顺利到达大西洋彼岸的北美殖民地,迎接他们的并非"充满诱惑的空气""生气勃勃"的新世界,而是原

---

① 王丽亚:《被忽略的 R. L. 斯蒂文森——斯蒂文森小说理论初探》,载《外国文学评论》2001 年第 1 期,第 26 页;参见:Robert Louis Stevenson. "A Humble Remonstrance." *R. L. Stevenson on Fiction*. Glenda Norquay (ed.). Edinburgh: Edinburgh University Press, 1999, pp. 83-84.

② Robert Louis Stevenson. *Kidnapped*. London: Penguin Group, 1994, p. 64.

③ Robert Louis Stevenson. *Kidnapped*. London: Penguin Group, 1994, pp. 74-75.

④ Toni Morrison. *A Mercy*. New York & Toronto: Alfred A. Knopf, 2008, p. 12. 此处引文为笔者自译。

生态的蛮荒之地。据史料记载,契约奴隶理查德·弗莱索恩(Richard Frethorne)乘坐"阿比盖尔"(Abigail)于 1622 年圣诞节前夕到达弗吉尼亚。这艘船满载着旅人和盔甲,船上食物极度匮乏……次年弗莱索恩写信给家人,将他在弗吉尼亚的生活描述为:饥寒交迫且无容身之所。[①] 契约奴隶们从欧洲来到几近荒芜的美洲大陆时,即时即刻的体验与感觉尚来不及转化为自己的经验,心理上的震惊不可避免。

　　生活艰难,心理上又饱受震惊的契约奴隶在殖民地遭受了野蛮的对待。他们如物品般被主人占有,像牲畜般被随意买卖。如《慈悲》(A Mercy,2008)中的契约奴隶威拉德"给弗吉尼亚州的种植园主干了七年活计,原本二十一岁就可以获得自由。但是因为盗窃和动武增加了三年的奴役期。他和北方的麦田主重新签订了劳工契约……之后又以劳工换土地的方式到了雅各布(Jacob)的农场"[②]。这种状态持续了数十年甚至长达一个世纪之久,这个处于殖民地底层的群体受到了野蛮的对待,在殖民地"鞭打是一种较常见的方式,用来惩罚或激励"[③]。契约奴隶和黑人奴隶一起辛苦劳作,饱受折磨,甚至一起反叛。虽然之后白人地位看似有所提升,但事实上他们的境遇并未好很多。据当事人反馈,白人甚至比黑人奴隶遭到更加非人道的对待[④]。2003 年夏,考古学家在安纳波利斯(美国马里兰州首府)郊外的 17 世纪考古点发现一具青少年的遗骸。检测结果显示男孩大致死于 17 世纪 60 年代,去世时年龄为十六岁左右,患有结核病和疝气,其嘴部严重感染,背部因多年辛苦劳作留下了各种伤痕。男孩既不是非洲人也非北美本土人,他来自欧洲北部,极有可能是英国人。遗骸的发现地点是在 17 世纪民居的地下室,和他一起的还有一堆生活垃圾,似乎他死后是和一堆生活垃圾一起被主人扔出家门的。[⑤]

①　参见:Sandra L. Dahlberg. "'Doe Not Forget Me': Richard Frethorne, Indentured Servitude, and the English Poor Law of 1601." *Early American Literature* 47 (Mar. 2012), p. 2.

②　Toni Morrison. *A Mercy*. New York & Toronto: Alfred A. Knopf, 2008, p. 148.

③　Alexa Silver Cawley. "A Passionate Affair: The Master-Servant Relationship in Seventeenth-Century Maryland." *Historian* 61 (Summer 1999), p. 753.

④　Don Jordan & Michael Walsh. *White Cargo: The Forgotten History of Britain's White Slaves in America*. Edinburgh: Mainstream Publishing Company Ltd., 2007, p. 12.

⑤　Robert Louis Stevenson. *Kidnapped*. London: Penguin Group, 1994, p. 11.

契约奴隶的逃亡展现了奴隶主体意识的觉醒。18世纪30年代,费城的报纸上曾刊登了三十多起契约奴隶出逃的广告,除三人为女性以外,其余均为男性,且多数为二十几岁的年轻男子。^① 考虑到报纸广告的高昂费用和其不便利性,这个数字明显要远远低于实际逃亡人数。1743年,根据杰米的经历改编的书《一个命运多舛贵族青年的回忆》(*Memoirs of an Unfortunate Young Nobleman*)在伦敦出版,书的封面上还写有"被恶毒的叔父诱拐后在美国为奴十三年后回到英国"^②等字样。^③ 这短短二十来字却涵盖了杰米在殖民地生死逃亡的所有经历。据杰米回忆,二十一岁那年,他在几个水手的鼓动下上了一艘船,被人发现后,受到了非常严酷的惩罚并被肆意延长了四年的劳工期限。^④ 这样的经历远不止这一次。

斯蒂文森小说《诱拐》的扉页上也有类似的故事简介:此书为戴维·巴尔福1751年冒险经历的回忆:他如何被诱拐……他遭遇叔父埃比尼泽·巴尔福的陷害等。虽然小说安排"契约号"商船在苏格兰西部海岸遭遇了风暴,戴维被拐往北美殖民地当契约奴隶的命运由此改写,然而戴维并没有脱离危险,斯蒂文森在小说中给戴维安排了生死逃亡的情节。戴维和艾伦为了躲避政府军的追捕,在苏格兰高地展开了一场惊险的逃亡之旅。这场大逃亡似乎让我们看到了大洋彼岸的契约奴隶们为了获得自由所做的努力。从这一层面看,两类叙事似乎异曲同工。小说中的戴维终究还是回到了苏格兰的家中,成功地从叔父手中拿回了原本属于自己的一切,而历史事件的主人公杰米前后经历十三年后也辗转回到了都柏林的家中,和叔父展开了一场漫长又毫无结果的名分申诉之战。

奴隶的契约遵从的是法律,而非人性。奴隶试图打破契约,千方百计归家,是个人人性的抬头和自我意识的觉醒。作家不仅意识到他者作为生命个体的存在也具有自我意识,他者并不能由"契约"这种社会价值观、社会制度来进行条条框框的约束。《诱拐》创作于1886年,此时离《解放黑人奴隶宣言》(*The*

---

① A. Roger Ekirch. *Birthright: The True Story that Inspired Kidnapped*. London: W. W. Norton & Company, 2010, p. 88.

② 原文:Return'd from a Thirteen Years Slavery in America, 'Where he had been sent by the Wicked Contrivances of his Cruel Uncle'.

③ A. Roger Ekirch. *Birthright: The True Story that Inspired Kidnapped*. London: W. W. Norton & Company, 2010, p. 70.

④ A. Roger Ekirch. *Birthright: The True Story that Inspired Kidnapped*. London: W. W. Norton & Company, 2010, p. 70.

Emancipation Proclamation,1862)的颁布和奴隶制的废除已过去二十多年。但是美国的奴隶制度给整个美国社会,特别是黑人群体带来了极大的创伤。诸多美国作家纷纷以此为主题写小说揭露奴隶制下黑人们的悲惨生活,如哈里特·伊丽莎白·比彻·斯托(Harriet Elizabeth Beecher Stowe,1811—1896)的《汤姆叔叔的小屋》(*Uncle Tom's Cabin*,1852)、所罗门·诺瑟普(Solomon Northup,1808—?)的《为奴十二年》(*Twelve Years as a Slave*,1853)、马克·吐温(Mark Twain,1835—1910)的《哈克·贝利·芬历险记》(*Adventures of Huckleberry Finn*,1884)等。斯蒂文森的小说《诱拐》参与到了这个奴隶叙事的传统中,只是其视角和美国作家们稍有不同,他避开了大家共同关注的黑人奴隶群体,另辟蹊径地把叙事的重心转移至比黑人奴隶更早到达北美殖民地、为北美殖民地早期的发展做出更大贡献的契约奴隶群体。来自苏格兰的契约奴隶在北美殖民地的人数不是最多的,但是在 1681 年,名为克里斯多夫·杰弗莱森(Christopher Jeafreson)的招工人员曾如此评价:"苏格兰人和威尔士人是最好的劳工。"[1]可见斯蒂文森的苏格兰祖先们也为北美殖民地的发展贡献了自己的劳力,也因此书写了一段满是血泪的历史。在种族和阶级的问题上,斯蒂文森的态度向来比较开放。当 19 世纪末欧洲人以优越的文明自居,给殖民地的一切贴上"野蛮"的标签,他们或许忘记了在 17 和 18 世纪不少欧洲同胞以契约奴隶的身份被强行送至"野蛮"的殖民地开垦拓荒的历史。斯蒂文森清醒地把 18 世纪的历史事件拽回到读者视线中,将一段白人也曾为奴,也曾被视为"他者"的事实在小说中含蓄地呈现,启发读者们重新审视白人种族的优越性。小说中被诱拐的戴维历尽艰险回到苏格兰的家中,与历史事件中的主人公杰米前后经历十三年后也辗转回到都柏林的家中形成两条并行的归家故事线。在归家叙事的同时对种族和文明的反思以及对人性的洞察凸显了作家斯蒂文森创作的独具匠心。

127

---

[1]   Jacqueline A. Rinn. "Scots in Bondage: Forgotten Contributors to Colonial Society." *History Today* 30 (Jul. 1980),p. 17.

第二节　追溯历史与精神归家

奴隶是别人眼中的他者，但奴隶又有自我的立场。斯蒂文森在书写作品时也有自己的立场：他既是英国主流文学圈中的他者，又是自己的文学小团体中的自我，既是他者奴隶、逃亡的高地人的苏格兰同胞，又是"进步"的、"高尚"的欧洲人。因此，自我与他者并不对立。我们在重建自身的同时，也意味着我们要重新处理自我与他者的关系。他者回归的同时，又在启发自我的回归。

> 当你启程前往伊萨卡城，
>
> 请期待前路漫漫，
>
> 有冒险，有发现。
>
> 食人巨兽，独眼巨人，
>
> 以及愤怒的海神 —— 你大可不必害怕他们：
>
> 你的旅途不会遭遇这些
>
> 只要你心存高远，
>
> 只要罕见的激情依旧能
>
> 触动你的心灵和身体。[①]

希腊诗人 C. P. 卡瓦菲（C. P. Cavafy，1863—1933）在诗歌《伊萨卡》（"Ithaka"）中将《荷马史诗》中英雄奥德修斯（Odysseus）想要回归的家乡伊萨卡作为普通人旅程的目的地。美籍华人作家哈金在其批评文集《移民作家》（*The Writer as Migrant*，2008）中引用该诗歌意在指出，英雄奥德修斯意图回归的家园伊萨卡或许已不是当初他离别时的模样，而归来的人也因途中的见识和经历增添了几分陌生的元素。归来者历经艰险返回家中，不幸此时的家已成为陌生的空间。而在通信日益发达的年代，归家不仅仅指表层意义上身体的回归，它也指身

---

① 转引自：Ha Jin. *The Writer as Migrant*. Chicago & London：The University of Chicago Press，2008，p.61. 此处为笔者自译。

在他乡的人们如何看待他们过去的历史以及是否接受其作为自身的一部分。① 这种归家的模式可帮助我们理解斯蒂文森作品中的归家意识。

斯蒂文森对个体生命和家的感悟内嵌于其对大千世界炽热的情感中。郑振铎曾撰文悼念道:

> 世界之于彼,殆无处非入画之风景也。不论其在爱丁堡船樯 X 立之地,在台浮(Davos)白雪无涯之处,或在萨摩亚亚热极甚之天,彼皆乐之,爱之,赏玩而赞美之,一友人曾问之曰:"萨摩亚何在?"史蒂芬孙答曰:"出金门(Golden Gate)即向左转。"此言足以生愉快想象于人之心中,以一见即可测其无边无际之状也。②

斯蒂文森对生命和世界的热情潜藏着他对家的认知。作家身处异国他乡,他对过去历史的解读隐藏在他对他乡的炽热情感中。将生命绽放于世界各地的斯蒂文森始终不曾忘却自己苏格兰人的身份。《诺顿英国文学选集》在介绍作家时也写道,"在斯蒂文森的作品中,读者能感受到他的个人性格和国家民族遗产(national heritage)之间的巨大张力,也能感受到他成长过程中的各种烦恼和冲突以及苏格兰总体上忧郁的、宗教信仰上极为压抑的文化氛围"③。作为年轻的波希米亚叛逆者,斯蒂文森离开苏格兰旅居他乡,一部分是为了逃避,一部分是为了寻找家和自我的意义。他的作品并没有因其地理上与家的疏离而远离苏格兰性。相反,他近乎本能地向苏格兰性回望,期待从中寻求力量。

正如詹姆斯在写给斯蒂文森的信中所说,于极负天赋的作家而言,有苏格兰这样的国家为其提供写作灵感是件幸运之事。更为幸运的是,他和这个国家始终保持着若即若离的关系。频繁离别的过程使斯蒂文森从中获得身心自由,他是"属于整个世界的苏格兰人"④。苏格兰漫长的历史长河中沉积的暴力、屠杀、激情、仇恨等元素塑造了苏格兰民族性格的一部分。若将历史束之高阁,苏格兰的

---

① Ha Jin. *The Writer as Migrant*. Chicago & London: The University of Chicago Press, 2008, p. 72.

② 郑振铎:《史蒂芬孙评传》,《小说月报》,1921 年第 3 期,第 109 页。

③ Stephen Greenblatt (ed.). *The Norton Anthology of English Literature* (vol. 2). 8th ed. New York & London: W. W. Norton & Company, 2005, p. 1643.

④ Janet Adam Smith (ed.). *Henry James and Robert Louis Stevenson: A Record of Friendship*. London: Rupert Hart-Davis, 1979, pp. 154-155.

自然和人文景观因丧失了浓重的历史铺垫,必将黯然失色。在斯蒂文森的笔下,苏格兰的现在和过去犹如人的表象与隐秘于表象之下那些决定人性格命运的元素一般,不可分割。不了解苏格兰血的历史,以及由暴力、屠杀、激情和仇恨缔造的民族性格,便难以与苏格兰的风景、苏格兰的人民以及苏格兰的文化产生共鸣。简言之,苏格兰的当下与苏格兰的过去不可分割。① 斯蒂文森频繁将苏格兰历史写入作品之中,成为他精神归家的重要途径。

作家对苏格兰历史题材的兴趣由来已久。1866 年,16 岁的斯蒂文森创作了题为《彭特兰起义》("The Pentland Rising")的文章。这标记了他文学生涯的起点,同时也凸显了他对苏格兰历史的浓厚兴趣。"两百年前,苏格兰上演了一场悲剧②。这场悲剧由于后来发生的更大悲剧而渐渐淡出了人们的记忆。于我们而言,这是一段透着暮光的惨淡岁月,然而较之后来发生的事件,这也算不得什么了。"③"后来发生的事件"指的正是 1745 年苏格兰詹姆斯党人叛乱事件,这成为斯蒂文森四大"苏格兰小说",即《诱拐》《巴伦特雷的少爷》《卡特琳奥娜》和《赫米斯顿的韦尔》共同的历史大背景。④ 苏格兰文学评论家朗认为,没有哪一部小说能在表征"苏格兰精神"这点上与《诱拐》相媲美。⑤

一、历史叙事中的归家情结

《诱拐》作为斯蒂文森的罗曼司代表作之一,于 1885 年始刊于《年轻人》杂志(Young Folks)。斯蒂文森本人对其评价远高于《金银岛》。他在写给父亲的信中提到,"相比于《金银岛》,《诱拐》在故事情节上更胜一筹,亦更能触动人的心弦"⑥。《诱拐》将故事背景置于 1751 年的苏格兰。此时的苏格兰经历了 1745 年

---

① J. R. Hammond. *A Robert Louis Stevenson Companion*: *A Guide to the Novels*, *Essays and Short Stories*. London: Macmillan, 1984, p. 22.

② 此处"悲剧"特指苏格兰历史上著名的 1666 年彭特兰起义。

③ Robert Louis Stevenson. "The Pentland Rising." *Essays Literary and Critical*. London: William Heinemann, 1928, p. 93.

④ 王卫新等:《苏格兰小说史》,北京:商务印书馆,2017,第 150 页。

⑤ J. R. Hammond. *A Robert Louis Stevenson Companion*: *A Guide to the Novels*, *Essays and Short Stories*. London: Macmillan, 1984, p. 233.

⑥ 转引自: J. R. Hammond. *A Robert Louis Stevenson Companion*: *A Guide to the Novels*, *Essays and Short Stories*. London: Macmillan, 1984, p. 127.

的詹姆斯党人叛乱事件后，局势动荡混乱。小说主人公戴维和詹姆斯党人艾伦·布莱克·斯图亚特（Alan Breck Stewart）经历了一场神秘而惊险的苏格兰高地冒险之旅，并且在旅途中重新认识了高地的历史文化。在戴希斯看来，"《诱拐》是插图版的 1751 年苏格兰指南，展现了一幅 1745 年叛乱之后的苏格兰高地图景"①。梅尼考夫认为，斯蒂文森在小说中将詹姆斯·斯图亚特的审判、记忆、书信以及相关历史文本编织在一起，呈现了 18 世纪苏格兰史诗般的生活画面，彰显了苏格兰民族的苦难历史。②

斯蒂文森在创作《诱拐》前大量阅读历史文本，这不仅给他的文学创作带来了灵感，且这些文本自身也成了小说的一部分，在小说中承担着重要的叙事功能。

小说中涉及的历史文本是苏格兰历史上著名的 1745 年詹姆斯党人叛乱事件及由此引出的相关审判。作为斯蒂文森创作的"以青少年冒险为题材的罗曼司"③代表作，《诱拐》大篇幅地描述了主人公戴维和艾伦的苏格兰高地冒险经历。他们因意外成为一桩王室内部叛乱导致的谋杀案的嫌疑人而遭到官方的通缉。两位主人公一路逃亡，历经磨难后终于成功脱险。梅尼考夫提到，斯蒂文森为写好这部作品专门做了一些研究。他从因弗内斯（Inverness）买了一本有关詹姆斯·斯图亚特审判的书，还阅读了 1752 年艾品谋杀案的相关资料。小说中主要涉及的历史文本为：《詹姆斯·斯图尔特谋杀柯林·坎贝尔案件的审判》（The Trial of James Stewart for the Murder of Colin Campbell）、埃德蒙·伯特（Edmund Burt）的《苏格兰北部一位绅士的来信》（Letters from a Gentleman in the North of Scotland）、戴维·斯图尔特（David Stewart）的《高地人概述》（Sketches of the Highlanders），以及《罗伯·罗伊三子审判》（Trials of Three Sons of Rob Roy）④。斯蒂文森阅读这些历史文本后，将历史事件碎片化地穿插于小说情节之中，试图与其苏格兰先辈们展开对话。斯蒂文森在小说的前言处写

---

① David Daiches. *Robert Louis Stevenson：A Revaluation*. Glasgow：William MacLellan，1947，p. 56.

② Barry Menikoff. *Narrating Scotland：The Imagination of Robert Louis Stevenson*. Columbia，SC：University of South Carolina Press，2005，p. 3.

③ 张德明：《从岛国到帝国：英国近代旅行文学研究》，北京：北京大学出版社，2014，第 234 页。

④ Barry Menikoff. *Narrating Scotland：The Imagination of Robert Louis Stevenson*. Columbia，SC：University of South Carolina Press，2005，pp. 3-4.

给巴克斯特一段话中提到,他对小说中可能会出现一些细微的历史事件或地形上的误差表示抱歉。这些错误虽不易察觉,但斯蒂文森却担心它们难逃细心读者的双眼。那么斯蒂文森对于小说中历史细节的准确性抱有怎样的态度?他在前言中提及的有关历史细节的误差是粗心导致抑或故意为之?

斯蒂文森对于小说中的历史细节准确性所持的模糊立场和态度与罗曼司在19世纪的发展趋势有关。19世纪30年代至40年代的罗曼司承袭了英国历史小说的开山鼻祖司各特代表作《威弗莱》(Waverley, 1814)的写作风格,频繁出现历史文本。由于当时读者和评论者们对历史事实的精确度给予极大关注,因此,创作者们甚至将历史细节未经整理大段大段地加入小说中,其精确度多体现于服装和武器的细节描述上。斯蒂文森对这种写作风格所持的态度是极其模糊的。一方面,从斯蒂文森个人专业素养①和写作前查阅史料的习惯来判断,历史事实的细节绝不会轻易出错;另一方面,斯蒂文森认为,在创作冒险小说时,为了渲染冒险带来的愉悦感,小说家常常重构故事情节……人物塑造自然而然地降至次要地位②。加之斯蒂文森这部作品主要的读者群体为青少年,因而他在小说前言中刻意强调小说的想象和虚构成分,希冀将读者的注意力从历史事实转移至小说编织的情节。他说这部小说"并非学者图书馆的摆设,而是一本冬日晚间学校教室里的睡前读物;诚实的艾伦……将年轻读者的注意力从奥维德身上转移至上个世纪的苏格兰高地,让这些动人的影像伴他们进入梦乡"③。此处提及古罗马诗人奥维德(Ovid,公元前43年—公元17/18年)并非毫无用意,斯蒂文森旨在创作一部以苏格兰高地为题材的史诗般的巨作,使之与奥维德的作品媲美。小说结尾与此处产生了明显的呼应。戴维与艾伦历经艰辛终于回到爱丁堡。替他办理遗产继承手续的律师兰凯勒先生听完戴维惊心动魄的归家经历后,说了如下一番意味深长的话:

> 这是一部伟大的史诗,是你自己的《奥德修纪》。等你学识再丰富些许,先生,你定要用顶呱呱的拉丁语讲述你的经历;当然用英语也行,而我是宁愿

---

① 斯蒂文森曾就读于爱丁堡大学法律系。

② Robert Louis Stevenson. "A Humble Remonstrance." *R. L. Stevenson on Fiction*. Glenda Norquay (ed.). Edinburgh: Edinburgh University Press, 1999, pp. 87-88.

③ Robert Louis Stevenson. *Kidnapped*. London: Penguin Group, 1994, pp. i-ii.

用更有力量的语言来叙述的。你到过很多地方;世界上哪个地区——(用家乡话说)苏格兰的哪个堂区你没到过呀?①

斯蒂文森在前言中将艾伦与奥维德相提并论②,而在结尾处却又将戴维的冒险经历喻为史诗。这部小说因此成就了两部相互交叉的史诗:一是戴维与悲剧命运斗争不止的个人史诗;二是以艾伦为代表的詹姆斯党人所谱写的苏格兰高地氏族浴血奋斗、不屈不挠的民族史诗。斯蒂文森用虚构的情节和跨民族的想象将两部史诗交汇编织呈现出一幅宏大的历史画面。

二、两部史诗与家的物质表征

两位主人公在小说中的两次传奇相遇成了两部史诗的契合处,也是作者对苏格兰民族文化展开大胆想象的情节上的最佳依托。斯蒂文森的想象并非毫无依据。他的历史想象和精神归家以代表苏格兰高地文化的物质为表征,如盖尔语、石楠等。

两位主人公的第一次相遇是"圣约号"在大雾天撞翻了一艘载着艾伦等人的小船之后。艾伦获救后坦言自己是苏格兰高地人,也是被英国政府悬赏缉拿的詹姆斯党人。他有偿请求船长改变"圣约号"的航线。这艘原本开往北美殖民地的船只因此转而驶向了苏格兰高地,戴维也意外地开始了为时两个月的苏格兰高地冒险之旅。第二次是在苏格兰高地的石楠丛中,经历"圣约号"触礁、与艾伦失散、独自在高地冒险的戴维意外和艾伦重逢。艾伦为掩护艾品谋杀案③的真正凶手,有意暴露自己和戴维以转移红衣士兵的注意力。为了躲避政府军的追捕,戴维和艾伦开始了逃亡之旅。此次逃亡堪称深入高地的精神之旅。斯蒂文森借低地人小戴维的视角记录了高地人的语言、服饰、自然景观、风土人情,以及1745年后高地人民窘迫的经济状况等。戴维的个人史诗和苏格兰的民族史诗完美融合于逃亡的情节之中。

斯蒂文森安排两位主角相遇并由此展开了对苏格兰民族文化的想象,开启了

---

① Robert Louis Stevenson. *Kidnapped*. London:Penguin Group,1994,pp. 293-294.

② 艾伦与奥维德存在相似处:艾伦作为詹姆斯党人,在1745年詹姆斯党人叛乱事件后流落到法国,这在小说中有详细的交代,而奥维德晚年也被流放至异乡。

③ 1752年发生在苏格兰高地的谋杀案,后引出詹姆斯·斯图亚特审判。

精神归家之旅。低地人斯蒂文森对高地人的情感错综复杂。他曾经在《家中异乡人》一文中如此评价高地人和低地人:"一个世纪前,高地人穿着不同(于低地人)的服装,讲着不同的语言,有着不同的信仰和道德观念,遵循着一套与低地迥然相异的社会体制。"①然而,即便如此,当高地人和低地人遇见"外敌"英格兰时,往往能瞬间找回情感黏合剂,抱团成为苏格兰民族。"高地人对自己苏格兰人的身份毫不怀疑,他们在进入低地时不会产生丝毫恐惧。然而当他们跨过苏格兰和英格兰边界时,内心的勇气顿时消失了。他们认为英格兰是一个危险的、非家的区域。"②斯蒂文森从低地人戴维的视角对苏格兰民族展开的想象既是跨民族的,又是源于民族内部的。

戴维和艾伦在第一阶段的共处表明了戴维作为苏格兰低地人的个人史诗和苏格兰高地民族史诗的被动相遇,是低地人从外部视角审视苏格兰高地的民族文化。小说中艾伦的首次现身,冲击了苏格兰低地人戴维对高地的认知。艾伦身材矮小,身手敏捷,脸被太阳晒得很黑,还满是雀斑。他的眼睛格外明亮,带着一种跳跃的魔性,既迷人又让人不寒而栗,"然而我每每回忆起第一眼看到他的场景,就下了一种是友非敌的定论"③。艾伦和戴维被围困在甲板室,他一边挥剑应对围攻的船员,一边还用盖尔语唱起了歌:

> 这是艾伦的剑之歌,
>
> 铁匠锻造了它,
>
> 火焰成就了它,
>
> 此刻在艾伦·布莱克的手中熠熠发光。④

诗歌借助盖尔语传递了高地人艾伦作为个体和苏格兰高地共同体成员的生命体悟。盖尔语也通过诗歌的形式揭示了高地人共同的历史。盖尔语诗歌扎根于高地,为日常对话和仪式表演提供了广阔的社会语境。艾伦的这一出"表演"将高地人骁勇善战的野蛮性格和激情洋溢的浪漫诗人气质完美呈现。盖尔语成了

① Robert Louis Stevenson. "The Foreigner at Home". *Memories and Portraits*. London: Chatto & Windus, 1919, p. 21.

② Robert Louis Stevenson. "The Foreigner at Home". *Memories and Portraits*. London: Chatto & Windus, 1919, p. 21.

③ Robert Louis Stevenson. *Kidnapped*. London: Penguin Group, 1994, p. 77.

④ Robert Louis Stevenson. *Kidnapped*. London: Penguin Group, 1994, p. 97.

低地人戴维涉身高地文化，试图理解高地文化内涵的天然障碍，也是戴维对苏格兰高地民族展开想象的契机。说盖尔语的高地人，除了艾伦之外，还有很多途中偶遇的无名氏。"圣约号"出事后，戴维独自一人流落到埃赖德岛（Earraid）。[①] 孤独绝望之际受到两个只会盖尔语的渔民的引导，趁退潮离开了小岛。这是戴维对盖尔语的深刻体会和对讲盖尔语的苏格兰人的初印象。在之后的高地冒险中，戴维又遇上了同样是说盖尔语的苏格兰高地老夫妇，热情友好地邀请素昧平生的戴维进餐。老夫妇虽家徒四壁却愿倾其所有，戴维的一句评价撕去了苏格兰高地人"野蛮人"的标签："要是这些就是所谓的野蛮的高地人，我想我们低地人比他们更野蛮。"[②]从低地人戴维的外部视角审视苏格兰高地的民族文化，我们看到了讲着盖尔语吟诗退敌的艾伦身上散发的一股骁勇浪漫的气质和无数高地无名氏传递的热情善良的品格。

戴维和艾伦的第二次相遇及共同冒险的经历，让戴维转而从内部视角重新审视苏格兰高地的民族文化和苏格兰民族文化，进一步推进了两部史诗的交融。戴维从外部视角向内部视角转变的物质媒介是苏格兰的一种常绿灌木——石楠。石楠作为高地奇异风景和浪漫意象的符号，在斯蒂文森的作品中屡见不鲜，如在《家中异乡人》一文中，斯蒂文森描述苏格兰大学开学场景时说道，在"石楠丛、土灶边长大的高地孩子"在比他们聪明灵动的低地同学面前心有戚戚，且又因自己淳朴粗野的乡村口音而难以启齿。[③] 在《诱拐》中，石楠一词出现了不下50次，它不仅代表了苏格兰高地的文化，而且也承担了特殊的叙事功能。小说中石楠首次出现是在第一章戴维离开家乡爱森丁（Essendean）前往爱丁堡肖斯庄园寻找自己从未谋面的叔父，"我踏上了一条穿越石楠丛的车路"[④]；第二次是"圣约号"船上，艾伦吟唱的歌曲里出现了"石楠"[⑤]；第三次便是戴维和艾伦在高地的石楠丛中意外相遇。艾伦在被问及为何冒着生命危险从法国回高地时给出了一个让人意想

---

① 苏格兰盖尔语 Earraid，英语中对应的词为 Eraid，埃赖德岛。

② Robert Louis Stevenson. *Kidnapped*. London：Penguin Group，1994，p. 143.

③ Robert Louis Stevenson. "The Foreigner at Home". *Memories and Portraits*. London：Chatto & Windus，1919，pp. 17-18.

④ Robert Louis Stevenson. *Kidnapped*. London：Penguin Group，1994，p. 7.

⑤ Robert Louis Stevenson. *Kidnapped*. London：Penguin Group，1994，p. 97.

不到的答案，"抵不过对石楠丛和鹿的思念"①。从低地一直绵延至高地的石楠丛化身为苏格兰民族内部沟通的纽带，将原本被横亘的山脉隔离的低地和高地融为一体。此外，石楠还是苏格兰人的庇佑空间和疗伤场所。艾伦在高地来去自如，不被英格兰政府军抓捕的缘由是"石楠丛帮了大忙"②，在"石楠丛中潜伏和挨饿"③。纵然难熬，但总也好过手镣脚铐地待在红衣军的监狱里。艾伦和戴维说，"要么跟我落草（石楠丛）为寇，要么上绞刑架"④。至此，石楠完美实践了苏格兰文化传递者和苏格兰人民佑护者的角色。就情节而言，它为戴维和艾伦提供了居住空间和避难场所，逃脱了被政府军逮捕的厄运。抛开情节而论，石楠将苏格兰低地人和高地人联合成一个同呼吸共命运的共同体，正如小说中戴维的叔叔埃比尼泽反复跟戴维强调那般："血浓于水，这世上除了你我，再没其他人拥有这个姓氏了（其他亲人了）。"⑤将这句话置于整个故事情节中，显然具有反讽效果，然而将这句话借来诠释苏格兰高地和低地人的关系，倒显得再合适不过了。

苏格兰低地人戴维的个人史诗与苏格兰高地氏族的民族史诗经由虚构想象的情节完美地编织在一起。斯蒂文森在小说中安排两位主人公经历两次相遇。戴维从独立于高地人的低地人身份慢慢地转为与高地人同呼吸共命运的苏格兰人身份，用自己的眼睛记录下苏格兰高地人的语言服饰、风土人情等，进而对苏格兰民族文化展开想象。然而，斯蒂文森在创作中对苏格兰民族文化的想象和他的前辈司各特存在何种区别？这和斯蒂文森对于苏格兰高地文化的接受态度，以及对苏格兰文化的认同是否存在某种联系？

三、历史叙事传统与归家续承

从表面上看，《诱拐》似乎仅是一个描述友谊、勇气和冒险的故事，然而它涉及一个宏大的政治话语体系。小说中虽然涉及一些历史文本，但是斯蒂文森却采用了极隐晦的叙事方式，使其化为无形，这和斯蒂文森的创作背景和读者群体有密

① Robert Louis Stevenson. *Kidnapped*. London：Penguin Group, 1994，p. 111.
② Robert Louis Stevenson. *Kidnapped*. London：Penguin Group, 1994，p. 117.
③ Robert Louis Stevenson. *Kidnapped*. London：Penguin Group, 1994，p. 179.
④ Robert Louis Stevenson. *Kidnapped*. London：Penguin Group, 1994，p. 180.
⑤ Robert Louis Stevenson. *Kidnapped*. London：Penguin Group, 1994，p. 24.

切关系。《诱拐》始发表于《年轻人》杂志,其主要读者为英国的年轻人。相比直截了当地呈现英格兰对苏格兰民族镇压和征服的历史,斯蒂文森采取了更为委婉的叙事方式,这似乎是应和了英国维多利亚时代独具特色的进步话语,即镇压苏格兰高地族群是为现代苏格兰的发展铺平道路。但这并不影响斯蒂文森在作品中以文学现象叙述苏格兰高地的那段黑暗历史。

以文学想象叙述苏格兰历史真实的作家中,沃尔特·司各特无疑是无法逾越的标杆。在卡尔德看来,任何试图在司各特和斯蒂文森这两位苏格兰作家中间寻找共性的努力都是不明智的①。然而事实并非如此。在处理苏格兰历史的这一点上,司各特和斯蒂文森之间有太多的共性。杰拉尔德·曼利·霍普金斯(Gerard Manley Hopkins)曾说,"我以为在创作上,斯蒂文森比司各特更具天赋"②。此论断或过于主观,但可见斯蒂文森和司各特之间千丝万缕的联系。无论斯蒂文森本人是否愿意承认,毋庸置疑的是,司各特历史小说《威弗莱》(Waverley,1814)的成功确实激励了一大群文学创作者对这个文类的关注并因此创作出了不计其数的优秀作品,这自然也包含了斯蒂文森和他的《诱拐》。对于斯蒂文森而言,同样的法律系背景出身跨界到文学创作,同样的对自我身份认同处于两难困境,他该如何缓解司各特给他带来的影响的焦虑?又如何在 19 世纪末的创作环境中续承司各特开创的历史小说,尤其是苏格兰历史小说?

斯蒂文森对司各特的续承在于他刷新了司各特的"作为历史学家的小说家"这一标签。司各特虽开创了"西欧历史小说"这一文类,但对 19 世纪三四十年代历史小说中过于追求历史事实细节的行为并不苟同。他在日记中写道,他的仿效者们为了获得他们所需的历史信息,纷纷钻进故纸堆,极深研几,深陷历史细节的漩涡而不能自拔,从而忽视了更重要的元素。"或许自己也曾经如此这般,但现在却深有感触,觉得情节比起这些细节来,才是于小说而言更为紧要的。"③在之后的几十年里,对于服饰、战士盔甲、建筑物等细节过于执迷的历史小说确实遭到了

---

①   Jenni Calder (ed.). *Stevenson and Victorian Scotland*. Edinburgh: Edinburgh University Press, 1981, p. i.

②   Robert Kiely. *Robert Louis Stevenson and the Fiction of Adventure*. Cambridge, MA: Harvard University Press, 1964, p. 15.

③   James C. Simmons (ed.). *The Novelist as Historian: Essays on the Victorian Historical Novel*. Hague: Mouton & Co., 1973, p. 13.

摒弃和批判。1873 年,著名英国小说家安东尼·特罗洛普(Anthony Trollope,1815—1882)在重读司各特的作品《清教徒》(*Old Mortality*,1816)后指出,"小说中评论历史的随笔和背景材料着实冗长乏味"①。19 世纪末,小说家、评论家、读者开始将目光从拘泥于历史元素的准确性转移至自由的艺术想象,历史小说家们也不再刻意显现小说中历史元素的分量。斯蒂文森在《诱拐》前言中所提及的"微小的历史事件或地形上的误差"也正是他顺应 19 世纪末历史小说发展的趋势所做的努力。从细节中释放出想象力,在时间和空间的穿越中找到历史小说文类发展的新模式,在独具异国情调的他乡和过去的时光里,历史小说家又像是回到了最初的那个讲述故事的人。② 斯蒂文森认为不应该在历史与文学之间画等号。他在《谦恭的争辩》("A Humble Remonstrance",1884)一文中明确提出,书由不容置辩的事实构建而成,但是这些事实一旦进入史书,"就被剥夺了生动的灵魂和刺人的锋芒"③。小说和历史事实的差异,显现了作者创作的独具匠心,彰显了作品的特殊意义。而小说和历史事实的差异就在于小说的虚构性和想象性,而非一味地追求历史细节的真实性。斯蒂文森用自己的小说理念和创作实践刷新并丰富了"作为历史学家的小说家"的内涵。

斯蒂文森对司各特最大的超越在于其对"进步"话语的叩问。司各特曾在小说中透露了其写作《威弗莱》的初衷,是为"唤醒老一辈读者们年少时熟悉的场景和人物",以及"让年轻的读者从中了解先辈们的传统和文化精髓"。④ 换言之,小说的目的并非在英格兰和苏格兰之间架起仇恨的鸿沟,而是为在联盟的进步大背景下积极寻求苏格兰民族的生存之道。在 1745 年詹姆斯党人叛乱之后,联合王国政府对苏格兰施行强力压制政策。司各特的小说隐去了对这段历史的直接描述,代之以苏格兰民族在联合王国的统治和"进步"的宏大话语之下拥有似锦前程的信念。斯蒂文森在小说中并未直接呈现苏格兰民族的这段历史,而是将男主角

① Bradford A. Booth. "Trollope on Scott: Some Unpublished Notes." *Nineteenth Century Fiction*, 1950, p. 226.

② James C. Simmons (ed.). *The Novelist as Historian: Essays on the Victorian Historical Novel*. Hague: Mouton & Co., 1973, p. 63.

③ Robert Louis Stevenson. "A Humble Remonstrance." *R. L. Stevenson on Fiction*. Glenda Norquay (ed.). Edinburgh: Edinburgh University Press, 1999, p. 87.

④ Walter Scott. *Waverley*. P. D. Garside (ed.). Edinburgh: Edinburgh University Press, 2007, p. 364.

戴维带入了叛乱之后的苏格兰高地，用低地人戴维的眼睛记录了苏格兰高地的民族风情和在联合王国强压之下高地人窘迫的生存状态。小说以戴维的行走足迹为线索，引出了高地的几大文化要素：盖尔语、苏格兰裙装及苏格兰乞丐。在叛乱结束后，苏格兰高地花格呢、苏格兰裙等众多具有苏格兰民族特色的生活物品在相当长的时间内成为违禁品①，然而高地人又鄙视英格兰式样的衣裤，映入戴维眼帘的这幅滑稽讽刺的画面足以证明高地人的桀骜不驯和坚定保存民族文化的决心："有些高地人索性什么也不穿，仅身上披一件斗篷，背上一条裤子，犹如毫无用处的负担，有些用彩色条纹布仿造格子呢服装，还有些依然穿着苏格兰裙，只是在两腿中间缝制了几针，权当是裤子了。"②不仅高地的文化遭到前所未有的摧残，高地的经济也一蹶不振。戴维在高地冒险途中遇到了很多乞丐，他们有着和低地人截然不同的精神气质。他们"较有尊严地站立在路边，求路人施舍些许帮助他们买个鼻烟，且很少有乞丐会找零"③。此类基于历史事实的想象性叙事唤醒了苏格兰人民的民族记忆，重构了苏格兰文化的内涵与民族精神，同时也揭露了弱小民族为人鱼肉的惨痛经历。

斯蒂文森对苏格兰的情感溢于言表。他曾说，这辈子最大幸运之事莫过于当一个苏格兰人。④ 而苏格兰也给予斯蒂文森和罗伯特·彭斯（Robert Burns）、司各特⑤同等重要的地位。《诱拐》证明了斯蒂文森的确拥有詹姆斯盛赞的创作才华。作为一个才智卓绝、想象力丰富的作家，他在苏格兰历史真实之上讲述了一个逼真又天马行空般的故事。小说不仅呈现了新浪漫主义小说的新奇与幻想，也不乏对现实的反思。文学与历史、现实与虚构在小说中交织杂糅。作家借低地人的视角呈现了 1745 年詹姆斯党人叛乱事件后苏格兰高地人的风土人情与社会经济等状况，进而展开了对苏格兰民族文化的想象。通过想象性叙事，作家试图唤

① 陈礼珍：《"身着花格呢的王子"：司各特〈威弗莱〉与乔治四世的苏格兰之行》，《外国文学评论》，2017 年第 2 期，第 32 页。

② Robert Louis Stevenson. *Kidnapped*. London：Penguin Group, 1994, pp. 143-144.

③ Robert Louis Stevenson. *Kidnapped*. London：Penguin Group, 1994, p. 144.

④ Robert Louis Stevenson. *From Scotland to Silverado*. James D. Hart (ed.). Cambridge, MA：Belknap Press, 1966, p. 211.

⑤ 系爱丁堡市中心苏格兰作家博物馆馆藏陈列的三位苏格兰作家。

起苏格兰人民的历史记忆,重构苏格兰文化的内涵与民族精神,同时揭露弱小民族受权力的压制并为人欺凌的惨痛现实。

第三节 死亡叙事与魂归故里

作为文学终极关怀的本体存在,个体的感性生命是斯蒂文森创作的重点。因此,生命与死亡是贯穿作家创作生涯始终的关键词。1866 年,16 岁的斯蒂文森写了名为《彭特兰起义》①的文章。作品以 17 世纪苏格兰彭特兰起义为背景,向读者呈现了苏格兰历史上充满暴力、屠杀、激情和仇恨的黑暗岁月。弥漫着"死亡"气息的黑暗历史成为作家文学创作的基调。他的四大"苏格兰小说"②皆以 1745 年苏格兰詹姆斯党人叛乱事件为写作背景,同样也笼罩着死亡的迷雾,如在小说《诱拐》中,作者描写了主人公戴维和艾伦在苏格兰高地惊心动魄的冒险之旅。他们意外陷入一桩与王室内部叛乱相关的谋杀案,成了官方追捕对象。两位主人公历经生死逃亡,多次从死亡魔爪中幸运逃脱,最终摆脱险境。除了历史小说之外,作家在其他作品中,也呈现了较多与死亡相关的情节。在小说《化身博士》中,杰基尔化身海德时的影像以及人物死亡时肉体迅速朽败的画面让读者胆战心惊。南太平洋小说《退潮》中的男主人公赫瑞克对死亡过程的灵动想象及《金银岛》中的海盗西尔弗对绞刑架上死亡海盗的想象,强化了人物对死亡的切身感受,以此影响其在小说中的决策和行为。

死亡是否为叙事的最终目的? 它与归家有何联系? 这是本节探讨的重点内容。

一、死亡叙事与生命归宿

小说《化身博士》多处呈现让读者胆战心惊的死亡意象。厄塔森拜访拉尼翁时,发现其身体发生巨变,脸部由红润变苍白,发量变得稀少,总体显现出苍老的姿态。"不仅这些肉体上的迅速朽败征象,就连他的眼神,他的举止仪态,都令人

---

① 此文于 1866 年在其父亲的资助下限量出版。
② 上文已有提及,此处不再赘述。

觉得他有一种深入骨髓的恐怖。"①拉尼翁身体变化的原因或是因其目睹了杰基尔化身海德的全过程："他好像在膨胀，他的脸突然发黑，脸上五官好像溶化了，又好像在变形。"②杰基尔化身过程中出现的诸如"脸部发黑""五官溶化"等身体表层的变化与人死亡时的身体表征如出一辙。而杰基尔化身海德时近乎死亡的具身感受在他的自白中更是描写得一清二楚，"我壮起胆来把药剂一口喝了下去。紧接着产生的是一种撕裂五脏六腑的痛楚：骨头里似乎有东西在磨，恶心得要命；还加上一种精神上的恐怖，有如诞生或死亡时的痛苦"③。杰基尔感受到的"撕裂五脏六腑的痛""骨头的摩擦""恶心""精神上的恐怖"等呈现了一种生命体在转化为另一种生命体时经历的死亡般的痛苦，这不仅是生理上的痛感，也是精神上的恐惧感。

小说中的其他人物通过想象和模仿杰基尔化身海德时近似死亡的身体状态，继而产生移情。这类情节在文本中多次出现：如开篇处恩菲尔德向律师厄塔森描述自己将踩踏小女孩的海德揪住，海德"异常冷静，丝毫没有反抗，只是朝我瞥了一眼；眼光凶神恶煞，使我顿时浑身冒起冷汗"④；如杰基尔的管家浦尔说他第一次遇见海德时，"骨髓都在发凉"⑤；又如拉尼翁医生初次见到海德时发现"一靠近他，我就产生一种主观上的紧张情绪，有点像发烧刚开始寒战的症状，同时还有明显的脉搏变弱的现象"⑥；等等。"浑身冒冷汗""脊髓发凉""寒颤""脉搏变弱"等生理现象足以凸显海德给他人带来非死亡但又近似死亡的具身感受，一种让人不寒而栗的心理上的震惊，通过身体层面表达出来。

斯蒂文森细致描写死亡及类似死亡的画面，探究人的死亡与生命的奥秘，深

① Robert Louis Stevenson. *The Strange Case of Dr Jekyll and Mr Hyde and Other Tales of Terror*. Robert Mighall (ed.). London: Penguin Classics, 2002, pp. 30-31.

② Robert Louis Stevenson. *The Strange Case of Dr Jekyll and Mr Hyde and Other Tales of Terror*. Robert Mighall (ed.). London: Penguin Classics, 2002, p. 52.

③ Robert Louis Stevenson. *The Strange Case of Dr Jekyll and Mr Hyde and Other Tales of Terror*. Robert Mighall (ed.). London: Penguin Classics, 2002, p. 57.

④ Robert Louis Stevenson. *The Strange Case of Dr Jekyll and Mr Hyde and Other Tales of Terror*. Robert Mighall (ed.). London: Penguin Classics, 2002, p. 7.

⑤ Robert Louis Stevenson. *The Strange Case of Dr Jekyll and Mr Hyde and Other Tales of Terror*. Robert Mighall (ed.). London: Penguin Classics, 2002, p. 42.

⑥ Robert Louis Stevenson. *The Strange Case of Dr Jekyll and Mr Hyde and Other Tales of Terror*. Robert Mighall (ed.). London: Penguin Classics, 2002, p. 51.

受 19 世纪科学思维的影响。有研究者认为,斯蒂文森和科学家共同为解开人类进化之谜做出了不少努力。尽管斯蒂文森说"科学将我们领至一个不利于人类心灵思考活动的区域",但他还是认可心理学和人类学的新发现,对人类探索自身奥秘有很大的意义。① 1840 年以来,心理学领域的双重/多重人格研究渐渐受到关注。19 世纪 80 年代,该研究更是成为精神病学者和哲学家共同关注的热门话题之一。② 当时的英国心理研究会(Society for Psychical Research)创建者 F. W. H. 迈尔斯(F. W. H. Myers)曾透露说,法国医生阿扎姆(Dr Azam)经常在其研究论文中提到一个叫菲利达·X.(Felida X.)③的病人,"菲利达这个名字和案例,我相信大多数读者都较为熟悉了"④。斯蒂文森作为研究会的成员之一,一直和迈尔斯保持书信往来,由此可推断他在创作《化身博士》之前,对此案例必有所耳闻。21 世纪斯蒂文森研究中,很多学者也发现了这个问题,安妮·斯蒂尔斯(Anne Stiles)在她的文章《斯蒂文森的"杰基尔与海德"和双重大脑》("Robert Louis Stevenson's 'Jekyll and Hyde' and the Double Brain")中认为,斯蒂文森在《化身博士》的创作过程中,深受当代科学,尤其是心理学的影响。⑤ 理查德·杜里(Richard Dury)在《跨越单一身份的界限:〈化身博士〉和法国的科学杂志》("Crossing the Bounds of Single Identity: Dr Jekyll and Mr Hyde and a Paper in a French Scientific Journal")一文中更加明确且详细地论述了斯蒂文森的《化身博士》和法国科学界关于无意识的研究动态之间的联系。⑥

作者在科学素材的基础上融入了想象,在生与死的边界处创造了杰基尔的化

---

① Julia Reid. *Robert Louis Stevenson, Science, and the Fin de Siècle*. New York: Palgrave Macmillan, 2006, p. 176.

② Henri F. Ellenberger. *The Discovery of the Unconscious*. New York: Basic Books, 1970, p. 156.

③ 法国医生阿扎姆写了一系列文章,剖析他的病人菲利达 X.,据说这是第一个被深入研究的具有双重人格的法国人。

④ F. W. H. Myers. "Multiplex Personality." *Nineteenth Century* 20 (Nov. 1886), p. 654.

⑤ Anne Stiles. "Robert Louis Stevenson's 'Jekyll and Hyde' and the Double Brain." *Studies in English Literature 1500—1900* 46 (2006), pp. 879-900.

⑥ Richard Dury. "Crossing the Bounds of Single Identity: Dr Jekyll and Mr Hyde and a Paper in a French Scientific Journal." *Robert Louis Stevenson: Writer of Boundaries*. Richard Ambrosini & Richard Dury (eds.). Madison: University of Wisconsin Press, 2006, pp. 237-251.

身海德，以此探究生命之谜。

作家在作品中也设计了诸多小说中人物想象死亡的情节，为生命与死亡的阐释提供了一种新模式，也为我们开辟新的视角重新解读作品人物以及作品中给读者造成困惑的情节。

在小说《退潮》中，赫瑞克对人死亡时的情境展开想象：他想象了自己死去的模样；想象了法拉劳恩前船长和大副临死前的情景；想象了船长戴维斯和休以西的死亡过程。在想象的媒介下，他感受死亡给人带来的恐惧、惊骇、顿悟等复杂心绪。

> 这种想法像一个生动的幻影似的，在他的脑海里翻来覆去。在他前面不断地浮现出这个又高又大的人被打倒下去的样子，倒下去的时候各种不同的姿势，受着各种不同的伤，俯伏着倒在那儿，俯卧着倒在那儿，或者朝一边倒下去；或是脸上变了色，手抓着门框，终于松了手，痛苦地死去。他听到扳枪机时"克哒"一声，枪弹"砰"地放出去的响声，牺牲者的叫声，他瞧见血在那儿淌着。他这么想象着，就好似真的把爱图瓦特神圣化了，成为奉献的祭品。[①]

这段文字再现了赫瑞克想象爱图瓦特死亡的全过程。死亡的原因、死亡时各种可能的姿势、死亡前挣扎着求生的欲望与身体表征、死亡后的模样等都一一在赫瑞克的想象中呈现。频繁想象死亡对赫瑞克的生命观产生什么影响？赫瑞克如何通过各种语境下对死亡的想象完成其对生命命题的深邃思考？这些问题同样也适用于《金银岛》中的海盗西尔弗。

小说中，西尔弗多次看到海盗的绞刑场面：他看到伦敦城外正法码头刑场上犯人们"跳脖子套着绳圈的水手舞"[②]；他看到被绞死的犯人们"戴着锁链悬在半空，海鸟在尸体周围打转"[③]；他看到无数英雄好汉（指海盗）"在伦敦正法场晒成鱼干"[④]。海盗们在绞刑架上死亡的画面印刻在西尔弗的记忆深处，在西尔弗人生的关键时刻，像电影画面般在其脑海中循环播放。西尔弗对死亡的切身体悟，

---

① Robert Louis Stevenson & Lloyd Osbourne. *The Ebb-Tide*. New York: Charles Scribner's Sons, 1905, pp. 180-181.

② Robert Louis Stevenson. *Treasure Island*. London: Penguin Group, 1994, p. 185.

③ Robert Louis Stevenson. *Treasure Island*. London: Penguin Group, 1994, p. 186.

④ Robert Louis Stevenson. *Treasure Island*. London: Penguin Group, 1994, p. 70.

一方面是因为他曾多次目睹了海盗们死亡的过程；另一方面是因为反复想象海盗死亡的画面进一步强化了他对死亡的认知。

想象如何强化人类对死亡的认知？人类未曾经历的事件，如何凭借视觉观察和大脑想象获得相似的生理反应和心理感受？神经科学对这一现象做了很好的解释。意大利科学家贾科莫·里左拉蒂（Giacomo Rizzolatti）等发现，人脑中有一种神奇的神经细胞，它们不但在自己身体运动的时候处于兴奋状态，而且在观察他人行动的时候也同样处于活跃状态。他们把这种细胞命名为"镜子神经元"（mirror neurons），它们就像镜子一样把他人的动作在脑中进行模仿。[1] 此外，安东尼奥·达马西奥（Antonio Damasio）在《笛卡尔的错误：情绪、推理和人脑》（*Descartes' Error：Emotion，Reason，and the Human Brain*，1994）一书中提出"身体回路"的概念，它是经由身体流通信息的系统，用于改变人在特定环境下的身体状态，如恐惧、顿悟等。身体状态的认知表征能识别外部变化，即使没有发生在自己身上也好似亲身经历一般。[2] "镜子神经元"和"身体回路"阐释了想象的重要性，以及想象作为意识的重要功能对人的行为和决策的影响。人对死亡的想象，激活了人脑的"镜子神经元"，促成了人脑对死亡过程的模仿。"身体回路"改变人在想象死亡时的身体状态，其认知表征能识别外部变化，即使仅是"看见"别人死亡或是"想象"别人死亡，也能让自己如同临近死亡般感受到恐惧、绝望等情绪。想象死亡，让死亡时身体机能的变化映射于大脑中，丰富人类关于死亡的感受和对死亡的理解。

《退潮》中的赫瑞克憎恨休以西，认为与恶魔为伴是对自己的侮辱。他不仅对休以西深恶痛绝，对自己也有种恨铁不成钢的憎恶感。"我没有骄傲，没有心，没有男子汉大丈夫的气概；否则，像这种比上绞刑架还要可耻的日子，我为什么还要过下去呢？……同一个下贱至极、恶魔般的人待在一起。"[3] 一方面，他不断质疑自己生存的必要性，认为没有尊严的低质量的生存远不如选择死亡更能体现知识分子的高风亮节；另一方面他又屡次妥协与"恶魔"共谋生计。这种矛盾的心理凸

---

①　转引自：何辉斌：《镜子神经元视野中的文学模仿》，《文艺理论研究》，2017 年第 6 期，第 187 页。

②　Antonio R. Damasio. *Descartes' Error：Emotion，Reason，and the Human Brain*. New York：Avon Books，1994，p. 100.

③　Robert Louis Stevenson & Lloyd Osbourne. *The Ebb-Tide*. New York：Charles Scribner's Sons，1905，p. 47.

显了赫瑞克对死亡的惧怕和对生存的渴望。在大脑神经认知机制的作用下，赫瑞克对死亡的想象促使镜子神经元在脑中对死亡过程进行预演和模仿。想象中的濒死体验丰富了赫瑞克对死亡的感受，使其切身体悟到死亡带来的生理上的痛苦和心理上的恐惧。

《金银岛》中的西尔弗情不自禁地在自己脑中想象和模仿绞刑过程。作为绞刑的目击者，西尔弗也逐一经历了被施以绞刑的海盗们在死亡前的震惊、恐惧、悔恨、悲哀等情绪。因此，每次他想起绞刑，脖子便不由自主地僵硬。① 他对绞刑的恐惧甚至超越了他对哗变海盗们群起攻之的担忧。西尔弗曾对利夫西大夫坦言，他冒着生命危险得罪一群海盗拯救霍金斯的性命，希望利夫西和霍金斯能在合适的场合替他辩护以逃脱绞刑的噩运，"说老实话，一想起绞架，我就浑身发抖"②。

对生命与死亡主题的热衷与其自身的经历休戚相关。在短暂的生命中，斯蒂文森无数次与死亡擦肩而过，在无尽的痛苦中体悟生命的真谛。在四年南太平洋旅居生活中，他见证了英法殖民者对殖民地土著人的压迫，亲眼见证种种死亡的场面。因此，死亡与生命成为他创作中无法忽视与回避的主题。作者在小说中呈现死亡或想象死亡的情节，一方面是对个体生命有限性的肯定，另一方面也表现出他对在世生存和现世生活的留恋以及对生命的眷恋。

二、墓地沉吟与归家之情

斯蒂文森用文字细致描写死亡，以此表现他对个体生命的肯定，对在世生存的强调，以及对现世生活的尊重。而个体生命之外，作家在作品中采用墓地沉吟的叙事模式，婉转呈现其对个体生命与家以及宏观生命与人类世界的哲思。

如前所述，在《牛津英语词典》中，"家"（home）的第四条释义为"坟墓或未来的状态：永久的家"。这一释义将"家""家族""民族"等具有家族相似性的词汇串联起来，当下在此的人和埋葬于此的祖先与未来生活于此的后代在"家"这一层面上统一起来。因此，墓地作为特殊的空间，具有多重意义：它是活着的人为逝去的人建构的存在形式，同时它也是人类风景中一道标志死亡的符号。我们在大自然中建造墓地为死去之人提供安放躯体的空间的同时，也在创造一个符号，用以阐

---

① Robert Louis Stevenson. *Treasure Island*. London：Penguin Group，1994，p. 186.
② Robert Louis Stevenson. *Treasure Island*. London：Penguin Group，1994，p. 194.

明无论是创造它的人、把它放置到那里的人抑或认识其为何物的人,皆为这个世界的匆匆过客,注定要走向死亡,最终进入坟墓。罗伯特·伯格·哈里森(Robert Pogue Harrison)[①]认为,坟墓在风景中标记了一个时间无法简单地穿越或绕过的场所。此时的时间必须围绕在"坟墓"[②]周围,把自己俗世化。正是时间的这种俗世化给了地方以清晰的界限,把它同均质空间的无限性区分开来,作为人类必死之命运的标志,坟墓使非人性的空间超越变得通俗化,把人类的时间与神灵以及大自然的永恒回归那不受时间影响的特征区分出来。[③] 因此,坟墓作为表征死亡的特殊景观,在空间维度和时间维度上都产生意义:在空间上,它是此处和彼处的分界线;在时间上,它联结着过去、现在和未来。

小说《退潮》中,传教士爱图瓦特带着赫瑞克经过墓地时说道:

> 这座小村子里的强悍的祖宗躺在这儿……自从我到南太平洋以来,就只见延绵不断的珊瑚同鹅卵石。躺在这儿的人,有的很好,有的很坏,大部分的人是无用的。这儿的一个家伙,啊,他灵活得像一条狗,假若你叫唤他,他像射出的箭似的,很快就跑过来了,倘若你不叫他,他也会自动地跑到你这儿来,你真应当瞧瞧他的殷勤的眼光,和他那小而凌乱像跳舞似的步伐。得啦,他再也没有烦恼了,他同王公大人一样躺在这儿;至于他的事迹,编年史上不是记载有吗? 那个家伙是从彭林岛来的;像一般的彭林岛上的土著一样,他很不容易驾驭;任性、嫉妒、暴躁。是一个敏感的人! 他现在安静地躺在这里。他们全安静地躺在这里。"黑暗是死亡的埋葬者。"[④]

爱图瓦特这段话透露了他对坟墓和死亡的观点。在他看来,坟墓是一种表征死亡的符号,一方面它是死者空间和生者空间的分界线,但同时它也模糊了死者与死者之间的空间界线,作为自我的王公贵族和作为他者的土著在被命运宣判死亡之后,最终的归宿都是进入坟墓。文中强调"他们全安静地躺在这里",此处"全"字出卖了爱图瓦特孤傲的内心。他试图将自己与坟墓中的死者划清界限,但

---

① 罗伯特·伯格·哈里森(Robert Pogue Harrison)系斯坦福大学教授,研究课题为现代西方文化中生者与死者之间的关系。

② Sema,在希腊语中意为"符号",同时也有"坟墓"之意。

③ 参见:米切儿编:《风景与权力》,杨丽等译,南京:译林出版社,2014,第388页。

④ Robert Louis Stevenson & Lloyd Osbourne. *The Ebb-Tide*. New York: Charles Scribner's Sons, 1905, pp. 173-174.

无意中又道出了人生哲理：死亡是人生的必修课，坟墓是最终的归宿。爱图瓦特在墓地前的大段吟诵与其特殊的身份与经历不无关系。欧洲传教士爱图瓦特出于对宗教的狂热踏上南太平洋的土地，被这片几近荒芜却美不胜收的地方深深吸引：

> 一大群海鸟翱翔高飞，在阳光闪烁中，有时穿入碧蓝的海水里，捕捉小鱼。一连有好几英里路，全是一片荒凉，一望无际的椰子树和盘达努斯树，绿荫荫翳，是那么赏心悦目，可是却没有一个人来享受，只有海水的浪涛声有时打破死一样的静寂。[①]

爱图瓦特为小岛起的雅典风味的名字 nemorosa Zacynthos[②] 赋予了小岛文明的色彩。他将小岛的信息潜藏以免其成为航海图上的地理图标，并无视岛上已有人迹的事实，试图将此岛变成私人领地。爱图瓦特在岛上缔造自己临时的家，并迫使当地土著成为为其事业发展贡献劳力的"他者"。土著们由此遭受非人的待遇，陆续走向死亡。他们的尸骨被埋进这片墓地，成为其嘲讽的对象。

爱图瓦特的墓地吟诵与哈姆雷特的墓地沉吟有异曲同工之妙。在第五幕第一场中，哈姆雷特指着墓地的骷髅对霍拉旭说，"那个骷髅里面曾经有一条舌头，它也会唱歌哩；瞧这家伙把它摔在地上，好像它是第一个杀人凶手该隐的颚骨似的！它也许是一个政客的头颅，现在却让这蠢货把它丢来踢去；也许他生前是个偷天换日的好手，你看是不是？"[③]莎士比亚在剧中将个体的生死与宏观的政权更替、宇宙变化交织融合。斯蒂文森又何尝不是？借爱图瓦特之口轻轻揭开生命的神秘帷幕，让长眠坟墓之下的人与在世生存之人展开一场无声的面对面的对话，以告诫世人：无论埋葬在坟墓之下的人生前辉煌抑或落魄，终将殊途同归，即便王侯将相也难逃死亡的魔爪。作者让执着于事业、任意践踏他人生命的欧洲传教士爱图瓦特在墓前抒发大段关于生命与死亡的哲思，似乎又多了一层反讽的意味。

作家将自己对个体生命的哲学思考融于对整个宏观世界的考量之中，坦然接受人类必死的命运，质疑死后灵魂不灭说，继而强调生存价值。他文学创作的理

---

① Robert Louis Stevenson & Lloyd Osbourne. *The Ebb-Tide*. New York：Charles Scribner's Sons，1905，p. 139.

② 该词系拉丁文，意为树木丛生的撒坎托斯岛，是希腊伊奥尼亚海中的一座岛，现名撒地。

③ 莎士比亚：《莎士比亚悲剧选》，朱生豪译，北京：人民文学出版社，2001，第 287 页。

想旨在承认死亡必然性的前提下，探讨人与人、人与家、人与世界的关系。

三、墓志铭与归家之念

墓与家的关系丰富了"家"的内涵。墓碑是人类必死命运的原始符号。在希腊文化中，它是"可以指示（signification）自身的起源的符号"，因为它"代表的是它所替代的东西——墓地"①。墓碑指向自身，或者指向自己在土地中的记号，从而坟墓有效打开"这里"这个地方，给予它以人的基础。以此为基础，此处（here）才有了与别处的界限。如若没有人的基础，大自然也就没有了地方（place）的界限。维科在《新科学》中指出，我们早期的祖先通过埋葬死者并指认墓碑作为他们归属的依据，并以此表明他们对土地或者地方所有权和控制权。② 而在本书的语境中，"地方"可成为我们理解"家"这一概念的重要前提。因为在概念上，"家"首先是一个"地方"。家人埋葬于此，此处才成为家，这是前现代的观念，但也因此成为现代文明之殇。现代性解除了我们与土地（地方）的亲密关系，让我们从土地的束缚中解脱。我们不断从此地流动到彼地，且节奏与频率日益加快。与此同时，我们与逝去的祖辈们之间的联结也慢慢地断裂，与祖辈埋葬在一起的可能性变得越来越小。无法确定死后的归宿带来的是一种地方的缺失（loss of place），甚至是家园的缺失或家的不确定性。正如哈里森所言，"我们在脱离我们自己，这与其说我们正在遗弃或者破坏我们传统的家园（homeland），不如说我们正在遗弃或者破坏我们能够死得很舒心的地方"③。这种尴尬无家的状态正是斯蒂文森一生的真实写照。正如他自己所言，"我不奢求健康……但我将一直流浪，流浪，直至找到一个地方，能让我感受到作为普通人的生存乐趣"④。好在即便是身在异乡，斯蒂文森似乎也找到了"死得舒心"之地。

1879 年，斯蒂文森创作了 8 行小诗《挽歌》（"Requiem"），该诗后来成为其墓志铭。

---

① 转引自：米切儿编：《风景与权力》，杨丽等译，南京：译林出版社，2014，第 386 页。
② 转引自：米切儿编：《风景与权力》，杨丽等译，南京：译林出版社，2014，第 390 页。
③ 转引自：米切儿编：《风景与权力》，杨丽等译，南京：译林出版社，2014，第 397 页。
④ Graham Balfour. *The Life of Robert Louis Stevenson* (*vol. 2*). New York: Charles Scribner's Sons, 1901, p.173.

　　在广袤星空下的大地上,
　　请掘一方坟墓让我安息。
　　我活着快乐,死亦欢喜,
　　长眠于此地乃我之心意。

　　请在墓碑上刻下这几行:
　　这是他久久向往的地方;
　　水手告别海洋回归故乡,
　　猎人告别山峦返回家园。①

　　这首小诗中潜藏着几个关键词:安息、告别、海洋、山峦、故乡、家园等。若仅从文本层面解读,斯蒂文森将生命的消逝视为浪子归家,南太平洋小岛萨摩亚成为埋葬他身体的此地(here),而此地亦可被认为是其久久向往的、死得舒心的家。诗歌中作者将自己比喻成告别海洋回归故乡的水手和告别山峦回归家园的猎人。归家的心绪跃然纸上。死亡、坟墓、家三个意象在《挽歌》中共同呈现了一幅归家的诗意画卷。死亡最终圆了作家的归家之愿。此处的"家"指萨摩亚还是苏格兰?

　　这首诗创作于 1879 年,彼时的斯蒂文森尚未定居萨摩亚,因而这里的"家"最终指向的是其逝世地萨摩亚抑或是出生地苏格兰,难下定论。斯蒂文森或许更青睐苏格兰。作家未成年时,苏格兰触手可及;成年之后,苏格兰是作家记忆中纷繁的碎片影像,继而成为其创作的点滴素材。作为波希米亚式的叛逆青年,斯蒂文森离开苏格兰,部分原因是想逃离家中令人窒息的压抑氛围,另一部分原因是想找寻适合自己身体居住的诗意之地。斯蒂文森虽远离故乡苏格兰,但又不时通过创作回归故乡。

　　然而在南太平洋,斯蒂文森也体验到了一种"在家"的舒心感觉。1888 年,斯蒂文森一行乘"卡斯科号"(Casco)游船离开美国旧金山开始了南太平洋之旅,一则为创作搜集一手素材,二来为寻找适合自己的宜居之地。在游记《在南太平洋》(In the South Seas,1896)的开篇,他坦言自己身体抱恙多年,"我倒也乐意如鬼魂般游历南太平洋,让人像包裹般携带着我,若在我年幼时或是身体健康时,这儿

149

---

① Robert Louis Stevenson. *Collected Poems*. Roger C. Lewis (ed.). Edinburgh:Edinburgh University Press,2003,p.88. 此处为笔者自译。

的景色必能吸引我"①。作者将自己对身体状态恶化的忧虑和文化分裂的焦虑投射到了旅行环境中。南太平洋之旅的开端带有一缕黯淡的消极情绪,字里行间透露出死亡的气息。作者将自己物化为毫无生气的"鬼魂""包裹",对风光绮丽的南太平洋兴味索然。斯蒂文森南太平洋之旅所乘坐的卡斯科号游船似 D. H. 劳伦斯(D. H. Lawrence,1885—1930)诗歌②中的死亡之舟。作者踏上游船,面对充满未知元素的未来及阴晴不定的身体状态,正如拖着疲惫残缺的旧我向着死亡逆向航行。但是这并非此次旅行的全部。很快作者笔锋一转,恍若获得新生一般,有了诸多的"初次":初次爱恋,初次观日出,初次邂逅南太平洋岛屿……1889 年,斯蒂文森一行到达萨摩亚,斯蒂文森在《在南太平洋》中朴实地记录了这段旅行的心境:"这小岛上我结交了诸多好友,培养了新的爱好。这些日子里我仿佛身在仙境之中;真希望能久久待在这里,不再离去。"③

　　事实上,论及斯蒂文森的家,苏格兰和南太平洋之间并无明晰的界线。卡尔德认为对斯蒂文森而言,苏格兰和南太平洋存在奇妙的联系:"苏格兰的生活经历帮助他(更好地)看待和理解南太平洋(其地其人),而南太平洋的生活经历(反过来)也改变了他回望(故乡)苏格兰的方式。"④斯蒂文森的确也关注到两者的诸多共同之处。譬如,英格兰曾对苏格兰高地民族强行镇压和征服,这历史性一幕在 19 世纪末的南太平洋重新上演,"外族入侵,宗族全面解除武装,首领遭废黜,新的风俗不断引入。在这些风俗中最为时髦的一点是:把钱视为生存的方式和目标"⑤。身处南太平洋的斯蒂文森眼前又浮现凄惨的画面:苏格兰被平定"叛乱"

---

① Robert Louis Stevenson. *In the South Seas*. Neil Rennie (ed.). London:Penguin Books, 1998,p. 5.

② 劳伦斯在《死亡之舟》中写道,"建造这死亡之舟吧,因必须踏上/那最遥远的旅程,方能抵达湮灭。/经历死亡吧,这漫长痛苦的死亡/横亘于旧我与新我之间。"此译文参考以下译本:劳伦斯:《重返伊甸园:劳伦斯诗选》,毕冰宾译,北京:人民文学出版社,2017,第 132—133 页。

③ Robert Louis Stevenson. *In the South Seas*. Neil Rennie (ed.). London:Penguin Books, 1998,p. 5.

④ Jenni Calder. "The Eyeball of the Dawn:Can We Trust Stevenson's imagination." *Robert Louis Stevenson Reconsidered:New Critical Perspectives*. William B. Jones Jr (ed.). Jefferson:McFarland & Company, Inc., 2003,p. 17.

⑤ William Gray. *Robert Louis Stevenson:A Literary Life*. Basingstoke & New York: Palgrave Macmillan, 2004,p. 115.

后，具有苏格兰民族特色的生活物品如高地花格呢、苏格兰裙等逐渐成为违禁物品，慢慢地退出了历史舞台，取而代之的是有英格兰特色的生活风尚。除此之外，斯蒂文森在南太平洋与苏格兰之间还找到了另一个共同之处，即古老的苏格兰传说中的野蛮元素在南太平洋当地传说中找到了相似的表达：野蛮和迷信。①

斯蒂文森在逝世前曾定居南太平洋。1889 年 12 月，作家抵达萨摩亚，在位于乌波卢岛(Upolu)北部的萨摩亚首都阿皮亚买地置业，建造府邸，命名为威利玛，并在那里度过了短暂且难忘的四年。斯蒂文森悬置了自己英国人的身份，参与到为当地人争取权益的政治斗争中。在他的努力下，一些在政治事件中被捕的当地族人被释放。英国外交部门对此颇为不满，并委婉劝告他远离政治，专注创作。作家也因此事与好友科尔文产生矛盾，相互通信时怨气重重。但此事件带来的结果是斯蒂文森与南太平洋土著的关系升华。当地人为他的威利玛铺设了一条通往外界的道路。在竣工后的答谢宴上，斯蒂文森发表了一番演说，指出"路"的非凡意义，"我们的路虽很难保存千年，但在某种意义上它可以。路一旦修成，你会惊奇地发现它是如何将阡陌贯通，越来越多的人将行走其上，越来越多受惠的人自告奋勇来维护它，使它久久存在。待我们归于尘土，成千上百年后，这条路依旧存在"②。从无到有的路，不仅是帮助威利玛与外界联系的纽带，也是架通斯蒂文森"过去的家"和"现在的家"的桥梁。苏格兰人斯蒂文森在南太平洋找到了家的归属感，正如他自己所言，"我从不轻易说起，因为我爱萨摩亚，也爱萨摩亚的人民。我爱这方土地，有生之年我选择在此筑起我的家，待我归去时，我的坟墓也将筑于此地。我爱这里的人们，无论活着抑或死去，我都将与他们一起"③。1894年，年仅 44 岁的斯蒂文森突患中风，不幸病逝。当地人在阿皮亚的一座高山顶上为斯蒂文森筑造坟墓，愿其死后能俯瞰大海，以解一方乡愁。

斯蒂文森《挽歌》中提到的"久久向往之地"是苏格兰还是南太平洋？这无关紧要。重要的是，无论苏格兰抑或南太平洋都给他营造了"在家"的感觉。当身体最终消亡走向墓地，他的"归家"之愿在这诗意之地得以圆满。

墓与归家主题在斯蒂文森的其他作品中也有呈现。如在小说《退潮》中，主人

---

① William Gray. *Robert Louis Stevenson: A Literary Life*. Basingstoke & New York: Palgrave Macmillan, 2004, p.116.

② Robert Louis Stevenson. *Vailima Letters*. London: Methuen, 1901, pp.365-366.

③ Robert Louis Stevenson. *Vailima Letters*. London: Methuen, 1901, p.363.

公赫瑞克身处南太平洋,想到此生归家之愿定难实现,悲观至极,给自己拟了墓志铭。他在粉墙上绘制了五线谱,继而又写上《第五交响乐》中最有名的"命运在敲门",在这之后又加了一句"假若我早能死在家里,我要幸福多了"(terque quaterque beati Queis ante ora partum)①。当带着希腊悲剧元素的《第五交响曲》在赫瑞克耳边铿锵有力地奏响时,赫瑞克似乎看到了那一段开放的、不确定的、人性无比自由的历史。在那段早已逝去的光辉岁月里,人们并不崇尚生命永恒和灵魂不死。相反,有限的生命和死亡倒成为人们的家常命题。主人公赫瑞克落难于南太平洋塔希提海滨时,维吉尔的《埃涅阿斯记》总伴其左右。这个情节不禁让人联想起《鲁滨孙漂流记》。小说中鲁滨孙流落荒岛时,身边有一堆物品,其中就有一本《圣经》。这个小细节暗藏巧思。为何赫瑞克随身携带的不是《圣经》,而是维吉尔的作品?小说中尤其强调赫瑞克口袋里装的是一本"破破烂烂的维吉尔的作品"。将其置于小说情节中考量,不难发现:赫瑞克一路颠沛流离从伦敦漂泊至纽约,最后来到南太平洋的塔希提,过着风餐露宿的凄苦生活。虽然他脑中多次产生想结束生命的念头,但却一次次与死亡擦肩而过,在艰难困苦中存活下来。维吉尔这部作品中蕴含的希腊罗马人文主义精神中对于生命的肯定和对现世生存的强调,对赫瑞克产生的影响不容小觑。

作家并未将死亡视为其叙事的终点和目的。相反,他将死亡视为对生命进行深度思考的媒介。通过死亡叙事,作家试图揭示生命之谜。他向读者呈现了一个又一个与死亡面对面的人物画像,凸显他们对死亡的畏惧和惊恐,以此探究其执着于"生"的生理基础。斯蒂文森对生命的思考同时体现在作品中的人物在墓地前的大段哲思。他在墓志铭中将肉身的死亡视为回归家园,由此,"死亡"和"归家"在这一维度上达成了一致。

小　结

作家通过多维叙事建构了归家的途径。

---

① Robert Louis Stevenson & Lloyd Osbourne. *The Ebb-Tide*. New York: Charles Scribner's Sons, 1905, p.46.

其一，《诱拐》中契约奴隶以他者的身份打破契约，千方百计归家，是个人人性的抬头和自我意识的觉醒。小说聚焦比黑人奴隶更早到达北美殖民地、为北美殖民地早期的发展做出更大贡献的契约奴隶群体，揭开了一段血泪历史的面纱。作家不仅意识到他者作为生命个体的存在也具有自我意识，并不能由"契约"这种社会价值观、社会制度来进行条条框框的约束。当19世纪末欧洲人以优越的文明人自居，给殖民地的一切贴上"野蛮"的标签，他们或许忘记了在17和18世纪不少同胞以契约奴隶的身份被强行送至"野蛮"的殖民地开垦拓荒的这段历史。斯蒂文森将18世纪的历史事件置于19世纪以优越的文明人自居的欧洲读者面前，将欧洲人也曾为奴，欧洲人也曾被视为他者的事实在小说中含蓄呈现，启发读者们重新审视所谓的种族优越性。小说中被诱拐的戴维历尽艰险回到苏格兰的家中，与历史事件中的主人公杰米前后经历十三年后也辗转回到都柏林的家中形成两条并行的归家故事线。在归家叙事的同时对种族和文明的反思，以及对人性的洞察凸显了作家斯蒂文森创作的独具匠心。

其二，归家不仅仅指表层意义上的回归，它也指身在他乡的人们如何看待他们过去的历史，以及是否接受其作为自身的一部分。作家在《诱拐》中用低地人的视角审视了1745年詹姆斯党人叛乱事件后苏格兰高地人的语言服饰、风土人情、社会经济等，进而展开了对苏格兰民族文化的想象。在想象性叙事中唤起了苏格兰人民的历史记忆，重构了苏格兰文化内涵及其民族精神，展示了历经创伤的高地文化，同时又揭露了权利带来的社会不公及弱小民族为人鱼肉的惨痛现实。这种创作实践刷新了司各特以文学想象叙述历史真实的创作模式，叩问了司各特作品中有关苏格兰民族的"进步"话语，成为斯蒂文森在身体上离别故乡苏格兰，却在精神上不断回归故乡的一种途径，即通过叙事回到苏格兰那段黑暗的历史，正视其作为自己文化身份的一个重要根据。一个作家无论身处何地，终究还是无法摆脱隐藏其背后的文化身份。一方面，他频频离家浪迹他乡。另一方面，他又始终不忘自己苏格兰人的文化身份，不时地以苏格兰历史为题材创作出一部部作品。作为作家的斯蒂文森无论何时何地都不忘在历史书写中实现返乡。

其三，归家与死亡关系密切。假如将生命看作一段线性的旅途，从起点到终点的过程既是从离家到归家的过程，也是从出生到死亡的过程。死亡并非斯蒂文森作品的叙事终点和目的。作家在作品中以死亡为媒介，传达出他对生命的深度思考。通过死亡叙事，作家向读者呈现了一个又一个与死亡面对面的人物画像，凸显作品中的人物对死亡的畏惧和惊恐，以此探究他们执着于"生"的生理基础。斯蒂文森对生命的思考同时体现在作品中人物在墓地前的大段哲思。以坟墓为界，埋葬在里面的、已经逝去的人和站在坟墓之外的人开展了一场无声的对话，以此告诫世人，个体的生命在消逝之前无论辉煌或是落魄，最终自我、他者终将同归于一方坟墓，一掬尘土。他在墓志铭中将肉身的死亡视为回归家园，由此"死亡"和"归家"在这一维度上达成了一致。世界是永恒的创造，于个体生命而言，即便死亡是人生最终宿命，也不能全然失却了对于生命的爱，对家园以及对世界的爱。无论"家"的所指是什么，作者将死亡视为"归家"，可见其正视身体、疾病和死亡的勇气，以及其在想象死亡、思考死亡的过程中显现的对生命之爱和对家园之爱。作家把自己有关个体生命的哲学思考与对整个世界的考量融合在一起，坦然接受人类必死的命运，并对灵魂不灭的学说提出了质疑，从而强调在世生存的价值。作家以开放的姿态喻示一段生命的终结和新生命的开始，借坟墓与死亡意象将时间维度上家的三重意义连成完整的生命线。其文学创作以承认死亡的必然性为前提，探讨人的生存本相与生命意义，以及在此基础上的人与人、人与家、人与世界的关系。作者对家的观念与情感紧紧附着于生命本体。

结　语

　　本书以斯蒂文森在文化离散中苏格兰人的身份为出发点,探讨斯蒂文森作品创作的文学文化语境,试图绘制一幅作家、作品、维多利亚时代与流动的家之间的奇妙图景。

　　作为"家中异乡人",斯蒂文森频繁告别位于苏格兰的家,以"孤独的旅行者"的身份在瑞士、法国、美国、南太平洋等地旅居。他毕生游离于苏格兰文化与其他异质文化之间,用旅行实践流动性以获得开放创新的思维和写作模式,通过旅居和写作探索不同文化间对话的可能性。在旅途中,作家对家的认知和对自我身份的定义变得飘忽而不确定,传统教育中有关"家"和身份的观念受到了挑战。生活在维多利亚时代晚期的斯蒂文森的心境不言而喻:徘徊于两个家之间,一个不曾远去,一个却又近在眼前,"家"该如何定义?他对家的复杂感悟散落在《金银岛》《化身博士》《诱拐》《退潮》《费利沙海滩》《内河航行》《穿越平原》《为赋闲者辩》《家中异乡人》《挽歌》《一个孩子的诗园》等作品中。

　　"家"这一概念可以从以下几个维度进行理解:其一,在空间维度上,"家"除了指家宅、地区与国家之外,同时也暗含任何给人带来"在家"感受的空间;其二,在时间维度上,"家"涵盖了过去、现在与将来三层意义,具体而言,主要是指个体对过去的家的记忆、个体在当下的家中的经历及个体对未来的家的预期;其三,在情感维度上,"家"指积极正面的、消极负面的和混合的情感模式。维多利亚时代的家以"流动性"为最显著的内涵之一。转型期的维多利亚时代为英国公民的全球流动提供了可能性。首先,铁路时代的到来为英国民众的离家提供了物质保障。其次,英国民众帝国意识的勃兴是其离家的主观条件。此外,英国家庭中的负面消极的情感模式也是一股强大的助推力。斯蒂文森对家的理解在很大程度上带着这个时代的烙印。他在作品中呈现了具有流动性的家。本书语境中的流动的家是一种宽泛意义上的概念,它既强调家的空间意义和具体语境,同时还指家的意义的变化、生成和不确定性。"家"的概念在"流动"的视域下产生了变动。一方面,流动是对传统家庭模式的挑战。另一方面,流动使得家的意义在动态中不断更新与生成。流动的家的意义在于:首先,流动缓解了家中个体的身份焦虑。原本封闭与固定的身份在流动社会中变得游弋而不确定。其次,流动给拥有不同文化背景与社会结构的个体之间频繁交流提供了条件,有助于解构传统的不合理的家庭秩序,如父尊子卑、夫尊妻卑等,打破失衡的家庭结构,使家重新归于平衡。

流动渗透到离家、寻家、归家的每个部分,并将它们串联成一个完整的叙事环。从表面上看,流动性和固定性是完全对立的两个概念。传统社会更强调固定的身份,流动的人往往会被贴上"边缘""流浪""漂泊"等标签。流动更多地被赋予负面的意义。同样,在流动的社会中,长时间的固定不变意味着顽固守旧。但事实上,家的流动性和固定性并非绝对对立,它们是一对相互关联、具有辩证关系的概念。对家的平衡性的固定追求,引发个体以及家的流动。家流动的、变动不居的状态推动着个体为寻找家的平衡性、寻找家的意义做诸种努力。

斯蒂文森研究专家亚历克斯·汤姆森认为,"斯蒂文森持久不衰的盛名表明他并非只是为他生活的时代在写作"[①]。《青年问题》1946 年所刊的一篇文章也指出:"史蒂芬孙要留给未来时代,算作我们最有力的著作家之一。"[②]此类评价多少可以宽慰一直以来困扰着斯蒂文森研究者们的问题:斯蒂文森是否真的只是模仿司各特和笛福的二流作家? 在焦虑之下创作的斯蒂文森是否能有实质性的创新? 斯温纳顿认为斯蒂文森仅仅创作出了一些"适合男孩子阅读的书籍",算不得一流作家,因为他偏离了维多利亚小说的传统,"把小说当成了游戏"[③]。笔者认为作家的旅居经历及其由此产生对家的认知转变和感悟给其创作带来的影响无疑是使其游离于苏格兰、英格兰、欧洲大陆、美国等的各种文学传统之外,以赋闲者的

---

① Alex Thomson. "Stevenson's Afterlives." *The Edinburgh Companion to Robert Louis Stevenson*. Penny Fielding (ed.). Edinburgh: Edinburgh University Press, 2010, p. 152.

② 佚名:《史蒂芬孙和他的作品》,《青年问题》,1946 年第 6 期,第 42 页。

③ Frank Swinnerton. *Robert Louis Stevenson: A Critical Study*. London: Martin Secker, 1924, p. 188.

姿态生活,以游戏者的身份阅读创作。他看似偏离了维多利亚小说现实主义创作的传统。但恰是这种偏离和游戏的精神,为其创作带来了更多创新的可能。

以"家"为视角研究斯蒂文森,能更好地帮助我们理解斯蒂文森的作品和它们所反映的维多利亚时代社会文化之间的一种积极的互动,窥探维多利亚时代晚期的气质和价值取向,理解 19 世纪末焦虑症背后对欧洲文明的反思及对"进步"话语的诘问。斯蒂文森在维多利亚时代晚期广受欢迎,或许是因为他捕捉到了积压在人们心头的一种较为普遍的感受:个人的情感体验以及个人对家的复杂情感等。在他的作品中,读者可以惊喜地看到维多利亚时代晚期社会大众的阅读趣味,他们迷恋于人类历史、心理学、进化论、种族、性别等,从中可窥见 19 世纪末城市中产阶级的焦虑不安。斯蒂文森的作品不仅暴露了维多利亚时代晚期的集体无意识,还表达了处于世纪之交的人们普遍的精神诉求。

以"家"为视角进行斯蒂文森作品研究,印证了作家在创作主题上隐含的未来性。19 世纪个体频繁的跨区域、跨国界流动造成了家的意义变动,由此引发的各种文化现象给生活在 20 世纪甚至是 21 世纪的人们带来启迪意义。作家在作品中阐发的对流动之家的感悟也映照了现代人的生存体验和困境。流动带来的个人及社会层面的巨大变革引发了诸多问题,造成了民族和国家文化上的差异和冲突以及个人精神上的焦虑和困境。

此外,以"家"为视角的研究是在不同文明间进行共情研究的途径。家是生命意义的承载,是现代人情感需求的港湾。从"家"出发深入把握现代人的日常情感和伦理结构意义重大。近年来,家成为中西学界研究的热点。英国地理学家布朗特等的专著《家》从地理学层面对家的概念作了详尽的阐释。布朗特认为,除了地理学之外,"家"也是社会学、女性研究、历史学、人类学等学科领域无法回避的重要研究对象。[①] 孙向晨将"家"置于本体论的位置,认为"家"是理解中国文化传统的一个新框架。[②] 肖瑛更是将"家"作为推进"文化自觉"和社会学中国化的关键切入点。[③] 她认为,"家"是推进中国社会理论研究的一种重要路径和方法,主要

159

---

① Alison Blunt & R. Dowling. *Home（Key Ideas in Geography）*. Abingdon：Routledge, 2006，p. 2.
② 孙向晨:《论家:个体与亲亲》,上海:华东师范大学出版社,2019,第 1 页。
③ 肖瑛:《"家"作为方法:中国社会理论的一种尝试》,《中国社会科学》,2020 年第 11 期,第 172—191 页。

体现在以下两点：首先，"家"是中国文明构成的总体性范畴；其次，立足于作为实体的家已成为"中国人的社会生命"之源的事实。① 因此，以"家"为视角的研究在中国社会理论研究中具有十分重要的地位，它也给中西文明间的共情研究提供了途径。

因篇幅有限，本书对斯蒂文森作品中流动的家的阐释难免存在顾此失彼之处。在对"家"这一复杂的学术概念和文化命题进行梳理的过程中，笔者发现还有很多内容有待进一步深入和完善。在斯蒂文森代表作《金银岛》的开篇处，主人公霍金斯说，岛上"尚有未被发掘的宝藏"②。此书权当是笔者斯蒂文森作品研究的一个小小起点，不敢说填补了斯蒂文森研究或"家"的研究中的某处空白，只是期待自己日后不忘初心，继续在"斯蒂文森"和"家"的研究上深耕细作，挖掘尚未被发掘的宝藏。

---

① 肖瑛：《"家"作为方法：中国社会理论的一种尝试》，《中国社会科学》，2020 年第 11 期，第 172—174 页。

② Robert Louis Stevenson. *Treasure Island*. London：Penguin Group，1994，p. 1.

参考文献

一、英文参考文献

（一）斯蒂文森作品

Stevenson, Robert Louis. *Vailima Letters*. London: Methuen, 1901.

—. *Lay Morals and Other Papers*. New York: Charles Scribner's Sons, 1911.

—. *An Apology for Idlers and Other Essays*. Portland, ME: Thomas B. Mosher, 1916.

—. *Essays by Robert Louis Stevenson*. New York, Chicago, & Boston: Charles Scribner's Sons, 1918.

—. *Memories and Portraits*. London: Chatto & Windus, 1919.

—. *Essays Literary and Critical*. London: William Heinemann, 1928.

—. *From Scotland to Silverado*. James D. Hart (ed.). Cambridge, MA: Belknap Press, 1966.

—. *A Child's Garden of Verses*. New York: Airmont Publishing Company Inc., 1969.

—. *Kidnapped*. London: Penguin Group, 1994.

—. *Treasure Island*. London: Penguin Group, 1994.

—. *The Complete Short Stories*. Ian Bell (ed.). New York: Henry Holt, 1994.

—. *In the South Seas*. Neil Rennie (ed.). London: Penguin Books, 1998.

—. *R. L. Stevenson on Fiction*. Glenda Norquay (ed.). Edinburgh: Edinburgh University Press, 1999.

—. *The Strange Case of Dr Jekyll and Mr Hyde and Other Tales of Terror*. Robert Mighall (ed.). London: Penguin Classics, 2002.

—. *Collected Poems*. Roger C. Lewis (ed.). Edinburgh: Edinburgh University Press, 2003.

—. *Across the Plains with Other Memories and Essays*. New York: Cambridge University Press, 2009.

Stevenson, Robert Louis & Lloyd Osbourne. *The Ebb-Tide*. New York: Charles Scribner's Sons, 1905.

（二）其他研究文献

1. 专著

Adey, Peter. *Mobility*. New York: Routledge, 2010.

Ambrosini, Richard & Richard Dury (eds.). *Robert Louis Stevenson: Writer of Boundaries*. Madison: University of Wisconsin Press, 2006.

—. *European Stevenson*. Newcastle: Cambridge Scholars Publishing, 2009.

Arata, Stephen. *Fictions of Loss in the Victorian fin de siècle*. Cambridge: Cambridge University Press, 1996.

Balfour, Graham. *The Life of Robert Louis Stevenson*. New York: Charles Scribner's Sons, 1901.

Bell, Ian. *Dreams of Exile: Robert Louis Stevenson: A Biography*. New York: Henry Holt & Co., 1993.

Bennett, Lerone Jr. *Before the Mayflower: A History of the Negro in America 1619—1964*. Chicago: Johnson Publishing Co., 1964.

Bloom, Harold. *A Map of Misreading*. New York: Oxford University Press, 1975.

Bloom, Harold (ed.). *Robert Louis Stevenson*. Philadelphia: Chelsea House Publishers, 2005.

Blunt, Alison & R. Dowling. *Home (Key Ideas in Geography)*. Abingdon:

Routledge, 2006.

Booth, Bradford A. & Ernest Mehew (eds.). *The Letters of Robert Louis Stevenson*(*vol. 1*). New Haven: Yale University Press, 1994.

Buckton, Oliver S. *Cruising with Robert Louis Stevenson: Travel, Narrative and the Colonial Body*. Athens: Ohio University Press, 2007.

Cairney, John. *The Quest for Robert Louis Stevenson*. Edinburgh: Luath Press, 2004.

Calder, Jenni. *RLS: A Life Study*. New York: Oxford University Press, 1980.

—. The Eyeball of the Dawn: Can We Trust Stevenson's imagination." *Robert Louis Stevenson Reconsidered: New Critical Perspectives*. William B. Jones Jr (ed.). Jefferson: McFarland & Company, Inc., 2003, p. 14.

Calder, Jenni (ed.). *Stevenson and Victorian Scotland*. Edinburgh: Edinburgh University Press, 1981.

—. *The Robert Louis Stevenson Companion*. Edinburgh: Paul Harris Publishing, 1980.

Chapman, Tony & Jenny Hockey (eds.). *Ideal Homes? Social Change and Domestic Life*. London & New York: Routledge, 1999.

Chesterton, G. K. *Robert Louis Stevenson*. London: Hodder & Stoughton Ltd., 1927.

Colley, Ann C. *Nostalgia and Recollection in Victorian Culture*. London: Macmillan, 1998.

—. *Robert Louis Stevenson and the Colonial Imagination*. Aldershot & Burlington: Ashgate, 2004.

Cresswell, Tim. *On the Move: Mobility in the Modern Western World*. New York & London: Routledge, 2006.

Daiches, David. *Robert Louis Stevenson: A Revaluation*. Glasgow: William MacLellan, 1947.

Damasio, Antonio R. *Descartes' Error: Emotion, Reason, and the Human Brain*. New York: Avon Books, 1994.

Davidoff, Leonore & Catherine Hall. *Family Fortunes: Men and Women of the English Middle-Class, 1750—1850*. London: Hutchison, 1987.

Dentith, Simon. *Epic and Empire in Nineteenth-Century Britain*. Cambridge: Cambridge University Press, 2006.

Dickens, Charles. *Dombey and Son*. Hertfordshire: Wordsworth Editions, 1995.

Dryden, Linda. "City of Dreadful Night." *Robert Louis Stevenson: Writer of Boundaries*. Ambrosini, Richard and Richard Dury (eds.). Madison: University of Wisconsin Press, 2006: 253-264.

Eigner, Edwin M. *Robert Louis Stevenson and the Romantic Tradition*. Princeton: Princeton University Press, 1966.

Ekirch, A. Roger. *Birthright: The True Story that Inspired Kidnapped*. New York: W. W. Norton & Company, Inc., 2011.

Ellenberger, Henri F. *The Discovery of the Unconscious*. New York: Basic Books, 1970.

Fauconnier, Gilles & Mark Turner. *The Way We Think: Conceptual Blending and the Mind's Hidden Complexities*. New York: Basic Books, 2002.

Fielding, Penny. *Writing and Orality: Nationality, Culture and Nineteenth-Century Scottish Fiction*. Oxford: Clarendon Press, 1996.

Fielding, Penny (ed.). *The Edinburgh Companion to Robert Louis Stevenson*. Edinburgh: Edinburgh University Press, 2010.

Fulton, Richard D. & Peter H. Hoffenberg (eds.). *Oceania and the Victorian Imagination*. Farnham & Burlington: Ashgate, 2013.

Furnas, J. C. *Voyage to Windward: The Life of Robert Louis Stevenson*. New York: Sloane, 1951.

Gagnier, Regenia. *Subjectivities: A History of Self-Representation in Britain, 1832—1920*. New York & Oxford: Oxford University Press, 1991.

Galenson, David W. *White Servitude in Colonial America: An Economic Analysis*. New York: Cambridge University Press, 1981.

Gilmour, Robin. *The Victorian Period: The Intellectual and Cultural Context of English Literature, 1830—1890*. London: Pearson Education Limited, 1993.

Gray, William. *Robert Louis Stevenson: A Literary Life*. Basingstoke & New York: Palgrave Macmillan, 2004.

Greenblatt, Stephen (ed.). *The Norton Anthology of English Literature(vol. 2)*. 8th ed. New York & London: W. W. Norton & Company, 2005.

Greenblatt, Stephen, Paul Heike and Pannewick Friederike, et al. *Cultural Mobility: A Manifesto*. New York: Cambridge University Press, 2010.

Ha, Jin. *The Writer as Migrant*. Chicago & London: The University of Chicago Press, 2008.

Hammond, J. R. *A Robert Louis Stevenson Companion: A Guide to the Novels, Essays and Short Stories*. London: Macmillan, 1984.

—. *A Robert Louis Stevenson Chronology*. London: Macmillan, 1997.

Harman, Claire. *Robert Louis Stevenson: A Biography*. London: Harper Collins, 2005.

Hellman, George S. *The True Stevenson: A Study in Clarification*. Boston: Little, Brown & Co. , 1925.

Houghton, Walter E. *The Victorian Frame of Mind: 1830—1870*. New Haven & London: Yale University Press, 1957.

Hulme, Peter & Tim Youngs (eds.). *The Cambridge Campanion to Travel Writing*. Cambridge: Cambridge University Press, 2002.

Japp, Alexander H. *Robert Louis Stevenson: A Record, an Estimate and a Memorial*. New York: Charles Scribner's Sons, 1905.

Johnstone, Arthur. *Recollections of Robert Louis Stevenson in the Pacific*. London: Chatto and Windus, 1905.

Jolly, Roslyn. *Robert Louis Stevenson in the Pacific: Travel, Empire, and the Author's Profession*. Aldershot: Ashgate, 2009.

Jones, William B. Jr. (ed.). *Robert Louis Stevenson Reconsidered: New Critical Perspectives*. Jefferson: McFarland & Company, Inc. ,

Publishers, 2003.

Jordan, Don & Michael Walsh. *White Cargo: The Forgotten History of Britain's White Slaves in America*. Edinburgh: Mainstream Publishing Company Ltd., 2007.

Keily, Robert. *Robert Louis Stevenson and the Fiction of Adventure*. Cambridge, MA: Harvard University Press, 1964.

Klepp, Susan E. & Billy G. Simth (eds.). *The Infortunate: The Voyage and Adventures of William Moraley, an Indentured Servant*. University Park: Pennsylvania State University Press, 1992.

Leavis, F. R. *The Great Tradition: George Eliot, Henry James, Joseph Conrad*. London: Chatto & Windus, 1948.

Maixner, Paul (ed.). *Robert Louis Stevenson: The Critical Heritage*. London: Routledge & Kegan Paul, 1981.

Massey, Irving. *The Neural Imagination: Aesthetic and Neuroscientific Approaches to the Arts*. Austin: University of Texas Press, 2009.

McDowell, Linda & Sharp, J. P. (eds.). *A Feminist Glossary of Human Geography*. London: Arnold, 1999.

McLynn, Frank. *Robert Louis Stevenson: A Biography*. New York: Random House, 1993.

Menikoff, Barry. *Narrating Scotland: The Imagination of Robert Louis Stevenson*. Columbia, SC: University of South Carolina Press, 2005.

Miller, Andrew H. *Novels Behind Glass: Commodity and Victorian Narrative*. London: Cambridge University Press, 1995.

Moors, H. J. *With Stevenson in Samoa*. Boston: Small, Maynard and Company, 1910.

Morrison, Toni. *A Mercy*. New York & Toronto: Alfred A. Knopf, 2008.

Norquay, Glenda (ed.). *R. L. Stevenson on Fiction*. Edinburgh: Edinburgh University Press, 1999.

Perkin, Harold. *The Rise of Professional Society: England Since 1880*. London: Routledge, 2002.

Phillips, Richard. *Mapping Men and Empire: A Geography of Adventure*. London: Routledge, 1997.

Pooley, Colin G. & Jean Turnbull. *Migration and Mobility in Britain Since the Eighteenth Century*. London: UCL Press, 1998.

Ranum, Ingrid. "At Home in the Empire: Domesticity and Masculine Identity in Almayer's Folly and 'The Beach of Falesá'." *Oceania and the Victorian Imagination*. Richard D. Fulton and Peter H. Hoffenberg (eds.). Farnham & Burlington: Ashgate, 2013: 107-120.

Relph, E. *Place and Placelessness*. London: Pion, 1976.

Reid, Julia. *Robert Louis Stevenson, Science, and the Fin de Siècle*. New York: Palgrave Macmillan, 2006.

Richardson, Alan. "Imagination: Literary and Cognitive Intersections." *The Oxford Handbook of Cognitive Literary Studies*. Lisa Zunshine (ed.). New York: Oxford University Press, 2015: 225-244.

Rubenstein, Roberta. *Home Matters: Longing and Belonging, Nostalgia and Mourning in Women's Fiction*. New York: Palgrave, 2001.

Sandison, Alan. *Robert Louis Stevenson and the Appearance of Modernism: A Future Feeling*. London: Macmillan, 1996.

Schivelbusch, Wolfgang. *The Railway Journey: The Industrialization of Time and Space in the Nineteenth Century*. California: University of California Press, 2014.

Scott, Walter. *Waverley*. P. D. Garside (ed.). Edinburgh: Edinburgh University Press, 2007.

Simmons, James C. *The Novelist as Historian: Essays on the Victorian Historical Novel*. Hague: Mouton & Co., 1973.

Smith, Janet Adam (ed.). *Henry James and Robert Louis Stevenson: A Record of Friendship*. London: Rupert Hart-Davis, 1979.

Smith, Vanessa. *Literary Culture and the Pacific: Nineteenth-Century Textual Encounters*. Cambridge: Cambridge University Press, 1998.

Singer, Jefferson A. *The Proper Pirate: Robert Louis Stevenson's Quest for*

Identity. New York: Oxford University Press, 2016.

Snow, C. P. *The Two Cultures and the Specific Revolution*. Cambridge: Cambridge University Press, 1959.

Spariosu, Mihai. *Modernism and Exile: Play, Liminality, and the Exilic-Utopian Imagination*. London: Palgrave Macmillan, 2015.

Strehle, Susan (ed.). *Unsettling Home and Homeland*. New York: Palgrave Macmillan, 2008.

Sun, Yifeng. *Cultural Exile and Homeward Journey: R. L. Stevenson and American Fiction*. Beijing: Foreign Language Teaching and Research Press, 2005.

Swinnerton, Frank. *Robert Louis Stevenson: A Critical Study*. London: Martin Secker, 1924.

Tosh, John. *A Man's Place: Masculinity and the Middle-Class Home in Victorian England*. New Haven & London: Yale University Press, 1999.

Tsur, Reuven. *Toward a Theory of Cognitive Poetics*. Eastbourne: Sussex Academic Press, 2008.

Wiley, Catherine & Fiona R. Barnes (eds.). *Homemaking: Women Writers and the Politics and Poetics of Home*. New York & London: Garland Publishing, Inc. , 1996.

Williams, Raymond. *The English Novel: From Dickens to Lawrence*. New York: Oxford University Press, 1970.

Wringley, E. A. and Schofield R. S. *The Population History of England, 1541—1871: A Reconstruction*. Cambridge: Cambridge University Press, 1989.

Young, Linda. *Middle-Class Culture in the Nineteenth Century: America, Australia and Britain*. Basingstoke: Palgrave Macmillan, 2003.

Youngs, Tim. *The Cambridge Introduction to Travel Writing*. Cambridge: Cambridge University Press, 2013.

2. 期刊论文

Blunt, Alison & Ann Varley. "Introduction: Geographies of Home." *Cultural Geographies* 11 (2004): 3-6.

Bushell, Sally. "Mapping Victorian Adventure Fiction: Silences, Doublings, and the Ur-Map in *Treasure Island* and King Solomon's *Mines*." *Victorian Studies* 57 (Summer 2015): 611-637.

Caird, Mona. "Marriage." *Westminster Review* 130 (1888): 186-201.

Cawley, Alexa Silver. "A Passionate Affair: The Master-Servant Relationship in Seventeenth-Century Maryland." *Historian* 61 (Summer 1999): 751-763.

Colley, Ann C. "Writing Towards Home: The Landscape of A *Child's Garden of Verses*." *Victorian Poetry* 35. 3 (1997): 303-318.

—. "Locating Home." *Journal of Stevenson Studies* 8 (2011): 234-244.

Dahlberg, Sandra L. " 'Doe Not Forget Me': Richard Frethorne, Indentured Servitude, and the English Poor Law of 1601." *Early American Literature* 47 (Mar. 2012): 1-30.

Day, Joseph. "Leaving Home in 19th Century England and Wales: A Spatial Analysis." *Demographic Research* 39 (July-Dec. 2018): 95-135.

Deane, Bradley. "Imperial Boyhood: Piracy and the Play Ethic." *Victorian Studies* 53 (Summer 2011): 689-714.

Despres, Carole. "The Meaning of Home: Literature Review and Directions for Future Research and Theoretical Development." *Journal of Architectural and Planning Research* 8 (Summer 1991): 96-115.

Easthope, H. "A Place Called Home." *Housing, Theory and Society* 21 (2004): 128-138.

Hayward, Jennifer. "'The Foreigner at Home': The Travel Essays of Robert Louis Stevenson." *Journal of Stevenson Studies* 9 (2011): 233-270.

Hustis, Harriet. "Hyding Nietzsche in Robert Louis Stevenson's Gothic of Philosophy." *Studies in English Literature, 1500—1900* 49 (Autumn

2009): 993-1007.

Jolly, Roslyn. "Piracy, Slavery, and the Imagination of Empire in Stevenson's Pacific Fiction." *Victorian Literature and Culture* 35 (2007): 157-173.

Lang, Andrew. "Recollections of Robert Louis Stevenson." *North American Review* (Feb. 1895): 185-194.

Largeaud-Ortéga, Sylvie. "A Scotsman's Pacific: Shifting Identities in R. L. Stevenson's Postcolonial Fiction." *International Journal of Scottish Literature* 9 (Autumn / Winter 2013): 85-98.

Linehan, Katherine. "Revaluing Women and Marriage in Robert Louis Stevenson's Short Fiction." *English Literature in Transition 1880—1920* 40 (1997): 34-59.

Mathews, Catherine. "Charting the Foreigner at Home: Contemporary Newspaper Records of Robert Louis Stevenson in Samoa, New Zealand and Australia 1890—1894." *Journal of Stevenson Studies* 10 (2013): 87-128.

McCracken-Flesher, Caroline. "The Future is Another Country: Restlessness and Robert Louis Stevenson." *Journal of Stevenson Studies* 11 (2014): 3-16.

McCulloch, Fiona. " 'Playing Double': Performing Childhood in *Treasure Island*." *Scottish Studies Review* 4 (2003): 66-81.

McLaughlin, Kevin. "The Financial Imp: Ethics and Finance in Nineteenth-Century Fiction." *Novel* 29 (1996): 165-183.

Menikoff, Barry. "New Arabian Nights: Stevenson's Experiment in Fiction." *Nineteenth Century Literature* 45 (1990): 339-362.

Myers, F. W. H. "Multiplex Personality." *Nineteenth Century* 20 (Nov. 1886): 648-656.

Prosser, Ashleigh. " 'His Bachelor House': the Unhomely Home of the Fin-de-siècle's Bourgeois Bachelor in Robert Louis Stevenson's *Strange Case of Dr Jekyll and Mr Hyde*." *Journal of Stevenson Studies* 11 (2014): 105-126.

Rinn, Jacqueline A. "Scots in Bondage: Forgotten Contributors to Colonial Society." *History Today* 30 (Jul. 1980): 16-21.

Rosen, Michael. "Robert Louis Stevenson and Children's Play: The Contexts of *A Child's Garden of Verses*." *Children's Literature in Education* 26.1 (March 1995): 53-72.

Salinger, Sharon V. "Colonial Labor in Transition: The Decline of Indentured Servitude in Late Eighteenth-Century Philadelphia." *Labor History* 22 (Spring1981): 165-191.

Sborgi, Ilaria B. " 'Home' in the South Seas." *Journal of Stevenson Studies* 4 (2007): 185-198.

Stiles, Anne. "Robert Louis Stevenson's 'Jekyll and Hyde' and the Double Brain." *Studies in English Literature 1500—1900* 46 (2006): 879-900.

Swearingen, Roger G. "Recent Studies in Robert Louis Stevenson: Survey of Biographical Works and Checklist of Criticism—1970—2005." *Dickens Studies Annual* 38(2007): 205-98.

Valint, Alexandra. "The Child's Resistance to Adulthood in Robert Louis Stevenson's *Treasure Island*: Refusing to Parrot." *English Literature in Transition, 1880—1920* 58(2015): 3-29.

Wanggren, Lena. "Robert Louis Stevenson and the Marriage Debate: 'The Enchantress' in Context." *Scottish Literary Review* (Spring/Summer 2020): 123-142.

Watson, Alan D. "A Consideration of European Indentured Servitude in Colonial North Carolina." *Historical Review* 91 (Oct. 2014): 381-406.

Wong, Amy R. "The Poetics of Talk in Robert Louis Stevenson's *Treasure Island*." *Studies in English Literature 1500—1900* 54.4 (Autumn 2014): 901-922.

Zlosnik, Sue. " 'Home is the Sailor, Home from Sea': Robert Louis Stevenson and the End of Wandering." *Yearbook of English Studies* (Jan. 2004): 240-264.

Zulli, Tania. "A Phrase of Virgil Speaks of English Places: Classical and European Literature in R. L. Stevenson's South Sea Tales." *Journal of Stevenson Studies* 6 (2009): 151-166.

3. 网页

https://www.etymonline.com/search? page=1&q=home

https://www.oed.com/

http://www.robert-louis-stevenson.org/richard-dury-archive/critrec.htm.

二、中文参考文献

1.中译斯蒂文森作品

史蒂文森:《费利沙海滩》,伍光建选译,上海:商务印书馆,1934。

——:《金银岛》,王宏译,南京:译林出版社,2012。

——:《化身博士》,赵毅衡译,南京:译林出版社,2015。

斯蒂文森,奥斯本:《退潮》,江泽玖译,上海:上海译文出版社,1984。

斯蒂文森:《斯蒂文森精选集》(上、下),文美惠编,济南:山东文艺出版社,1998。

——:《一个孩子的诗园》,艾登组编,漪然译,武汉:湖北美术出版社,2012。

——:《内河航行》,王勋等编译,北京:清华大学出版社,2013。

——:《驴背旅程》,皮千慧等编译,北京:清华大学出版社,2013。

2.专著/论文集

阿诺德:《文化与无政府状态》,韩敏中译,北京:生活·读书·新知三联书店,2012。

艾布拉姆斯:《镜与灯:浪漫主义文论及批评传统》,郦稚牛、张照进、童庆生译,北京:北京大学出版社,2004。

巴金:《家》,北京:人民文学出版社,2018。

巴什拉:《空间的诗学》,张逸婧译,上海:上海译文出版社,2009。

鲍曼:《流动的现代性》,欧阳景根译,北京:中国人民大学出版社,2017。

博埃默:《殖民与后殖民文学》,盛宁、韩敏中译,沈阳:辽宁教育出版社,1998。

布鲁姆:《西方正典:伟大作家和不朽作品》,江宁康译,南京:译林出版社,2015。

布鲁姆:《影响的焦虑》,徐文博译,南京:江苏教育出版社,2015。

常耀信:《英国文学通史》(第二卷),天津:南开大学出版社,2011。

德波顿:《身份的焦虑》,陈广兴、南治国译,上海:上海译文出版社,2018。

笛福:《鲁滨逊漂流记》,鹿金译,北京:商务印书馆,2015。

弗莱:《批评的解剖》,陈慧等译,天津:百花文艺出版社,2006。

高继海:《英国小说史》,北京:中国社会科学出版社,2003。

哈代:《无名的裘德》,张谷若译,北京:人民文学出版社,1995。

黄梅:《推敲"自我"——小说在 18 世纪的英国》,北京:生活·读书·新知三联书店,2003。

侯维瑞,李维屏:《英国小说史》,南京:译林出版社,2005。

蒋承勇等:《英国小说发展史》,杭州:浙江大学出版社,2006。

劳伦斯:《重返伊甸园:劳伦斯诗选》,毕冰宾译,北京:人民文学出版社,2017。

雷迪:《感情研究指南:情感史的框架》,周娜译,上海:华东师范大学出版社,2020。

李维屏等:《英国短篇小说史》,上海:上海外语教育出版社,2010。

利维斯:《伟大的传统》,袁伟译,北京:生活·读书·新知三联书店,2009。

卢梭:《卢梭全集.第 4 卷,社会契约论》,李平沤译,北京:商务印书馆,2012。

洛克:《政府论》(下篇),叶启芳等译,北京:商务印书馆,1996。

罗斯金:《芝麻与百合:追求生活的艺术》,张璘译,刘荣跃审校,北京:中国人民大学出版社,2003。

蒙田:《蒙田随笔全集(全三卷)》,马振聘译,北京:中国人民大学出版社,2017。

米切儿编:《风景与权力》,杨丽等译,南京:译林出版社,2014。

穆勒:《功利主义》,徐大建译,北京:商务印书馆,2016。

钱锺书:《围城》,北京:生活·读书·新知三联书店,2006。

赛义德:《赛义德自选集》,谢少波等译,北京:中国社会科学出版社,1999。

桑塔格:《苏珊·桑塔格文集:疾病的隐喻》,程巍译,上海:上海译文出版社,2003。

莎士比亚:《莎士比亚悲剧选》,朱生豪译,北京:人民文学出版社,2001。

《圣经》,上海:中国基督教两会,1997。

孙向晨:《论家:个体与亲亲》,上海:华东师范大学出版社,2019。

特纳:《仪式过程:结构与反结构》,黄剑波、柳博赟译,北京:中国人民大学出版社,2006。

童明:《现代性赋格:19 世纪欧洲文学名著启示录》,北京:生活·读书·新知三联书店,2019。

——:《解构广角观:当代西方文论精要》,北京:中国社会科学出版社,2019。

瓦特:《小说的兴起》,高原、董红钧译,北京:生活·读书·新知三联书店,2003。

王守仁主编:《英国文学选读(第四版)》,北京:高等教育出版社,2014。

王卫新等:《苏格兰小说史》,北京:商务印书馆,2017。

威廉斯:《文化与社会:1780—1950》,高晓玲译,北京:生活·读书·新知三联书店,2005 年

——:《乡村与城市》,韩子满等译,北京:商务印书馆,2013。

希弗尔布施:《铁道之旅:19 世纪空间与时间的工业化》,金毅译,上海:上海人民出版社,2018。

小泉八云:《英国文学研究》,孙席珍译,上海:现代书局,1932。

许慎:《说文解字　附音序、笔画检字》,(宋)徐铉校定,北京:中华书局,2013。

殷企平等:《英国小说批评史》,上海:上海外语教育出版社,2001。

殷企平:《推敲"进步话语"——新型小说在 19 世纪英国》,北京:商务印书馆,2009。

——:《文化辩护书:19 世纪英国文化批评》,上海:上海外语教育出版社,2013。

曾繁亭:《文学自然主义研究》,北京:中国社会科学出版社,2008。

詹姆斯:《亨利·詹姆斯文论选》,朱雯等译,上海:上海译文出版社,2000。

张德明:《从岛国到帝国:英国近代旅行文学研究》,北京:北京大学出版社,2014。

——:《西方文学与现代性叙事的展开》,上海:华东师范大学出版社,2017。

——:《从岛国到帝国:近现代英国旅行文学研究》,北京:北京大学出版社,2014。

张祥龙:《家与孝:从中西间视野看》,北京:生活·读书·新知三联书店,2017。

中西辉政:《大英帝国衰亡史》,王敬翔译,长沙:湖南人民出版社,2018。

3.期刊论文

白凯、符国群:《"家"的观念:概念、视角与分析维度》,《思想战线》,2013 年第 1 期,第 46—51 页。

陈兵:《英国历险小说:源流与特色》,《安徽大学学报(哲学社会科学版)》,2006 年第 6 期,第 81—85 页。

——:《帝国意识与英国维多利亚时代历险小说的繁荣》,《首都师范大学学报(社会科学版)》,2012 年第 1 期,第 103—108 页。

——:《高尚的野蛮人与英国历险小说中的土著形象》,《外国文学》,2013 年第 2 期,第 52—59 页。

——:《斯蒂文森的文艺观与〈金银岛〉对传统英国历险小说的超越》,《英美文学研究论丛》,2015 年第 1 期,第 46—60 页。

——:《"新女性"阴影下的男性气质——哈格德小说中的性别焦虑》,《外国文学评论》,2018 年第 1 期,第 137—153 页。

陈兵、牛振宇:《〈金银岛〉:西方人的"东方幻象"》,《安徽大学学报(哲学社会科学版)》,2008 年第 2 期,第 79—83 页。

陈礼珍:《"身着花格呢的王子":司各特的〈威弗莱〉与乔治四世的苏格兰之行》,《外国文学评论》,2017 年第 2 期,第 27—43 页。

陈榕:《野性的规训——解读 R. L. 斯蒂文森的〈化身博士〉》,《解放军外国语学院学报》,2007 年第 3 期,第 78—82 页。

高奋:《文化语境下的文学研究》,《外国文学研究》,2003 年第 6 期,第 135—140 页。

高卫泉:《波西米亚的平等与匿名——史蒂文森早期的唯美主义思想与实践》,《复旦外国语言文学论丛》,2019 年第 2 期,第 119—126 页。

——:《史蒂文森的唯美主义:从王尔德的三种美学谈起》,《英美文学研究论丛》,2020 年第 2 期,第 363—372 页。

何辉斌:《认知科学的特点及其对认知诗学的影响》,《认知诗学》,2016 年第 1 期,第 12—16 页。

——:《镜子神经元视野中的文学模仿》,《文艺理论研究》,2017 年第 6 期,第 186—193 页。

蒋承勇:《西方文学"人"的母题的现代转型——兼论对五四新文学的影响》,《中国社会科学》,2004 年第 6 期,第 150—162 页。

金雯:《情感是什么?》,《外国文学》,2020 年第 6 期,第 144—157 页。

理查德森:《想象——文学和认知的交汇点》,余雅萍译,《山东文艺美学》,2017 年春季卷,第 230—255 页。

立人:《爱心之路—史蒂文生的生平》,《希望月刊》,1947 年第 5 期,第 17—19 页。

刘英:《流动性研究:文学空间研究的新方向》,《外国文学研究》,2020 年第 2 期,第 26—38 页。

——：《流动、情感与人际关系——〈20 世纪文学与文化中的流动性、记忆和生命历程〉》，《外国文学》，2021 年第 4 期，第 175—184 页。

刘英、石雨晨：《"回归"抑或"转向"？——国外流动性研究的兴起、发展与最新动向》，《国外社会科学》，2021 年第 2 期，第 122—132 页。

刘英、王怡然：《"流动的盛宴"：侨居与美国现代主义文学》，《国外社会科学》，2018 年第 4 期，第 103—112 页。

罗灿：《乔治·爱略特小说中的铁路意象》，《外国文学》，2016 年第 1 期，第 37—44 页。

梅新林：《文学地理学：基于"空间"之维的理论建构》，《浙江社会科学》，2015 年第 3 期，第 122—136 页。

孟宪忠、李桂兰：《史蒂文森其人》，《外国文学》，1995 年第 1 期，第 64，69 页。

——：《诗意浓郁，情趣盎然——评史蒂文森的诗》，《外国文学》，1995 年第 1 期，第 70—74 页。

——：《罗伯特·路易斯·史蒂文森诗歌十五首》，《外国文学》，1995 年第 1 期，第 65—69 页。

牛振宇：《〈退潮〉与南太平洋上的史蒂文森》，《甘肃社会科学》，2013 年第 4 期，第 241—244 页。

——：《从〈诱拐〉看十八世纪苏格兰民族文化分歧》，《外语论丛》，2017 年第 1 期，第 155—162 页。

隋红升：《西方文论关键词：男性气概》，《外国文学》，2015 年第 5 期，第 119—131 页。

唐伟胜：《使石头具有石头性："物"与陌生化叙事理论的拓展》，《思想战线》，2019 年第 6 期第 45 卷，第 136—143 页。

童明：《家园的跨民族译本：论"后"时代的飞散视角》，《中国比较文学》，2005 年第 3 期，第 150—168 页。

——：《西方文论关键词：暗恐/非家幻觉》，《外国文学》，2011 年第 4 期，第 106—116 页。

王汉利：《食人族、修辞与福音书——从海洋文学等看英国社会对南太平洋及加勒比岛屿土著的想象》，《宁波大学学报（人文科学版）》，2015 年第 2 期，第 45—51 页。

王苍柏、黄绍伦：《回家的路：关于全球化时代移民与家园关系的思考》，《广西民族学院学报（哲学社会科学版）》，2006 年第 4 期，第 30—37,44 页。

王华：《罗伯特·史蒂文森与萨摩亚殖民争端——19 世纪末欧洲殖民主义文化的另类声音》，《中国青年政治学院学报》，2007 年第 4 期，第 58—62 页。

王丽亚：《被忽略的 R. L. 斯蒂文森——斯蒂文森小说理论初探》，《外国文学评论》，2001 年第 1 期，第 23—29 页。

王松林、王哲妮：《海盗精神与绅士风度：史蒂文森笔下人物形象的双重性探析》，《宁波大学学报》（人文科学版），2020 年第 5 期，第 40—46 页。

王卫新：《麻风病是"中国恶魔"吗？——史蒂文森南太平洋小说中的傲慢与偏见》，《外文研究》，2015 年第 4 期，第 27—33 页。

王晓雄：《文明人的食人焦虑和帝国的纾解策略——十八世纪初期英国文学中的食人书写》，《外国文学评论》，2018 年第 2 期，第 161—179 页。

翁时秀：《"想象的地理"与文学文本的地理学解读——基于知识脉络的一个审视》，《人文地理》，2014 年第 3 期，第 44—49 页。

吴小英：《流动性：一个理解家庭的新框架》，《探索与争鸣》，2017 年第 7 期，第 88—96 页。

萧莎：《"疯狂科学家"的三宗罪：19 世纪科学小说中的思想辩论与文化竞争》，《清华大学学报（社会科学版）》，2021 年第 4 期，第 89—103 页。

肖瑛：《"家"作为方法：中国社会理论的一种尝试》，《中国社会科学》，2020 年第 11 期，第 172—191 页。

徐小雁：《苏格兰民族文学研究——以史蒂文森为例》，《贵州民族研究》，2014 年第 11 期，第 153—156 页。

许克琪、刘须明：《〈金银岛〉的后殖民解读》，《南京理工大学学报（社会科学版）》，2005 年第 6 期，第 57—60 页。

杨江柱：《斯蒂文森与新浪漫主义》，《江汉大学学报（社会科学版）》，1987 年第 3 期，第 63—70 页。

佚名：《史蒂芬孙和他的作品》，《青年问题》，1946 年第 6 期，第 41—43 页。

殷企平：《小说不能与生活竞争吗？》，《杭州师范大学学报》，1998 年第 2 期，第 48—52 页。

——：《穆勒的焦虑：〈自传〉与文化观念的流变》，《外国语》，2015 年第 2 期，第

81—88 页。

——:《丁尼生诗歌的共同体形塑》,《外国文学》,2015 年第 5 期,第 47—54 页。

——:《转型焦虑:文化观念流变中的〈心之死〉》,《外国语》,2018 年第 3 期,第 99—106 页。

尹虹:《近代早期英国流民问题及流民政策》,《历史研究》,2001 年第 2 期,第 111—123 页。

——:《16 世纪和 17 世纪前期英国的流民问题》,《世界历史》,2001 年第 4 期,第 30—37 页。

余雅萍:《家中异乡人和异乡人之家——〈退潮〉中的"家"之想象》,《英美文学研究论丛》,2019 年第 2 期,第 137—148 页。

曾繁亭:《浪漫派之"孤独":从"忧郁"到"荒诞"》,《外国文学研究》,2019 年第 3 期,第 59—69 页。

詹才琴、朱宾忠:《浅谈〈金银岛〉对英国海盗形象的颠覆》,《湖北社会科学》,2013 年第 12 期,第 151—154 页。

张德明:《多元文化杂交时代的民族文化记忆问题》,《外国文学评论》,2001 年第 3 期,第 11—16 页。

张文哲:《罗伯特·路易斯·史蒂文森作品在中国的译介》,《名作欣赏》,2015 年第 12 期,第 52—54 页。

赵湘:《罗伯特·路易斯·史蒂文生》,《吉首大学学报》(社会科学版),1983 年第 1 期,第 336—339 页。

郑振铎:《史蒂芬孙评传》,《小说月报》,1921 年第 3 期,第 106—113 页。

周立民:《"家"与"街头"——巴金叙述中的"五四意象"》,《中国现代文学研究丛刊》,2010 年第 3 期,第 107—118 页。

朱福芳:《论杰基尔形象的斯芬克斯因子与伦理困境》,《山东社会科学》,2018 年第 12 期,第 129—134 页。

左天梦:《蒙田笔下"旅行"一词的研究》,《长江学术》,2015 年第 1 期,第 69—77 页。

4. 博士学位论文

陈敬明:《海盗罪研究》,上海海事大学,2011。

陈桃霞:《20世纪以来中国文学中的南洋书写》,武汉大学,2013。

邓集田:《中国现代文学的出版平台—晚晴民国时期文学出版情况统计与分析(1902—1949)》,华东师范大学,2009。

杜梁:《文学想象问题研究:从理论观念到文学实践》,江西师范大学,2015。

牛振宇:《史蒂文森小说的后殖民解读》,上海外国语大学,2014。

田颖:《南方的"旅居者"——卡森·麦卡勒斯小说研究》,浙江大学,2016。

王荣:《追寻"失落世界"——赖德·哈格德罗曼司中的非洲想象》,浙江大学,2016。

许丽青:《钱锺书与英国文学》,复旦大学,2010。

朱晓兰:《"凝视"理论研究》,南京大学,2011。

张赟:《在旅行中寻找生存的可能性—彼得·汉特克小说中的空间建构》,北京外国语大学,2014。

朱福芳:《罗伯特·路易斯·斯蒂文森与英国"新浪漫主义"》,山东师范大学,2020。